I0686906

Jean Daniel François, M.D.

LES CONTOURS DE L'AMOUR
Roman

Mise en page : Denise Gibson et Jean Daniel François

Dépôt légal : 1er trimestre 2012

© Jean Daniel François

Consultez le site web de l'auteur :

www.successfullife.us

ISBN : 978-0-9823142-8-9

Tous droits de reproduction, de traduction et d'adaptations
partielles ou totales réservés pour tous pays.

Copyright © 2012 by Jean Daniel Francois

Jean Daniel François, MD
1713-19 Ralph Avenue
Brooklyn, NY   11236
Téléphone : 718-531-6100. Fax : 718-531-2329

Vous pouvez visiter le site web de l'auteur : www.successfullife.us
et/ou lui écrire à l'adresse électronique : jfranc6704@aol.com

Du Meme Auteur

Les Clés de la réussite authentique,
(éditions Parole, Québec, Canada, 2008)

Prescription for a Successful Life,
(éditeur: auteur, New York, 2010)

Prescription for a Successful Career in Medicine,
(éditeur: auteur, New York, 2010)

Prescription for an Exciting Love Life,
(éditeur: auteur, New York, 2010)

The No Nonsense Approach To A Successful Life,
(Xulon Press, 2008)

Through the Light of Sola Scriptura,
(éditeur: auteur, New York, 2010)

À la Lumière de Sola Scriptura,
(éditeur : auteur, New York, 2010)

Sur le sentier de Sola Fide,
(éditeur : auteur, New York, 2012)

Avis aux Lecteurs

Dr. Jean-Daniel François écrivit ce roman en 1975. Il le laissa moisir pendant 35 ans. A l'instigation d'un ami, il le dénicha dans un tiroir récemment, et, sans trop de changement décida de le publier pour tromper sa nostalgie et revivre le beau vieux temps où il n'y avait ni internet, ni email, ni « texte-messages » et tous les récents gadgets à la disposition des amoureux du 21eme siècle. Il espère aider sa génération à revivre ces moments, et pouvoir les expliquer aux enfants de YouTube, de twitter et d'Ipod.

Avertissement:

Ce livre est un roman séculier et aucun des personnages ne peut être identifié dans la vie pratique. Merci !

Tribut à mes chers compatriotes haïtiens

INTRODUCTION

« *Sans toi je ne peux pas, sans toi je ne sais pas, sans toi je n'existe pas, sans toi je n'aime pas car je n'aime que toi.* » Solène

Cette pensée résume l'idylle de Nancy de La Fleur et de Jean Paul Leclerc.

Jean-Paul Leclerc, jeune homme d'un quartier de Port-au-Prince, tombe amoureux et il cherche la sympathie fervente de la charmante demoiselle Nancy De la Fleur. Il y met le meilleur de lui-même et l'essentiel de son temps. Dans la mise en train de son programme de conquête, il n'y a ni caprice ni relâchement. Il ne pense qu'à elle et ne rêve que d'une vie idyllique. Il parle au futur avec une assurance irrésistible de prophète.

Finalement, les deux jeunes gens se rencontrent. Et pour Nancy : C'est le coup de foudre ! Jean Paul et Nancy sont piqués par l'aiguillon de l'amour. Et ils n'ont depuis ce moment d'éblouissement ni calme, ni repos. Leur amour est — hélas ! — soumis à de rudes épreuves. D'abord, Nancy tente de convaincre ses parents de regarder au-delà de ce qui frappe les yeux, de l'apparence physique de Jean Paul et des signes de son extraction sociale modeste. Elle se fait fort de leur rappeler qu'un homme, ça se mesure non pas des pieds à la tête, mais de la tête à l'infini. Ah oui ! Le cerveau est la mesure de l'homme. Puis, pas au bout de leurs peines, les deux amoureux doivent résister aux tentations et aux vicissitudes de la vie. Qu'importe ! Le cœur de Jean Paul ne bat que pour Nancy éperdument amoureuse. Ni la séparation, ni la maladie, ni la souffrance et même la mort ne pouvait faire obstacle à leur amour.

Les Contours de l'amour est une belle histoire d'amour faite de séparation et surtout d'endurance. Une histoire tourbillonnante d'émotion qui vous emmène de Port-au-Prince aux Etats-Unis et des Etats-Unis en Allemagne jusqu'au bout du monde. Dans ce roman, Jean Daniel François brosse d'une plume talentueuse un tableau très pénétrant de « l'aristocratie haïtienne » à travers la destinée extraordinaire de Nancy de La Fleur et de Jean Paul Leclerc.

Les Contours de l'Amour est à la fois un roman d'aventures et une peinture de mœurs et de société. **Impossible de rester de glac**e à la lecture de cette histoire émouvante qui fait vibrer nos cordes secrètes ! Et alors on réalise avec émerveillement mâtiné d'étonnement que : « le verbe aimer est difficile à conjuguer. Son passé est toujours simple, son présent n'est qu'indicatif et son futur est toujours conditionnel. »

Bonne Lecture !
Antonio Auguste

« *Un âge va, un âge vient, et la terre tient toujours…*
Ce qui fut, cela sera ; ce qui s'est fait se refera ; et il n'y a
rien de nouveau sous le soleil. »

Ecclésiaste

PREMIERE PARTIE

1

Dans une maison ancienne, à La-Fleur-du-Chêne, vivait une demoiselle qui attirait les regards de tout le monde, des plus jeunes aux plus âgés. Bien qu'elle fût dans l'après-midi de l'âge, on l'appelait Miss Lobau. Sur son front plissé scintillait encore un mélange de séduction, de beauté et de candeur.

Miss Lobau était une originale ; certains critiquaient ses occasionnels débordements libidineux, d'autres son caquetage incessant. Quoi qu'il en soit, le jardin qui entourait sa maison était peu à peu devenu la terre d'élection des habitants du quartier. Les adultes s'asseyaient sur les bancs pour bavarder pendant que les enfants jouaient sur le gazon vert. Tantôt ils s'amusaient à courir après les papillons, tantôt ils s'émerveillaient de l'apparition de la lune et des étoiles au firmament, et ils se mettaient à crier quand un avion passait à travers les branches des arbres.

Un soir de printemps, Jean-Paul Leclair et Nancy de La Fleur s'y rencontrèrent pour la première fois. À 4 ans, Nancy était une touche-à-tout belliqueuse et fière. Ce jour-là, elle s'apprêtait à se battre contre les autres enfants présents. Alors, sa maman la prit par la main pour la ramener à la maison. Nancy se débattait en criant. Elle lança son pied en l'air et atteignit le front du petit Jean-Paul. Leurs mamans décidèrent de les surveiller de près pour éviter une éventuelle vengeance. Mais sur l'insistance des autres parents, elles laissèrent leurs bambins gambader en paix dans le vaste domaine de Miss Lobau.

Nancy y appréciait particulièrement les fleurs et les arbres fruitiers. Un jour, elle tomba d'une branche du manguier qui s'était courbée sous son poids. Elle dut rester alitée pendant près d'une semaine avec une entorse au pied. Mais ce n'est pas ce petit incident qui allait la rendre sage du jour au lendemain.

Peu de temps après, son père fut nommé ministre et la famille quitta le quartier pour emménager dans une maison plus moderne, plus spacieuse et mieux adaptée à son rang, à Pétion-Ville. Les Leclair déménagèrent à leur tour, pour aller à Turgeau. Ainsi, Nancy et Jean-Paul furent-ils séparés une première fois sans avoir eu l'occasion de vraiment se connaître.

Douze ans plus tard, une étrange coïncidence allait les remettre de nouveau face à face. La nature s'apprêtait à saluer l'arrivée de l'automne, les jeunes gens immortalisaient les charmes des vacances qui touchaient à leur fin. À travers les rues, la joie, le rire, la lumière coulaient à flots.

Jean-Paul Leclair flânait. Il suivait du regard le cerf-volant d'un garçonnet qui s'ébrouait dans l'air, quand il buta sur une demoiselle. Elle déclara :

« Parbleu ! Regardez devant vous, monsieur le Baron ! »

« Mais ! »

« Mais quoi ? Vous heurtez les gens sans même vous excuser ? »

« Vous ne m'avez pas… »

« J'exige que vous me présentiez une apologie ! »

Jean-Paul prit le même ton qu'elle et balbutia :

« Excusez-moi, déesse à l'éclat de diamant. Incarnation de la beauté. Je suis désolé de vous avoir tant irritée. Accordez-moi, en toute franchise, l'offrande du pardon. Comment oserais-je frapper un si bel ange ? Sans doute est-ce votre présence vertigineuse qui m'a fait perdre l'équilibre, ou l'éclat éblouissant de votre visage ! »

Jean-Paul s'apprêtait à continuer sur sa lancée quand son regard croisa celui de la jeune fille.

L'univers entier tomba en syncope.

Une douce sève semblait traverser leurs écorces et ils le comprirent en langage codé, subtil mais clair : l'amour venait de prendre rendez-vous !

Nancy, car il s'agit bien d'elle, affichait un sourire enivrant. Jean-Paul réalisa qu'il était en compagnie d'un être extraordinaire.

Elle lui dit :

« Merci, cela me suffit ! »

« Ouf ! Quel soulagement pour mon âme ! », s'exclama-t-il.

« J'avoue que j'étais un peu de mauvaise humeur. »

« Vous avez sans doute des raisons valables, répondit Jean-Paul. Je voudrais signaler à mademoiselle que lire un bon livre, ou écouter une mélodie agréable, effectuer une petite promenade ou pratiquer un sport arrangent bien des choses. »

« Monsieur, je n'aime pas les gens qui dictent aux autres comment vivre ou résoudre leurs problèmes. Et puis, en avez-vous déjà fait l'expérience vous-même ? »

« Absolument, mademoiselle ! Par ailleurs, je m'appelle Jean-Paul Leclair. Auriez-vous l'amabilité de me décliner votre nom ? »

« Je m'appelle Nancy... Votre nom m'est étrangement familier... »

« Nancy est un très joli prénom : « N », pour le nectar des fleurs ; « A », pour l'amour, ce phénomène magique qu'éprouvent tous les humains ; « N », pour le nénuphar ; « C », pour le cœur qui palpite d'émotion ; « Y », pour les yeux... »

« Autant ! M. Jean-Paul ! »

« Euh ! Plaira-t-il à mademoiselle Nancy de m'indiquer quels sont ses passe-temps préférés ? »

« J'aime lire : Sartre, Camus, Duhamel, Gide, Mauriac, Daudet, Saint-Exupéry entre autres. La musique aussi fait mes délices. Je vis encore dans l'ancien monde, celui de Beethoven, Mozart, Clémenti, Liszt, Schubert..., ou encore me régaler devant le Guernica de Picasso, un tableau de Tiga... »

« Vous ne serez sûrement pas étonnée d'apprendre que vous et moi partageons l'amour de l'art. Nos goûts diffèrent cependant un peu. Comme les gens de notre âge, je préfère le disco, le konpa, la salsa, le merengue... Quant à la littérature, je suis de l'ancienne école. J'adore Boileau, Molière, Rousseau, Vigny, Roumain... »

« Je ne déteste pas la littérature classique, reprit Nancy. Mais il m'arrive d'éprouver des difficultés à situer les écrivains dans leur époque, à identifier leurs œuvres et surtout à me souvenir de leurs contenus. Vous avez mentionné Jacques Roumain... Si j'ai bonne mémoire, il s'agit d'un écrivain du mouvement indigéniste dans la littérature haïtienne. N'est-ce pas le poète des revendications sociales ? Je pense qu'il n'a pas assez parlé de la nature dans ses œuvres. Mais je peux me tromper... »

Jean-Paul prit un air amusé :

« En vérité, vous avez raison, s'il faut voir Jacques Roumain comme un barde national. Au demeurant, dans La Montagne ensorcelée, et Gouverneurs de la rosée, il s'est montré un grand chantre de la nature d'Haïti. »

« Je remarque que vous avez omis de citer Lamartine, Musset, Hugo, Chateaubriand... »

« Qui oublierait Le Génie du christianisme de Chateaubriand, ou Hugo, l'écho sonore de son époque ? Je les apprécie tous. Mais, personnellement, je suis à un tournant de ma vie où je remets tout en question. J'aime bien cette déclaration d'Etzer Vilaire : « Éclectisme, tu dois régner... Il nous faut tout savoir, tout sentir et tout fondre... » J'en ai assez des règles rigides de la littérature. Je voudrais suivre d'autres pistes... Ouvrir d'autres fenêtres à la littérature française et haïtienne. Étudier d'autres auteurs. Je suis fatigué des sentiers battus… J'aime également Anthony Phelps, René Depestre, Franck Etienne, Federico Garcia Lorca, Karl Marx… »

« J'avoue, Jean-Paul, que tu as l'air très cultivé. Mais il faut faire attention. Tu dois rester discret. Nous vivons à l'heure des arrestations sous un gouvernement dictatorial obscurantiste. L'exil, des disparitions voire des exécutions sont monnaie courante… il faut éviter d'aller rendre visite à Fort-Dimanche. »

« Ma chère, sache que l'intellectuel authentique n'a peur de rien. Il est toujours en quête de connaissance, c'est ce qui donne du sel à sa vie. Il ne peut évoluer dans la peur. Il doit écrire, parler, sinon il meurt, étouffé dans l'océan de ses idées. »

« En tout cas, mon cher ami, sois prudent ! »

Ils se turent au passage d'un joli bébé souriant dans les bras de sa maman. Après avoir marché un peu, Nancy dit :

« Nous voici chez moi. Voulez-vous entrer ? Je vous présenterai à mes parents. »

« Merci, pas maintenant ! Une prochaine fois. J'ai bien apprécié notre conversation. »

« Moi aussi. Venez nous voir quand il vous plaira. La porte de la maison vous est grande ouverte. »

« Merci. Entre autres, nous pourrions nous retrouver devant le kiosque demain soir, au concert de la garde nationale. »

« On verra ! »

« Je l'aurais vraiment apprécié. Au revoir ! À bientôt ! »

Jean-Paul rentra chez lui, heureux et confiant en l'avenir, persuadé que les beaux jours commençaient à peine.

2

Un dimanche matin, sur le coup de 3 h 30, Jean-Paul entendit crier sa sœur Jessica :

« Oh non ! Quel spectacle affreux ! Sauve-moi ! Sauve-moi ! Au secours ! »

Il bondit de son lit et alla rejoindre sa sœur dans sa chambre :

« Que se passe-t-il, Jessica ? »

« Euh ! Rien ! »

« Quoi ? »

« Euh ! J'ai vu un loup-garou… »

« Où est-il ? », demanda Jean-Paul d'un air taquin.

« Je crois qu'il a disparu. »

« Si je te comprends bien, tu as eu un cauchemar. »

« Oui. J'ai vu le loup-garou qui courait après moi pour me dévorer. Il ressemble à Mansoul, tu sais la dame d'en face qui me regarde tout le temps du haut de son balcon. Elle courait après moi pour me faire du tort. »

« Calme-toi, ma chère. Les loups-garous n'existent pas. »

Jean-Paul attendit qu'elle se rendorme. Puis, incapable de retrouver lui-même le sommeil, il s'habilla et sortit au petit matin pour aller voir son ami Jules Mompremier.

« Tu aurais pu fermer ta porte », déclara Jean-Paul en arrivant.

« Mais non ! Quelle idée folle ! Il faut maintenir le contact entre l'astral et le causal. Dis donc, n'es-tu pas matinal ? Que me vaut cette visite impromptue ? As-tu la notion de l'heure ? Une nuit, tu vas croiser Maître-Minuit. On dit qu'il est de haute taille et qu'il s'empare des adolescents imprudents comme toi... »

« Cesse de badiner, Jules. »

« Eh bien ! Monsieur le matineux, tu as des choses à me dire ? »

Pour s'installer plus confortablement, Jean-Paul enleva des tonnes de documents en équilibre sur une chaise et les plaça sur une petite table déjà bien encombrée d'une machine à écrire elle-même en équilibre instable. Et pour éviter toute chute éventuelle, il appuya sa chaise contre le mur. Jules posa son pinceau et, contemplant son tableau surréaliste inachevé, il encouragea Jean-Paul à entamer son récit :

« Jules, quelque chose d'extraordinaire m'est arrivé cette semaine. »

« Je t'écoute ! »

« Tu n'ignores pas que, jusqu'à présent, je dînais quotidiennement au Restaurant de la mélancolie. Moi, le vieillard adolescent promis à un avenir incertain... »

« Eh oui ! Que s'est-il passé ? »

« Hier encore, je ressassais mon monologue : Il pleut sur mon cœur qui tremblote de froid et grelotte d'effroi. Je suis ivre de nostalgie ; je titube de solitude et sollicite la divine mansuétude. Hier encore, dis-je, je cherchais l'amour. J'aimais Sylvia, et elle s'en est sentie humiliée. Elle ne réalise pas que l'amour franchit toutes les barrières, ouvre toutes les frontières et brise toutes les chaînes des préjugés. »

« Qu'est-il donc arrivé ? Au fait, sais-tu que sa maman pratique la sorcellerie ? », l'interrompit Jules.

« Je ne le savais pas… Elle m'a dit d'aller me chercher quelqu'un de ma classe. »

« Quoi ? Sur mon honneur d'homme, je jure de te venger. »

« Allons donc, Jules ! Et puis, à présent, je m'en soucie comme de ma première paire de chaussettes. Je viens de rencontrer une fille indescriptible. Elle a un épiderme café au lait velouté, une démarche ondulante et musicale, une poitrine généreuse, bien proportionnée et ferme. Ses yeux sont une combinaison d'azur, d'ivoire et de diamant… ses dents reflètent l'éclat du soleil. Sa voix me berce, son haleine me captive… sa présence m'enivre. Je suis épaté. »

« Félicitations ! »

« N'est-ce pas merveilleux ! Je me sens comme un bébé qui s'éveille dans le berceau moelleux du bonheur. »

« Ah ! Si jamais je peux t'être utile, n'hésite point à m'en parler. Je ne marchande pas mes services dans ce domaine. »

« C'est très gentil de ta part, Jules. Entre autres, quand comptes-tu te marier, toi ? »

« Moi ? Cercueil de mon cœur ! Hostie de mon âme ! Menottes de ma pensée ! Venez me débarrasser de ce larron ! Mais qu'est-ce qui te prend, Jean-Paul ? »

« Rien. Je pense seulement que le célibat, à ton âge, n'est pas une bonne chose. Tu feins d'être misogyne. Admets-le, tu aurais besoin d'une compagne pour parler, pour mettre de l'ordre dans ta maison, pour te réchauffer le cœur, pour t'encourager quand la vie te maltraite. Regarde l'état de ta demeure... »

« Tais-toi, Monsieur le sage. Tu n'es pas mon parrain, ni ma mère. Pourquoi t'inquiètes-tu de mon âge ? J'ai déjà épuisé la moitié du second calendrier de ma vie. Certes, je ne suis pas l'homme le plus heureux de la terre. Mais je n'entends point devenir le plus malheureux. Je n'ai de compte à rendre à personne. Je me lève quand je veux. Je fais ce que je veux. Je vis sans me poser de questions. Je suis autonome. Si j'étais marié, je ne serais pas le génie que je suis aujourd'hui. (Jean-Paul rit aux éclats). Au cours de mon adolescence, Martine et moi nous aimions éperdument, tu le sais. Mais un jour, j'ai réalisé que je n'étais pas disposé à crucifier cet amour sur la croix du mariage. Elle, elle tenait à se marier. Elle m'a abandonné pour un autre, qui l'a épousée. Elle était mon unique amour... »

« Et depuis lors, tu joues le monsieur Costals, cet éternel célibataire et séducteur décrit par Henry de Montherlant. »

« Allons donc ! Pas si vite, mon ami. »

Et pour changer de sujet, Jules invita Jean-Paul à pénétrer dans une autre pièce où il fut émerveillé de voir ses imitations d'œuvres d'art : « Le lanceur de disque », de Myron ; « Guernica », de Picasso ; « La Mousmé dans le fauteuil », de Vincent Van Gogh ; « Mezzetin », de Watteau et tant d'autres.

« Mon cher Jules, quel trésor tu as reconstitué ! Tu as vraiment du talent. Il te suffit de voir une œuvre une seule fois pour être capable de la reproduire à la perfection. Bravo. Tu es un génie. »

« Que cela reste notre secret, à toi et à moi ! »

Alors qu'il quittait les lieux, Jean-Paul croisa une dame qui, justement, cherchait la demeure de Jules.

« Madame n'a qu'à me suivre et son désir sera comblé, fit Jean-Paul, aimable. Jules, une jolie dame t'honore de sa présence. »

« Demande-lui de m'attendre un instant, s'il te plaît. »

Ne voulant pas laisser la visiteuse seule, Jean-Paul la pria de s'asseoir et attendit avec elle. Comme le silence s'installait, elle entreprit de le briser :

« Je suppose que vous voyez souvent Jules. »

« En effet ! Nous entretenons de bonnes relations. »

« Cela fait très longtemps que nous vivons sur des chemins séparés. Peint-il toujours ? »

Elle n'entendit pas la réponse, elle s'était dressée à l'arrivée de Jules. Il sembla tomber des nues :

« Martine ! Ma belle Martine ! Mon grand amour ! Mon bel amour ! Ma déchirure ! Je ne peux pas le croire. Quel privilège ! Tu me rappelles nos matins ensoleillés, parfumés et gais de l'adolescence, et ces soirées de bonheur où, sous la réverbération de tes yeux, nous cheminions gaiement comme deux gosses abandonnés au milieu du paradis. »

« Ah le beau vieux temps ! Et dire que l'on croyait qu'il durerait toute notre vie », dit-elle mélancoliquement.

Pendant quelques minutes, Jules se tut pour contempler Martine et savourer les souvenirs d'antan. Puis il se tourna vers Jean-Paul et lui dit avec bonhomie :

« Rends-moi fou ou sage : tu complotes à changer ma vie. »

« Comment cela ? », demanda Jean-Paul, intrigué.

« Tu débarques à l'aube pour me raconter ta rencontre merveilleuse ; puis tu tentes de me convaincre de chercher une compagne et, pour finir, tu me ramènes Martine, dont le regard suffit à illuminer ma vie. »

« Dans ce cas, reçois mes cordiales félicitations », lui dit Jean-Paul.

« Après seize ans de séparation, interrompit Martine, je retrouve le Jules fou et plaisant que j'ai toujours connu et apprécié. »

« Tu es toujours cette beauté qui défie la plume des plus habiles écrivains. Ce matin encore, tout à l'heure, j'immortalisais tes charmes auprès de Jean-Paul ! »

Ce dernier fit mine de partir, pour laisser le couple se retrouver.

« Pas si vite ! s'exclama Jules. Reste avec nous. Martine va nous raconter ses aventures sous les cieux étrangers. »

Elle acquiesça d'un léger sourire et dit :

« En fait d'aventures, je n'ai eu que des mésaventures. Mon mariage me laissait présager un futur sans heurt et une lune de miel éternelle. Après deux années, j'ai voulu changer d'air et partir pour l'Europe. Sur mon insistance Gaspard, mon mari, a démissionné de son emploi, laissé ses amis et abandonné notre maison. Les circonstances nous ont vite fait prendre conscience de notre erreur. Alors nous avons changé de destination et pris l'avion pour les États-Unis d'Amérique. »

« On dit que le ciel y est très clément… », coupa Jules.

« Pas nécessairement. Je tombais malade. Gaspard mourait de nostalgie. Je devenais taciturne. Je me repliais sur moi-même. Très vite, Gaspard a eu une conduite bizarre… Tout en étant au chômage, il rentrait très tard à la maison. Il me donnait toutes les excuses sous le soleil et, pour préserver notre union, je me poussais à le croire. Mais une amie finit par me révéler ce que je savais au fond de moi : qu'il avait une union, avec une Américaine. Il a eu le toupet de me dire que c'était pour « nous », pour obtenir sa carte de résident permanent aux États-Unis. Peu de temps après, ne pouvant plus le supporter, je l'ai mis à la porte pour de bon. »

« Qu'as-tu fait après ? Comment as-tu survécu ?, demanda Jules, inquiet. Ton visage reste aussi frais que celui d'un bébé. Tu es toujours plus élégante et plus attrayante… Il a mal joué, ce drôle de Gaspard ! C'est sa perte. C'est son malheur... Son grand malheur ! »

Jean-Paul s'éclipsa en douce...

3

Huit heures du matin. Jean-Paul jugea qu'il serait mal venu de se rendre si tôt chez la fille qu'il courtisait. Pour tuer le temps, il se rendit chez son oncle maternel, Filousier Mariveaud. Un homme ambitieux qui voulait réussir à n'importe quel prix. Son visage juvénile respirant l'innocence l'aidait beaucoup dans son entreprise. Il croyait en la méchanceté de l'homme et disait à qui voulait l'entendre : « Mieux vaut tromper qu'être trompé. » Tout en étant médecin, il multipliait les activités. Il était multicarte : agent de voyage, agent immobilier, concessionnaire automobile, représentant médical en produits pharmaceutiques, professeur, etc.

À 35 ans, il épousa une charmante fille de 20 ans prénommée Ella. Fille unique, elle hérita entre autres de 300 carreaux de terre en province et d'une élégante maison dans le quartier résidentiel de Pacot.

Jean-Paul trouva Ella affairée dans son magnifique jardin qui entourait leur demeure. Il l'embrassa et s'émerveilla de la variété des fleurs qui s'épanouissaient sous les mains caressantes de leur propriétaire. Sa joie atteignit son comble quand il remarqua qu'Ella avait le ventre rond.

« Oh ! s'exclama Jean-Paul, quelle belle surprise ! J'aurai bientôt un petit cousin avec qui je pourrai revivre des scènes enfantines… »

« Ou une petite cousine », répliqua Ella.

« Fille ou garçon, à partir d'aujourd'hui, je vais compter les jours. J'imagine sa beauté, son embonpoint. Je le vois déjà pleurer ou courir après moi quand nous devrons nous séparer. »

« Sois patient, Jean-Paul. Le temps passe très vite. »

« J'attendrai impatiemment sa venue. Je vais commencer à économiser pour lui acheter des jouets. »

« Alors, je n'ai plus besoin de lui chercher un parrain. Tu es tout indiqué… »

« J'en serais flatté », répondit-il, tout sourire.

« Entre autres, veux-tu me donner les nouvelles de la maisonnée. »

« Tout le monde se porte à merveille, tante Ella ! »

« Je m'en réjouis ! Ton oncle vient de partir à l'hôpital. Ce gars-là travaille à toute heure du jour et de la nuit. Il prétend qu'il lèvera le pied sous peu. Espérons-le ! »

« Il aime tellement son travail. Pour lui, c'est plus qu'une vocation, c'est un sacerdoce. »

« Je suppose que tu as raison. Il tient coûte que coûte à se surmener. Que veux-tu, je l'aime ainsi ! »

Jean-Paul approuva d'un signe de la tête. Ils continuèrent à bavarder un peu puis il partit. Les minutes passaient trop lentement à son goût. Il était encore trop tôt pour aller voir Nancy. Il passa par le boulevard Jean-Jacques Dessalines où il remarqua un attroupement. Il y avait une cérémonie vaudou près du marché Vallières.

Les esclaves avaient rapporté d'Afrique cette croyance mettant en scène des dieux dont les plus connus sont Papa Legba, Ogou Ferraille, Damballah, Guédé, Erzulie… Le prêtre vaudou, le ougan, possédé par l'esprit d'un des dieux, prit un fer rouge dans le feu, le lécha comme une glace à la vanille. Il s'enfonça un couteau dans l'estomac, du sang en sortit, mais il ne fut pas blessé… Jean-Paul, troublé, tentait de se convaincre que c'était un mirage. Il décida de penser à autre chose et prit un taxi.

La maison des parents de Nancy était entourée de gazon. À l'entrée, deux perroquets caquetaient. Dans la grande cour, gambadaient des canards, des dindes, des tourterelles, des poules… sous l'œil de Martin, le gros chien, qui montait la garde. La porte d'entrée donnait sur le salon bleu. À l'intérieur, on distinguait un piano à queue et un aquarium… Et, au sol, au beau milieu d'un tapis africain, le portrait d'un lion rugissant.

Quel magnifique tableau ! Quelle impressionnante famille !, pensait Jean-Paul, tandis que la servante allait chercher Nancy à l'étage.

Quand elle entra, il était en train de contempler une photo de la famille. L'apparition de Nancy sembla illuminer la pièce. Sa voix harmonieuse résonna :

« Bienvenue, Jean-Paul ! Mon cœur bondit de délices en te voyant à nouveau. Excuse-moi de t'avoir fait attendre… »

« Tu n'espérais pas ma venue. Depuis notre rencontre, je pense sans cesse à toi et j'ai constamment besoin d'être en ta compagnie. Alors, pardonne mon indélicatesse de faire irruption chez toi comme ça... »

« Ne t'en fais pas... Je m'ennuyais dans ma chambre quand on m'a annoncé ta visite. C'est très gentil de ta part. »

« Merci ! Je ne vais pas tarder pour ne pas éveiller les soupçons de tes parents. »

« Mes parents sont des gens très ouverts. Ne te fais pas tant de soucis. D'ailleurs, ils sont sortis. »

Il contemplait sournoisement la beauté naturelle de Nancy. Sa robe rose laissait entrevoir ses bras ronds et dodus. Ses seins fermes gonflaient le corsage. Des chaussettes de soie moulaient ses pieds dans ses pantoufles. Sa bouche humide et entrouverte révélait l'émail de ses dents blanches. Alors qu'il avait préparé de belles phrases en l'honneur de sa princesse, en sa présence, il fut frappé d'amnésie et resta muet.

La jeune fille reprit la parole :

« Il fait beau aujourd'hui ! »

« Hum ! Hum ! », répondit Jean-Paul.

« Sous peu, on retournera en classe ! »

« Hum ! Hum ! »

« De longues nuits d'études nous attendent. »

« Hum ! Hum ! »

Nancy commençait à se lasser de ses monosyllabes. Elle déclara :

« Mes parents ne vont plus tarder à rentrer. »

« Hum ! Hum ! », balbutia Jean-Paul.

« Quoi ? »

« Euh ! Ne vaudrait-il pas mieux que je m'en aille ! »

Nancy n'eut pas l'opportunité de répondre. Une voiture s'arrêtait dans la cour. Debout au milieu de la porte d'entrée, monsieur Henry de La Fleur dit :

« Nancy, pourquoi n'as-tu pas arrosé les plantes ? »

« Je vais le faire maintenant, Papa. Par ailleurs, je vous présente un ami, Jean-Paul Leclair. »

Ils se saluèrent. Madame Ginette de La Fleur s'empressa de lui serrer la main :

« Hello, Jean-Paul ! Mon mari et moi sommes enchantés de te rencontrer. »

« Merci, madame de La Fleur. Vous avez un salon original ! »

« J'en suis honorée. »

Et comme Henry de La Fleur gardait le silence en observant Jean-Paul d'un œil inquisiteur, Ginette le tira imperceptiblement par la manche. Tous deux s'excusèrent auprès des jeunes et montèrent à l'étage.

Jean-Paul reprit la parole :

« Tes parents sont très jeunes et extrêmement gentils ! »

« Vraiment ? Merci beaucoup. Ils reviennent d'une répétition. Une de mes cousines, Anne, va se marier la semaine prochaine. Mon père la mènera au pied de l'autel. Quant à ma mère, elle organise la réception. »

« Tous mes compliments ! Il y a lieu de se réjouir. Quel événement extraordinaire dans la vie d'un individu ! Que deux étrangers, issus de familles différentes, arrivent à s'unir pour devenir intimement liés l'un à l'autre est une pensée qui me ravit littéralement. »

« L'amour détient le pouvoir féerique de fusionner les cœurs. Il tarit les pleurs et procure le bonheur. »

« Nancy, sais-tu que tu procures en moi cet immense bonheur ? »

Submergé par l'émotion qui lui serrait la gorge, il se mit à toussoter. Des gouttes de sueur coulaient sur son front. Nancy l'entendait avaler sa salive. Il poursuivit :

« Si je me plaçais sur l'un des plateaux de la balance de l'amour, je peux te dire qu'aucune autre fille n'a pu, ne peut, et ne pourra ramener l'aiguille à zéro, sauf toi. Toi seule rétablis l'équilibre. Mon affection pour toi est intense, mes mots sont impuissants à exprimer mes sentiments. Aussi me passerai-je de parlote pour te dire indubitablement : « Je t'aime ! »

Nancy éprouvait toutes les peines du monde à cacher son émotion. Elle avait les yeux écarquillés. Le sol dansait sous ses pieds. Elle était incapable de décrire ce qu'elle ressentait. Elle ne savait pas si elle était contente, fâchée, surprise ou juste amusée. Elle laissait courir nerveusement ses doigts dans ses cheveux d'ébène. Lui avouerait-elle que depuis leur rencontre elle ne cessait de penser à lui ? De rêver de lui nuit après nuit ? De parler de lui à ses amies ? Qu'elle faisait davantage attention à son apparence physique ? Non, décida-t-elle. Elle opta pour l'arme la plus efficace vis-à-vis des hommes inexpérimentés : elle fit la capricieuse.

« Vraiment, Jean-Paul ? »

« Vraiment, ma chère ! »

« Ne confonds-tu pas amour et fatuité ? À 16 ans, sommes-nous vraiment prêts à nous livrer à ce jeu dangereux ? »

« Nancy, 16 ans, c'est, dit-on, l'âge de la frivolité, de l'indécision et de l'instabilité pour le commun des mortels. Cela ne nous empêche pas d'être différents. Nous pouvons prouver à tous que nous sommes l'exception qui confirme la règle. Nous sommes du même bois que Roméo et Juliette, Tristan et Iseult. L'amour n'a pas d'âge. Le vieillard avec son bâton, le pauvre dans son gîte, le riche dans sa villa, l'handicapé… tout le monde a le droit sacré d'aimer. L'amour ne connaît ni classe, ni nationalité. Il apporte le bonheur, le sens de la vie. Quand on aime, l'incertain devient certain ; l'inacceptable, acceptable. Nous sommes jeunes, l'amour nous aidera à planifier à deux, à étudier à deux, nous orienter à deux, penser à deux… »

Nancy était en état d'hypnose. Elle gardait les yeux rivés sur le coucou de l'horloge du salon qui chantait 16 heures. Se rapprochant d'elle, il lui dit tout bas :

« Je sais que je peux être maladroit et que les mots me manquent pour t'exprimer ce que je ressens. Quand je te vois, je n'arrive plus à contrôler mes émotions. Ne partages-tu pas en ton cœur ce que j'éprouve et que je n'arrive pas à te confesser ? Pourquoi refuserions-nous le don infini du divin ? Ne veux-tu pas goûter à cette indicible joie qui remplit le cœur des amoureux ? Nous pourrions cheminer, heureux, main dans la main, narguant l'avenir et nous réjouissant même face aux menaces de la vie, car l'amour triomphe toujours. J'attends avec impatience ce jour où nous unirons nos vies envers et contre tous… »

« Arrête-toi un instant, Jean-Paul ! Gardons-nous des décisions hâtives. Nous sommes trop jeunes pour décider si brutalement de parcourir la vie à deux. Nous venons de nous rencontrer, mon cher. Soyons raisonnables. Laissons à l'avenir le soin de nous dire ce qu'il faut faire… »

Jean-Paul allait protester quand le téléphone sonna. C'était le parrain de Nancy. Tandis que Nancy répondait, Jean-Paul décida de ne pas brusquer les choses. Il se dirigea vers la servante et lui dit :

« Présente mes excuses à Nancy. Je ne peux pas rester davantage. J'avais oublié que je devais passer chercher ma petite sœur qui a déjà terminé sa leçon de piano. De plus, je ne veux pas abuser de sa gentillesse ! »

Tandis que Jean-Paul descendait les marches, il entendit le père de Nancy dire à sa femme du balcon :

« Ginette, que nous veut ce petit freluquet ? Dans quel institut ou quel asile Nancy l'a-t-elle rencontré ? »

« N'aie crainte, Henry. À 16 ans, notre fille est assez grande pour savoir se défendre. »

« Moi, j'ai un revolver et une machette. Je décapiterai ceux qui ont l'intention d'exploiter la beauté et la jeunesse de ma fille… »

Jean-Paul tourna dans la rue en faisant semblant de n'avoir rien entendu.

Nancy et Ginette rentrèrent au salon pour parler de choses et d'autres sans faire part de leurs préoccupations. Nancy était encore sous le charme de la déclaration d'amour de Jean-Paul. Quant à Ginette, elle craignait que le même Jean-Paul n'eût entendu les paroles de son mari. Pour détendre l'atmosphère, Nancy invita sa maman à lui faire le récit de la répétition du mariage.

Ginette répondit :

« Tout se déroula avec une précision mathématique qui impressionna tous les assistants. Mais il faut que je te dise que Anne et ton futur cousin, Franck, nagent dans une lugubre joie. »

« Comment cela ? »

« Le papa de Franck, Marcel, souffrait depuis plusieurs mois déjà, mais il refusait d'aller consulter. Et quand il s'est décidé à le faire, le médecin lui a dit qu'il lui restait à peine six mois à vivre. »

« Je ne comprends pas pourquoi les hommes refusent d'aller voir leur médecin alors qu'ils exigent que leurs femmes y aillent régulièrement », objecta Nancy.

« Ils se croient bien portants, et surtout invulnérables. En tout cas, le résultat est que Franck a décidé d'avancer la date du mariage pour faire plaisir à son père, puisque le vœu le plus cher de celui-ci était d'assister au mariage de son fils aîné. »

« Il a du mérite, déclara Nancy. Je ne comprenais pas pourquoi ces deux jeunes gens s'empressaient à mettre fin à leur vie de célibataire… »

« Maintenant, tu saisis la portée de leur décision, déclara Ginette. De toute façon, le mariage n'est pas une question d'âge, mais de maturité d'esprit. »

« Je partage entièrement ton opinion, maman. Et puis les personnes qui s'unissent très tôt ont la chance de grandir et d'évoluer avec leur progéniture plus longtemps. »

Après une petite pause, Ginette ajouta :

« Entre autres, qui est ce beau ténébreux qui vient te rendre visite ? Un ami, un admirateur ? »

Nancy pâlit un peu. Puis, elle baissa les yeux et dit :

« Il n'y a rien. Je l'ai rencontré par hasard. On se parle. »

Henry de La Fleur, qui faisait son apparition, dit :

« Comment ? Tu rencontres un sans-aveu sur ta route et le voilà qui s'installe chez nous ! Tu le reçois dans notre maison en notre absence ! Qu'est-ce qu'il te prend ? As-tu perdu la tête ? »

« Calme-toi, chéri, répondit Ginette. Tu n'as même pas vu le jeune homme et déjà tu lui colles des étiquettes. »

« Un père attentif comme moi a toujours ses antennes déployées. Et mon sixième sens me dit tout. En tout cas, il me dit que j'ai une fille qui doit boucler ses études avec brio, devenir médecin ou avocate et être la fierté de mon nom. Et pour ce faire, je n'hésiterai devant aucun sacrifice. Je suis prêt à renverser tous les obstacles et à éliminer les loups ravisseurs, quitte à aller en prison après. Je ne permettrai pas que ce qui s'est passé chez les De Laurier nous arrive. »

« On vit sa vie, on choisit ceux qu'on aime », répliqua Ginette.

« Que s'est-il passé, chez les De laurier ?, demanda Nancy. Et qui sont-ils ? »

« Ma fille, c'est une longue histoire. Ton père n'a aucune raison de la mentionner maintenant. Il est paranoïaque, c'est tout. »

« Je prends mes précautions », reprit monsieur de La Fleur d'un ton plus calme.

« Pour ma part, dit Nancy d'un air troublé, je sais que je décrocherai mon doctorat, que ce soit en psychologie ou en psychanalyse… »

« Bravo, ma fille ! J'aime la certitude avec laquelle tu appréhendes la vie », déclara son père.

« Seulement, laisse toujours une petite place pour les imprévus que la vie t'amènera », ajouta Ginette.

« Chérie, pourquoi faut-il que tu injectes le venin du doute dans la tête de ma fille unique ? En vérité, parfois je me demande de quel esprit tu es animée ? »

« De l'esprit pratique qui prépare ta fille à toutes les éventualités », répondit-elle, espiègle.

Après une longue pause, Henry changea d'humeur et dit :

« J'ai failli oublier de vous dire. J'étais descendu pour vous annoncer une bonne nouvelle ! Oui, une bonne nouvelle ! Bonne nouvelle ! », s'amusa-t-il à répéter en se frottant les mains.

« Qui, sur cette terre, peut bien apporter une si bonne nouvelle à mon époux, le « roi du drame » ? », demanda Ginette.

« Devine qui vient d'appeler pour nous faire part d'une annonce sensationnelle ? »

« Ton banquier accepte l'emprunt pour notre voyage », répondit Ginette pour l'ennuyer.

« Non ! »

« Ton frère va nous envoyer un nouveau piano pour Nancy. »

« Non ! »

« Tu vas être augmenté. »

« Non ! »

« Ta mère va me nommer son unique héritière, et toi tu n'auras rien. »

« Pas une seule chance, et cela ne m'amuse pas. »

« Décidément, je n'arrive pas à trouver la cause de ta bonne humeur », admit Ginette. Alors Nancy prit la relève :

« Le docteur a déclaré que ta tension était redevenue normale… »

« Chez un homme toujours stressé et stressant, impossible », dit Ginette.

Henry avoua enfin l'objet de sa bonne humeur :

« Voilà : madame Edner vient de téléphoner pour nous apprendre que finalement, et heureusement, son mari ne souffre de rien et qu'il ira au mariage de son fils en pleine forme. Non seulement il n'est pas malade, mais en fait, il ne l'a jamais été… Le laboratoire a dû confondre les résultats d'Edner avec ceux d'un autre patient ! Incroyable, mais vrai. »

« Bravo ! », cria tout le monde en chœur.

Après cet heureux épisode, Nancy monta dans sa chambre. Ses parents se rendirent sous la véranda pour continuer leur conversation. Ginette voulait parler de l'incident de l'après-midi :

« Henry, tu as toujours été un homme bien éduqué et un bon conseiller. Que t'arrive-t-il ? Tu fais une affaire d'État d'une visite innocente. »

« Ce qui m'a irrité, c'est qu'il a profité de notre absence pour venir séduire ma fille. »

« En vérité, je comprends pourquoi tout le monde te donne le surnom de monsieur le « roi du drame ». Tu ne sais même pas ce qui s'est passé réellement. Dans un cas comme celui-là, tu dois aller voir ta fille et lui demander un compte rendu. Quand tu l'accuses ainsi, tu lui donnes l'impression que nous ne lui faisons pas confiance. »

« Je ne l'accuse point. En revanche, je n'ai aucune confiance en ce filou qui vient empoisonner le cerveau de ma fille. »

« Tu insinues beaucoup de choses. Ce n'est pas la bonne approche. Un homme de ta trempe doit le réaliser. Il ne faut pas que nous donnions l'impression à Nancy que nous doutons de sa conduite. Au contraire. »

« À vrai dire, je ne sais pas ce qui m'a pris. »

« Tu as toujours été un homme jaloux. Jaloux pour tes parents, jaloux pour tes enfants, quant à ta femme, n'en parlons pas... »

« Tu exagères ! »

« Un petit exemple, au hasard : l'année dernière, à la Saint-Sylvestre, en rentrant du réveillon, tu te souviens, nous sommes tombés en panne de voiture. Nous avons pris un taxi... Peu de temps après, un homme est venu s'asseoir prés de moi. Nous étions un peu serrés. Eh bien quand le taxi s'est à nouveau arrêté pour prendre un autre passager, à mon grand étonnement, tu lui as dit que nous étions arrivés à destination. Nous avons dû marcher en pleine nuit de Lalue jusqu'à Pétion-Ville ! »

« Mais… Je croyais que nous étions arrivés. J'étais un peu ivre. »

« Ivre de quoi ? Tu ne bois jamais. Ivre de jalousie, oui. Et le pire, c'est que tu ne veux pas l'admettre. »

« Jaloux, moi ? Je prends des précautions, c'est tout. Je protège ma famille. Ce qui est un point d'honneur pour tout Haïtien qui se respecte ! »

« En tout cas, sois raisonnable ! Ton emportement pourrait traumatiser Nancy. Et puis, si elle a un petit ami, mieux vaut qu'elle le ramène chez nous. Nous ne devons pas faire comme avec mes parents. Je ne tiens pas à ce qu'ils se voient en cachette, comme nous quand nous étions jeunes et que tu cherchais à profiter de chaque recoin obscur pour me caresser ou me voler des baisers durant les black-out. »

« Nous étions plus respectueux, alors... »

« Allons donc ! Si ça avait été possible, tu aurais tout pris à la dérobée. C'est la raison d'ailleurs pour laquelle tu réagis aujourd'hui avec tant de véhémence ! »

« Moi ? J'étais un petit saint. Si j'avais été catholique, on m'aurait canonisé. »

« Et moi, je viendrais à tes pieds pour te prier. »

« Il se fait tard, viens donc me prier. Viens me confesser tes désirs sous les draps. »

« Confesse d'abord tes péchés. Tu dois demander grâce. Après, je verrai. Si tu es sincère, je te ferai peut-être une faveur ! »

4

Quarante-huit heures plus tard, sans nouvelles de Nancy, Jean-Paul déprimait. Il était persuadé qu'il venait de connaître un nouvel échec sentimental. Marie-Alice, Evelyne, Denise, Monique, Gladys, Mimose, Bernadette, Claudia, Yvrose, Micheline… toutes lui dirent non.

Il en était à ce moment de sa réflexion quand son ami Jules fit son apparition.

« Hello, Jean-Paul, tu fais le casanier ? »

« Je n'ai pas d'autres choix, je suis dans l'émoi... Je suis sur mon lit, ennuyé de la vie. J'attends avec remords, la venue de ma mort. »

« Ne me dis pas que ta Nancy t'a éconduit ! »

« Les femmes ne veulent pas de moi. Je vais me consacrer à Dieu. Renoncer au monde, à ses vanités... Donne-moi l'adresse du monastère le plus proche. »

« Si tu devenais prêtre, même ma mère ne serait pas en sécurité avec toi… »

« Tu divagues ! Un homme comme moi. Chatouilleux sur l'honneur, collet monté... »

« Collet monté peut t'étouffer si tu vois la fille que tu aimes au bras d'un autre homme. Tu l'aurais regretté toute ta vie. »

« Je n'aurais pas de vie. Sans elle, à quoi bon vivre ? »

« Bon, cessons de plaisanter. La mer est remplie de poissons. Alors, mon cher, sois un homme et cesse tes jérémiades. Que s'est-il passé avec Nancy ? »

« Elle ne m'aime pas. »

« Te l'a-t-elle dit en face ? »

« Non ! Mais elle m'a dit d'attendre. C'est une phrase qui m'est bien familière. C'est une façon élégante de me donner mon carnet, comme on dit chez nous… »

« Voilà ma gloire ! En ma qualité d'expert, laisse-moi te dire que quand une femme te demande de l'attendre, cela signifie un oui. D'ailleurs, te souviens-tu de ce qu'Aristote a dit là-dessus ? »

« Tu me répètes souvent qu'il aurait dit : « Il n'y a pas de femmes difficiles, il n'y a que des mauvais dragueurs ». Mais moi, je n'ai jamais lu une telle phrase d'Aristote. »

« Tu oses douter de mon savoir ! Moi, l'encyclopédie ambulante… »

« D'accord, Jules ! En plus, son père a promis de me couper la tête… »

« Mon vieux, si tu demandes la main d'une fille de 16 ans à un père Haïtien, il faut que tu sois au moins le fils du Président. À Port-au-Prince, chaque parent rêve de voir sa fille épouser un docteur, un avocat… un homme riche. Et toi qui es aussi maigre qu'un hareng, tu as osé te présenter devant les parents de la fille… »

« Jules, tu divagues. À vrai dire, j'ai seulement entendu une conversation entre ses parents et j'ai compris qu'ils parlaient de moi. »

« D'accord ! Maintenant, je comprends. Tu passes ta vie à naviguer dans les interprétations. D'abord, on ne va pas chez une fille la première fois sans avoir déjà établi une relation un tant soit peu durable. Et si elle te chassait ? Tu sais que Lisette a lâché son chien après Mario pour une maladresse du même genre. Écoute. La fille, on la retrouve près de son école, à son église… On l'accompagne subrepticement… On développe sa stratégie avec douceur. D'où t'est venue l'idée d'aller chez Nancy dès votre première rencontre ? A-t-elle un frère ? Tu deviens l'ami de son petit frère qui sera flatté qu'un garçon plus âgé s'intéresse à lui. Quand tu vas chez elle, tu dis que tu viens voir Junior. Elle joue du piano ? Tu t'improvises pianiste. Aime-t-elle chanter ? Tu deviens membre de sa chorale. Si elle excelle dans une matière, tu lui demandes de t'aider dans cette matière… même si tu en sais déjà tout. Il faut également penser à une stratégie pour les parents. Règle numéro un : tu leur dis toujours ce qu'ils veulent entendre : tu veux être médecin. Tu fréquentes l'Institut français, l'Institut haïtiano-américain. Tu es croyant. Tu es studieux, d'ailleurs tu es le premier de ta classe. Tu as de la famille un peu partout en Europe et en Amérique. Rappelle-toi que la maman est généralement plus facile que le papa. Montre-toi gentil envers elle en particulier. Rends-lui de petits services. N'oublie pas les anniversaires. Ne reste pas trop longtemps, ne dépasse jamais une heure.

Ne mange rien chez eux, même si tu meurs de faim. Ils seront impressionnés : ils verront en toi un homme de principe. En réalité, pour courtiser une fille haïtienne, il faut aussi courtiser la maman et l'un des frères ou une petite sœur naïve. Ensuite, tu pourras affronter le père. »

Jean-Paul était exaspéré par les conseils de Jules. Heureusement, le téléphone sonna :

« Bonsoir ! Je suis Nancy de La Fleur. Puis-je parler à Jean-Paul Leclair, s'il vous plaît ? »

« C'est bien lui », répondit Jean-Paul qui fit signe à Jules de partir.

« Es-tu surpris de m'entendre ? »

« Oui ! Où as-tu trouvé mon numéro de téléphone ? Excuse-moi de t'avoir offensée la dernière fois. Je… »

« Jean-Paul, ce n'est pas le moment. Je t'appelle juste pour savoir si tu veux me retrouver à la Bibliothèque nationale cet après-midi, car je dois m'y rendre pour faire des recherches. »

« Je… Je ne crois pas ! J'ai d'autres plans », répondit Jean-Paul, espérant qu'elle allait insister.

« Alors, j'espère que ce sera pour une prochaine fois. »

« D'accord. Bye bye, Nancy. Merci d'avoir appelé. »

Jean-Paul raccrocha puis alla dans sa chambre où il fit tomber un verre. Son père, intrigué par le bruit, passa la tête pour voir ce qui s'était passé.

Jean-Paul lui dit :

« Je suis un fiasco, une nullité… »

« Chut ! Voyons, tu déraisonnes mon fils ! s'exclama Giscard. Tu sous-estimes tes capacités ! Si tu rencontres des difficultés, tu dois les affronter avec calme et bravoure. Les collines et les vallées de la vie la rendent plus nuancée. »

« Si tu savais ce que j'éprouve, ce que j'endure, tu aurais un tout autre langage ! »

« Peut-être que tu es tombé amoureux d'une fille et que tu ne sais pas comment le lui confesser. Tu as peur d'essuyer une défaite. Moi, je me souviens du beau vieux temps : généralement, on rencontrait une jeune fille dans un lieu public, à l'école, au lycée, à l'église, à une kermesse… On échangeait un sourire timide, puis on lui envoyait des billets doux. Moi, j'écrivais de longues et merveilleuses lettres. Je me souviens de la première fois que j'ai conté fleurette à ta mère. Elle fréquentait le lycée des jeunes filles et moi j'allais au lycée Alexandre-Pétion. Je la croisais chaque jeudi matin. Je la saluais, mais elle me répondait par le mépris. Un matin, un chien s'est mis à courir après elle. Je me suis placé entre elle et lui, et il m'a mordu la jambe – j'en porte encore la cicatrice aujourd'hui. Ta mère en a été pétrifiée. Je lui ai dit que j'étais prêt à donner ma vie pour la protéger. Elle m'a souri et dit :

« Tu es fou ! »

Je lui ai répondu :

« Oui, je suis un cas clinique. Je suis fou d'amour et toi seule peut me guérir. » Finalement, quelque temps plus tard, j'ai fini par déduire que j'avais son mot et, depuis lors, je suis guéri… »

« On ne fait plus ces choses-là, papa. Ces temps sont révolus… Et on ne peut pas passer trop de temps après une fille. Si elle n'accepte pas, il y en a beaucoup d'autres qui sont prêtes à la remplacer… »

« Surtout, de nos jours, un simple clignement d'yeux suffit à se croire amoureux. »

« Mon problème ne se pose pas à ce niveau. Mon problème, c'est qu'elle me dit non, et après elle m'invite à la retrouver quelque part. »

« Si elle te dit : « soyons amis », tu es sur une bonne piste. Son « non » sous-entend ou bien attend un peu, ou bien « oui », ou encore continue à me bercer, me courtiser. Elle aime ta compagnie. Ta mère n'avait pas répondu oui la première fois. Que dis-je, la première fois qu'elle a dit oui, ça a été au pied de l'autel. Mais ça n'a pas été facile. »

« Qu'entends-tu par là ? »

« Eh bien, mon fils, en ce temps-là, l'amour revêtait une importance unique. La demande en mariage était initiée par le jeune homme – avec l'assentiment des parents, généralement – et était officialisée par une lettre écrite en français. Ceux qui ne savaient ni lire ni écrire suppliaient un étudiant ou payaient quelqu'un pour rédiger cette lettre. Nous autres, à la capitale, nous devions être beau parleur. Je me souviens que lorsque je rencontrais une fille et lui causais, j'aimais bien m'adosser à un arbre. Je cassais de petites branches et leur enlevais une à une leurs feuilles. Cela me donnait l'inspiration pour immortaliser mon amour. »

« Heureusement, papa, ces choses ont changé. »

« Mais pas toujours pour le mieux. Je suppose que tu as accepté l'invitation de ta dulcinée, n'est-ce pas ? Elle veut que ses amies te voient et lui donnent leur opinion. »

« J'ai eu l'audace de lui dire non. Je lui ai dit que j'étais très occupé. »

« Bravo, mon fils ! »

« Bravo ? Je ne te comprends pas ! »

« L'un de mes professeurs disait : « Si on trouve une femme sans caprice, je n'en ai pas besoin ; mais si on trouve le caprice sans une femme, qu'on s'empresse de me l'apporter. Je veux savoir ce qui fait des femmes ce qu'elles sont ». Toi, tu as prouvé que le caprice habite aussi en l'homme. Apaise-toi. Elle va se rendre compte que tu ne badines pas avec tes sentiments. »

« Et si j'allais la retrouver à la bibliothèque ? »

« Pourquoi ? Les vacances n'ont pas encore pris fin. Je parie qu'elle voulait seulement te parler au téléphone. Et puis te revoir. »

« Que me conseilles-tu ? »

« Rien. J'ai confiance en toi ! »

En rentrant de chez les voisins, la mère trouva ainsi ses deux hommes en pleine discussion. Elle leur demanda ce qui se passait.

« Rien d'extraordinaire, répondit Giscard. Et toi, quelles sont les nouvelles ? »

« Antoinette vient de rentrer des États-Unis. On dirait qu'elle a rajeuni de dix ans. Elle m'a beaucoup parlé de New York : le métro, les rues, les gratte-ciel… »

« Elle ne t'a pas parlé des crimes, de tous les actes immoraux qui s'y commettent ? »

«… Giscard, Il faut que nous allions visiter l'Amérique ! »

« Sans moi ! Un ami m'a conté ses mésaventures : le soir de son arrivée à New York, on lui a volé son portefeuille. Le lendemain, à cause d'une panne d'électricité, il a dû traverser le pont qui mène à Brooklyn, et là il s'est fait bousculer par un cambrioleur en fuite. Ça lui a suffi, il a pris le premier vol pour rentrer en Haïti. »

« Cela ne nous empêche pas de tenter notre chance », insista Ginette.

« Écoute, mon amour : Haïti regorge de merveilles. Avec la mer des Antilles à ses pieds, l'éclat rieur de ses montagnes, le parfum de ses fleurs, la variété de ses fruits, l'innocence et la beauté naturelle de ses filles, Haïti est une oasis pour tous les habitants du globe. Ses villes, ses villages, ses monts et coteaux offrent une diversité idéale à qui est à la recherche d'un petit paradis. Par sa vitalité, son fascinant passé, le pays est un musée à ciel ouvert. Les Haïtiens savent accueillir leurs hôtes comme des princes, avec leurs cassaves, leur rhum… Dans quel autre pays pourrait-on trouver la marchande de charbon qui se presse au marché avant potron-minet sur sa bourrique ? Ou la voix chantante de la vendeuse de pois, de maïs et de riz ; ou encore le courageux cireur de bottes ? Ils vous saluent tous gaiement… et vous conseillent : allez visiter la citadelle, le palais Sans-Souci, la ville de Kenscoff, les mille et une plages et places de nos villes et provinces. Et si vraiment nous tenons à voyager, embarquons-nous immédiatement pour les autres îles des Caraïbes. Oublions donc les grands pays pollués avec leur neige glaciale et leur civilisation anémique. »

« Je suis d'accord avec toi. Mais que cela ne nous empêche pas d'envisager un voyage lointain », répliqua-t-elle en l'embrassant. Puis, se prenant par la main, ils regagnèrent leur chambre.

5

Chaque dimanche vers 19 heures 30, la famille de La Fleur partait faire une promenade. Ce soir-là, Ginette avait passé une ravissante robe africaine et portait de nouvelles espadrilles. Henry avait opté pour un complet blanc, avec une cravate, comme toujours. Ils attendaient Nancy dans la voiture. Normalement, elle était ponctuelle. Dix minutes plus tard, Ginette quitta son siège pour aller voir ce qui se passait. Elle fut surprise de trouver Nancy couchée sur son lit en peignoir asiatique.

« Que fais-tu là, ma fille ? Va donc vite t'habiller. Nous partons nous promener. »

« Je ne… »

«… Laisse-moi t'aider à te préparer. »

« Non, maman. Je ne sors pas ce soir. »

« Pardon ? Toi qui te fais toujours un plaisir de ces sorties ! Joujou, nous passerons chez Lily qui t'a préparé ton plat préféré : pommes de terre et poisson frit. Après quoi nous irons à Fermathe rendre visite à ta marraine. Et ensemble nous flânerons au milieu du parfum suave des lauriers, des lilas et du jasmin. Et si le temps nous le permet, nous nous arrêterons peut-être au carrousel… »

Elles entendirent soudain Henry qui criait :

« Décidément, vous n'allez pas bouger de la maison, mesdames ! »

« Maman, dit Nancy, tu peux partir avec mon papa. Je ne suis pas disposée à sortir. Je me porte à merveille, simplement j'ai besoin d'un peu de solitude pour méditer. »

Le cœur mi-chagriné, mi-troublé, la mère embrassa la fille et sortit. Nancy entendit la voiture démarrer. Ginette était pensive. Sa petite fille était en train de devenir une femme. Elle commençait à rêver d'amour. Elle se dit qu'elle devrait peut-être faire plus attention à elle. Et discuter davantage.

Lentement, Nancy se leva pour aller jouer quelques notes au piano. Puis elle changea d'avis. Elle feuilleta vaguement un livre qui se trouvait sur le buffet, mais était incapable de fixer son attention. Enfin, elle poussa un soupir en entendant Adamo chanter : « Tu ne viendras pas ce soir ». Elle se sentait mal dans sa peau, un peu malade, sans savoir de quoi elle souffrait. Elle se dit : « Ah ! Le genre humain connaît des moments où il se sent vraiment tenaillé, tiraillé, écartelé entre un je-ne-sais-quoi et un je-ne-sais-qui. Tout le monde dit que l'amour est la plus belle des choses… d'où vient donc que je me sente si malheureuse ? Ai-je le droit d'aimer ? Suis-je trop jeune ? » Elle resta immobile, comme en attente d'une réponse.

Ding, dong, ding ! La sonnette de la maison retentit.

Qui peut venir me troubler ainsi ?, se demanda-t-elle.

La servante ne donnant pas signe de vie, Nancy s'étira et se résigna à aller ouvrir. Son cœur bondit quand elle reconnut la silhouette de l'éveilleur de ses charmes : Jean-Paul Leclair. Elle s'empressa d'aller ouvrir et s'exclama :

« Jean-Paul ! Quelle surprise ! Tu es vraiment chanceux ! Je devais sortir, mais j'ai préféré rester pour lésiner. »

« Je ne te dérange pas ? »

« Bien au contraire… Je m'ennuyais un peu. »

À peine rentré, Jean-Paul déroula le discours qu'il avait préparé :

« La barque de mon existence a dérivé toute la journée sur le lac de la solitude. J'ai pensé à toi dans le martèlement des heures qui perduraient encore et encore. Ce soir, tous les copains sont sortis avec leurs amoureuses. Je n'ai pas pu résister à la tentation de venir te voir. Tiens, je t'ai apporté une rose. Elle ne coûte pas cher. Elle représente peu de chose, mais elle symbolise mon profond amour pour toi. »

« Une rose ! Ce geste me va droit au cœur et me procure plein de bonheur ! Assieds-toi un instant, je vais la mettre dans un vase. »

Jean-Paul accepta un fauteuil. En attendant le retour de Nancy, il se mit à examiner la bibliothèque familiale. Le magnifique chandelier à douze branches lui rappela l'histoire des sept chandeliers de l'Apocalypse. Nancy en profita pour se faire une nouvelle toilette. Belle comme la lune, par pudeur et prudence – se souvenant de la dernière intervention de son père –, elle proposa à Jean-Paul de rester sous la galerie. Puis elle lui dit :

« Tu sais, pendant une minute, l'épée du futur me menaçait. Le squelette du destin m'effrayait et la fuite du temps m'importunait. Donc tu es venu à temps... »

« N'est-ce pas merveilleux ! J'en suis flatté », dit Jean-Paul timidement.

Ils évoquaient tendrement leur amour sur le sofa quand les parents de Nancy rentrèrent. Jean-Paul, rempli d'un sentiment de honte, resta immobile et muet. Il aurait voulu devenir invisible.

« ON-EST-DÉ-JA-DE-RETOUR », chantonna Nancy qui transpirait un peu.

« Oui ! », répondit sa maman qui avait remarqué que sa fille avait changé de tenue. On aurait pu croire qu'elle habitait « rive gauche ». Quant à son père, ses yeux laissaient transpercer la chaleur d'une flamme incandescente. Il respira profondément pour se calmer... et y parvint à peu près. Ginette se dépêcha de le prendre affectueusement par les hanches pour l'entraîner à l'ombre du patio.

Jean-Paul avait du mal à se remettre :

« Dis donc, Nancy, je pensais que tes parents étaient à la maison. Que vont-ils penser ? Quelle stupidité ! Quelle maladresse ! Pourquoi ? »

« Parce que tu m'aimes, lui répondit-elle avec évidence. Je t'aime... Ouf ! Je ne sais plus ce que je dis. Excuse-moi... Euh ! Merci pour la rose... C'est la première fois que quelqu'un m'en offre une. »

« … Voilà qui est flatteur ! Tu es la plus belle rose du jardin universel. Quand les autres faneront, tu seras plus jolie encore, plus charmante et plus ravissante. Je veux être à tes côtés et collectionner tes pétales lorsque la rosée des ans les aura humectés pour remplir l'atmosphère de l'enivrant parfum de ton amour… Je veux être le ruisseau qui t'arrose au quotidien…Je veux… »

« Assez, Jean-Paul ! Tu me gênes ! Ce n'est pas le moment ! »

Ils étaient tous les deux troublés, ne sachant plus que dire. Puis Jean-Paul voulut aller s'excuser auprès des parents de Nancy. Mais elle l'en dissuada. Il s'apprêtait à partir, avec le sentiment d'avoir commis une maladresse. Tandis qu'il se retirait lentement, elle se demanda ce qu'elle allait raconter à ses parents. Les circonstances parlaient contre elle. Sans doute ses parents allaient-ils croire qu'elle avait refusé de les accompagner pour retrouver son amoureux en catimini.

Pendant ce temps, Ginette et Henry étaient tranquillement au salon en train de faire les comptes. La facture de la nouvelle télévision manquait. Ils décidèrent de la chercher après le repas du soir. Et puisqu'il était prêt, ils se mirent à table.

6

La jeunesse estudiantine faisait ses adieux aux vacances. Avec la rentrée scolaire, Nancy et Jean-Paul allaient se voir moins souvent.

Un dimanche après-midi, une vedette française de la chanson allait interpréter ses meilleures compositions pour la réouverture d'une grande salle de spectacle. Une longue queue s'étalait devant le guichet. Les Citroën, Peugeot, Toyota, Mercedes n'étaient pas avares en coups de klaxon. Des cornets vides couvraient le pavé. Les vendeurs de friandises chantaient. C'était la parade multicolore des beautés internationales, des politiciens, des hommes d'affaires et des espions du gouvernement. Les rues environnantes étaient devenues le lieu de rendez-vous des amoureux.

Tandis que les adultes regagnaient leurs sièges, les plus jeunes continuaient à causer au-dehors. Une poignée de photographes faisait crépiter des saillies lumineuses en rafales. Des gens applaudissaient. D'autres attendaient dans l'effervescence.

L'artiste présentait un mélange inaccoutumé de talent, de grâce, d'idées, de sonorité. Pendant la pause, un spectateur dit ainsi à son voisin : « Il fait ça avec une telle facilité que l'on se dit que ce doit être facile à imiter. Mais c'est si parfait que l'on voit bien qu'il y a un vrai travail de pro derrière. »

Pendant la pause, Jean-Paul pensait à Nancy et au bonheur qu'il aurait éprouvé si elle avait accepté de l'accompagner. Il aperçut au loin une fille qui riait d'une façon qui lui rappelait quelque chose. Il la fixa de son regard et grande fut sa surprise quand elle tourna son visage : c'était Nancy, escortée d'un jeune petit-bourgeois. Elle l'aperçut également et s'approcha gaiement :

« Hello Jean-Paul ! Quel privilège de te revoir ! Un moment de détente comme celui-ci stimule notre esprit. »

« Ah bon ! », répondit Jean-Paul sèchement.

« Par ailleurs, je te présente mon cousin Ludwick… »

Ils se saluèrent. Jean-Paul, dévoré de jalousie, n'avait compris ni le prénom ni les liens de parenté du jeune blanc-bec avec Nancy. Celle-ci reprit :

« Pardonne-moi, Jean Jean, de n'être pas venu avec toi. J'attendais Ludwick. Je savais que nous nous retrouverions ici. Tu nous rejoindras pour la deuxième partie du programme, n'est-ce pas ? »

« Je ne voudrais surtout pas troubler les minutes précieuses d'un couple. »

« Pas question ! Viens avec nous ! », s'exclama Ludwick.

« Je préfère laisser le beau couple en tête-à-tête. »

« Jean-Paul, pourquoi répètes-tu le mot couple, couple et couple ! C'est Ludwick, le fils de mon oncle Eugène. Il revient d'Orlando, en Floride. »

Comprenant sa méprise, soulagé, Jean-Paul devint un peu plus courtois.

À l'issue de la soirée, tout le monde était d'accord : ça avait été un vrai succès ! Sur le chemin du retour, Jean-Paul demanda à Ludwick de lui parler des États-Unis.

« L'Amérique, avec ses techniques avancées, son pouvoir économique et intellectuel, ses monuments historiques et ses découvertes scientifiques est très attirante pour les visiteurs. C'est un pays idéal pour les jeunes avides de connaissances. Ce qui me plaît le plus là-bas, c'est l'indépendance : je fais tout ce que je veux. Moi, je suis des études en électronique. La contrepartie, c'est qu'il faut avoir un peu de maturité, de discipline et de jugement pour résister aux mauvaises influences. J'ai connu tant de jeunes gens qui avaient un brillant avenir et qui se sont fourvoyés sous l'influence de mauvaises fréquentations, qui sont devenus drogués ou se sont égarés dans des activités marginales. Tu voudrais t'y rendre un jour, Jean-Paul ? »

« Eh bien, on fait des plans ! Mais il n'y a rien de définitif. »

« Tu ne crois pas qu'oncle Eugène devait revenir au pays ? », demanda Nancy à Ludwick.

« Pas forcément ! Mon papa s'est déjà bien familiarisé avec le pays. Il se débrouille admirablement bien. »

« Tout compte fait, ajouta Jean-Paul, tu n'as rien à reprocher à la terre de George Washington. »

« Garde-toi de la complaisance. Je lui reproche bien des choses. En réalité, je rejette un tas de conceptions acceptées sans recul par la majorité des gens : café noir, feu rouge, ciel bleu, neige blanche, paradis vert, enfer et ténèbres noirs. Qui a donc inventé ces notions ? Vous pouvez être aussi intelligent que Lucifer, plus brillant que le soleil et plus rapide que l'éclair, votre succès dépend souvent de la perception des gens, ajoutée à vos connaissances. »

« Je ne partage pas votre point de vue, nota Jean-Paul. J'ai un ami qui est vice-président d'une très grande compagnie… »

« Alors demande-lui s'il peut représenter son usine en Europe ou dans certaines régions du pays… »

« Tu mentionnes l'Europe. Tu me donnes l'impression de beaucoup voyager. Qui n'aimerait pas dîner en France chez Madame Roux, à la Colombe d'Or à Saint-Paul de Vence. Visiter des endroits comme : la maison de Renoir à Cagnes-sur-Mer, la Tour Eiffel, le Portail Dover où Wellington gagna la bataille de Waterloo. Parfois, je souhaiterais être une carte postale et faire le tour du monde à peu de frais, gravir les sommets des plus hautes montagnes, contempler les tableaux merveilleux des grands maîtres. »

« Revenons sur terre, lui dit Nancy. Nous avons plein de souhaits, de projets, de rêves et de chimères. L'essentiel, c'est de faire fructifier son talent et de ne pas gaspiller son temps. »

« Tu parles d'or, répondit Jean-Paul. Je dois vous fausser compagnie. J'espère te revoir avant ton départ, Ludwick. À bientôt. »

Il pressa lentement la main de Nancy, puis salua Ludwick.

À 23 heures, contrairement à l'habitude, la maison était encore illuminée. Jean-Paul entra sur la pointe des pieds. Il jeta un coup d'œil dans le garage, la voiture n'y était pas. La maison semblait déserte. Il monta dans sa chambre et découvrit un billet sur son lit. Il l'ouvrit et sourit en lisant le message : « Tu as une petite cousine. Madame Filousier Marivaux a donné naissance à une fille qui pèse 7 livres et 7 onces. Tout va bien. À tout à l'heure. »

Maman et Papa.

7

On était un jour férié. Jean-Paul avait décidé d'aller faire une escapade avec un groupe d'amis dans une ville du sud. Tout concourait à rendre cette promenade des plus agréables. Dans le camion, les discussions et les éclats de rire allaient bon train. Après quatre heures de route, ils arrivèrent à destination. Les jeunes hommes s'empressaient de sauter du camion pour aider les demoiselles à descendre. Puis tout le monde mit son maillot de bain pour aller s'ébrouer dans la mer accueillante. Tout le monde… sauf Jean-Paul qui, lui, restait un peu à l'écart du groupe. Le dos appuyé contre un cocotier, il pensait à Nancy.

« Oh ! Oh ! Regardez-le donc, hurla Lévêque. Avec ta grosseur de hareng, tu as peur de sécher la mer ? Tu aurais besoin d'au moins cinq coussinets entre tes vertèbres et ta chemise. J'ai une meilleure idée : je dirai au chauffeur de s'arrêter à une station-service pour faire le plein d'air entre ta peau et tes os ! »

« Laisse Jean-Paul en paix, coupa David. Ça ne lui fait pas de mal. Il doit penser à ses parents, ses amis. À l'amour, à la société. À l'univers tout entier, peut-être. »

« Oui, mais pas ici. Nous sommes venus pour nous divertir. On dirait qu'il porte le fardeau de l'humanité sur ses épaules. »

« C'est son droit ! Et toi, tu ne regardes donc jamais autour de toi ? Imagine donc un instant le soir faire silence pour écouter la complainte d'une pauvre mendiante.

Avec ses deux enfants, elle cherche un endroit où dormir. Ne songes-tu jamais aux aveugles, aux muets, aux manchots… à ceux qui n'entendent autour d'eux que le crépitement des armes meurtrières ? Te demandes-tu parfois pourquoi tu as cette chance inouïe de jouir d'une bonne santé ? Pourquoi tu n'es ni mendiant ni infirme ? Les mystères de la vie sont impénétrables. »

« Mon cher David, tu as bien défendu ta thèse, déclara Jean-Paul. Oui, il m'arrive de buter sur ces mystères. Il y a toujours de nouvelles choses à découvrir. Mais plus rien ne nous surprend. Nous faisons partie d'une génération d'insouciants. Chacun pourchasse son propre bonheur, son avantage et son succès. Mais que signifie le mot succès ? Est-ce décrocher son bachot ? Est-ce rouler dans une décapotable dernier modèle, les cheveux au vent ? Est-ce posséder une villa, une belle femme et de jolis poupons ? Spinoza disait : « Le bonheur réside dans le renoncement à se comparer à autrui. » Hélas ! L'homme est en perpétuelle compétition et il se complique l'existence en vain. Sa poursuite narcissique ne s'arrêtera qu'à l'heure du dernier soupir. Il meurt dans l'illusion, avant d'avoir obtenu… il ne sait même pas quoi ! Mais il y a un temps pour chaque chose… Et maintenant, il est temps de s'amuser. Cessons de jouer au Job de la Bible. »

« Tu as bien raison, mon fils », dit un vieillard à la barbe cotonneuse qui passait par là.

« Où allez-vous, Monsieur ? », demanda Jean-Paul.

« Je pars en Occident. J'ai apprécié tes commentaires. Crois-moi, ce ne sont pas des paroles vaines. J'étais un adolescent comme toi. Rempli de fougue, de volonté et d'espérance. À 18 ans, je tombai amoureux de Bérénice. C'était un chef-d'œuvre… »

« Continue donc », lui dit Jean-Paul tandis que les autres jeunes gens se rassemblaient autour d'eux.

« Je disais… Je l'aimais, reprit le vieillard. Je travaillais chez mon père. J'économisais chaque centime pour épouser ma Bérénice. Ah ! Nous avions de jolis projets ! Hélas ! Un jour, en l'absence de mon père, je me suis battu avec un employé qui me provoquait constamment. Sous l'impulsion de la colère, je lui ai lancé un coup de poing… »

« Qu'arriva-t-il ? », s'enquit le groupe en chœur.

« Il perdit l'œil gauche. Je fus incarcéré pendant deux années loin de ma chère Bérénice. »

« Qu'arriva-t-il ensuite ? », demanda Jean-Paul.

« Au début, Bérénice m'écrivait. Mais moi, j'avais trop honte de ce que j'avais fait pour lui répondre. Elle me crut mort. Quand je sortis, deux ans plus tard que la date prévue, elle avait épousé un ingénieur. La dernière fois que je l'ai vue, elle portait un bébé. Elle m'a dit : « Je t'aurais attendu si j'avais su que tu étais encore en vie ». Tu imagines l'effet de ces mots sur mon cœur ! Mais il était trop tard. Pour comble de malheur, elle mourut peu après en donnant le jour à son garçon dénommé Pierrot. Je porte encore mon cœur en écharpe. Quand j'y pense, je rougis en songeant aux folies et aux vanités de la jeunesse. »

Le vieil homme but le contenu d'une noix de coco puis salua tout le monde et disparut, laissant les jeunes gars plongés dans une réflexion profonde.

En début de soirée, la mer charriait des pelures de mangues, d'avocats, de papayes et de pêches… les vestiges des assiettes en carton abandonnés. Les insectes commencèrent leurs contes nocturnes. De petites lumières pointaient à l'horizon…

Tout le monde regagna le camion pour le retour. Jean-Paul retrouva son petit coin. Il ne répondait pas aux quolibets. Il pensait à Nancy !

8

Un mercredi soir, Nancy rentrait chez elle après sa leçon de piano. Elle pensait à l'album de Georges Moustaki que lui avait promis Jean-Paul. Elle ouvrit la porte : « Surprise ! Surprise ! », crièrent des voix. Quand la lumière jaillit, elle découvrit son papa, sa maman, sa grand-mère, sa marraine, oncle Georges et la voisine qui lui chantaient « bon anniversaire ». C'était le jour de ses 17 ans !

Sa maman lui offrit un élégant sac à main. Elle reçut également un divan chinois, quelques amuse-gueules, un corsage, une montre en or et un bouledogue.

« Oh ! Quel privilège ! Je suis la plus chanceuse du monde. Quelle agréable surprise ! Merci à tous ! Je vais appeler mon chien Jeannot. Jean Jean aime les Chow Chow, mais moi je préfère les bouledogues. »

« Qui est Jean Jean ? », demanda la voisine.

« Pourquoi veux-tu appeler ton chien Jeannot ? », lui demanda oncle Georges.

« Allons, il est temps de souffler les bougies et de manger le gâteau », lui dit sa mère comme pour éviter d'avoir à entendre les réponses à ces questions pour le moins épineuses.

« Quel est ton vœu, ma fille ? », lui demanda son père.

« C'est un secret », répondit son enfant en souriant.

La marraine de Nancy l'appela en aparté. Elle voulait en savoir davantage sur ce mystère.

« C'est un ami », balbutia Nancy.

« Est-il à l'origine du nom que tu vas donner à ton chien… ? », demanda-t-elle.

« Oui… »

« Et il a un rapport avec ton vœu secret ? »

« Ah, marraine… »

« Ça suffit », coupa Henry qui suivait de loin l'entretien. Son intervention mit fin aux questions. Et tout le monde se concentra sur la petite fête.

Quand les invités furent partis, Henry invita sa fille à se rendre dans son bureau pour un tête-à-tête. Ginette et Georges jugèrent opportun d'y participer eux aussi.

« Je voulais voir seulement Nancy. Mais votre présence ne fera pas une grande différence. Depuis quelque temps, je vois bien que quelque chose cloche avec toi, Nancy. Le mois dernier, tu étais troisième de ta classe, alors que tu as toujours été la première. Tu as l'air de t'ennuyer en notre compagnie. Tu deviens exagérément coquette. Lundi dernier, j'ai encore trouvé des romans d'amour dans ta chambre. Tu… »

« Tu es devenue une demoiselle, poursuivit oncle Georges. Henry, tu as tout compris ! »

« Georges ! Nancy n'est pas encore sortie de l'enfance. Elle doit le réaliser. Je la vois s'aventurer sur un chemin dangereux. Si elle continue, elle ne va plus savoir se concentrer sur ses études et elle deviendra une ratée. Je ne tolèrerai pas que toi, Joujou, tu deviennes un parasite de la société. Ta maman et moi avons de bons projets pour toi. »

« Oui, joujou, renchérit sa maman. Ton père et moi nous t'aimons. Nous voulons ton succès et ton bonheur. Et nous ne voulons pas voir nos projets se briser sur le récif de la passion, et que tu plonges dans les bras de la souffrance et de la désolation. »

« Puis-je dire un mot ?, sollicita oncle Georges. Je pense que Nancy n'a pas l'intention de heurter ses chers parents. À son âge, elle a le doit d'avoir un petit ami. »

« Georges, tu ne vas pas mettre cette idée pernicieuse dans le cerveau innocent de ma fille. Et puis si tu voyais le type ! Il se promène en guenilles. Il est mal coiffé, sans cravate et en tennis. Son visage est tout ratatiné… »

« Ce n'est pas juste, papa ! », cria Nancy.

« Quoi ? Tu oses me traiter de menteur ? Bon, dorénavant, tu n'auras plus aucun contact avec ce va-nu-pieds. Probablement, un futur recalé au bac, qui mènera une vie misérable et deviendra un voleur, qui sait… »

« Arrête-toi !, s'exclama Ginette. Nous n'avons pas vraiment discuté avec ce jeune homme. En réalité, nous ne savons rien de lui. Pourquoi le dénigrer à ce point ? Il a l'air plutôt bienveillant et intelligent. Même s'il est issu de parents pauvres, on dirait qu'il a un grand cœur. Qui sait s'il ne deviendra pas une tête demain. »

« Je reconnais le talent quand je le vois. Et ce garçon n'a pas l'air prometteur du tout. »

« Moi aussi je peux reconnaître un métal précieux au fond d'un marais. Nous ne nous sommes pas découverts l'un l'autre dans le meilleur des mondes. Laisse-lui l'opportunité de montrer sa valeur. »

« Tu n'as pas bien saisi ! reprit Henry. Je te le répète : je ne veux plus voir ce gars ici. J'ordonne et j'exige que Nancy ne le voie plus. Fin du discours. »

« Nancy, qu'en penses-tu ? », demanda oncle Georges tandis qu'Henry quittait déjà la chambre.

« J'ai entendu le discours militaire et formel de mon père et je sais que rien ne le fera changer d'avis. J'ajouterai seulement que Jean est un jeune homme bien, aimable, gentil, honnête, ingénieux et travailleur. Son apparence ne plaît pas à mon père, mais elle cache de grandes qualités. »

Ginette accompagna sa fille dans sa chambre, tandis que Georges allait rejoindre Henry pour lui parler.

9

Le lendemain après-midi, Henry était encore en robe de chambre. Il regardait le journal télévisé quand le téléphone sonna.

« Hello ! Ici la résidence de la famille Henry de La Fleur. »

« Bonjour monsieur de La Fleur. Ici Jean-Paul Leclair. Puis-je parler à Nancy, s'il vous plaît ? »

« Non ! Elle n'est pas disponible pour le moment. Merci ! »

Henry raccrocha sèchement. Puis il se replongea dans les informations. L'animateur était en train d'annoncer la nomination de Giscard Leclair à la mairie de la ville.

« Chéri, lui dit Ginette qui se trouvait à côté, qu'a-t-on annoncé à la télévision ? »

« Ils ont dit que Giscard Leclair avait été nommé maire de la ville. »

« Comme c'est curieux ! Le père de Jean-Paul s'appelle Giscard, lui aussi. »

D'un rire moqueur, Henry lui dit :

« Tu es obsédée ! Je te conseille de ne pas remettre ce sujet sur le tapis. »

Nancy se précipita au salon et déclara :

« Maman, devine qui est notre nouveau maire ? »

Henry répondit :

« Le père de ton bonhomme. Ha ! Ha ! J'en avais le pressentiment ! J'étais au courant de la rumeur et des penchants du Président. Évidemment, moi, j'espérais autre chose. »

« Pourquoi ?, demanda Ginette. As-tu quelque chose de personnel contre les Leclair ? »

Henry se leva, s'approcha de la fenêtre et, le regard fixant quelque chose au dehors, il articula lentement :

« Ginette, ma chère, nous connaissons tous les Leclair. C'est une longue et curieuse histoire. La vie connaît des tours incroyables. Mon cousin André et Giscard fréquentaient la même institution scolaire. Nous jouions ensemble au football le week-end. C'était un petit-bourgeois. Nous étions admis à l'école de médecine, en PCB. Un jour, le docteur Roger nous a convoqués pour nous rappeler que nous étions des « fils de la révolution. Et qu'elle comptait sur notre pleine et entière collaboration. » Un cahier était disponible pour s'inscrire comme tonton macoute. Giscard fut parmi les premiers à le faire. Pour nous, c'était une trahison. Depuis lors, nous avons gardé nos distances sans être pour autant véritablement ennemis. »

« A-t-il expliqué la raison de son geste ? », demanda Ginette.

« Il m'a dit qu'il pensait que nous allions tous nous inscrire également. »

« En tout cas, ni l'un ni l'autre n'êtes devenus médecin. Vous avez un point commun. »

« Correction, madame ! Moi, j'ai dû abandonner à cause de ma migraine, qui a failli me tuer. Mais lui, il devait redoubler son année. Il a préféré abandonner la médecine. »

« La morale de l'histoire, c'est que tous les citoyens devraient faire preuve de maturité et s'entendre au nom de la nation. »

« Il y a mieux : Giscard habitait à La Fleur Du chêne à la même époque que nous. »

« Ah ! C'est le même Giscard ! Tu m'avais dit de ne jamais lui parler. Je ne savais pas pourquoi. Décidément, ce Giscard nous persécute. Tu dois te réconcilier avec lui une fois pour toutes. Tu m'as dit que tu avais mis en garde le Président contre sa nomination. Cela pourrait te coûter. »

« Tu dramatises toujours tout. »

Ginette et Nancy sourirent.

« Voilà qui est amusant. Monsieur le roi du drame m'accuse de tout dramatiser ! En tout cas, pour une fois, tu dois m'écouter. Tu n'as rien à perdre à te réconcilier avec lui. »

« Il n'a jamais été mon ennemi. Alors, pourquoi parler de réconciliation ? »

« Es-tu certain de ce que tu dis, Henry ? »

« Absolument ! »

« Je vais te demander une chose. »

« Quoi ? »

« Allons lui rendre visite en fin de semaine. Laissons-lui la chance de refuser. C'est ton défi, Henry. »

Comme s'il n'avait rien entendu, il se tourna vers la fenêtre pour cacher son visage, et dit :

« La vie est pleine d'imprévus, d'injustice, de férocité. Il n'est pas facile de rester objectif et intègre. Mon père a toujours refusé les promesses et les avances politiques. Il tenait coûte que coûte à subvenir aux besoins de sa famille dans la dignité. Nous n'étions pas riches, mais nous étions fiers de ce que nous avions. Les de La Fleur ont toujours joui d'une bonne réputation. Mais un jour, papa n'a pas tenu compte d'une alerte cyclonique. Il partit pêcher en mer et ne revint jamais. On n'a jamais retrouvé son corps. J'avais 12 ans, j'étais le benjamin d'une famille de huit enfants. Mon grand frère Eugène a dû abandonner temporairement ses études pour travailler. Il devint apprenti charpentier. Ma mère, qui était femme au foyer, devint lavandière. À peine pouvaient-ils payer le modique loyer et trouver de quoi nous mettre sous la dent. Judith, ma sœur cadette, ne mangeait jamais à sa faim. Je la revois en cet instant. Elle est morte dans un accident de la route aux États-Unis, il y a plus de dix ans. Nous formions tous un bloc monolithique. Personne ne pouvait deviner à quel point nous étions pauvres. Parfois, à l'école, mes camarades se moquaient de mes culottes trop larges qui m'arri-

78

vaient au-dessous de mes frêles genoux. Ils ne savaient pas qu'elles avaient été portées par mes cinq frères. Parfois, ma maman me regardait fixement comme pour me rappeler qu'elle faisait de son mieux. J'y lisais plus qu'un long discours… Elle serait si fière de voir ce qu'est devenu le fruit de ses entrailles. Eugène habite aujourd'hui un petit château à Orlando, en Floride… Elle serait bien étonnée de le voir s'amuser dans sa piscine avec sa famille et ses amis, lui qui avait si peur de l'eau avant. Alexis est ingénieur en Allemagne. Deborah, laborantine dans le Michigan. David est pilote de ligne et traverse l'océan régulièrement et Marc est militaire dans l'armée américaine. »

Soudain, Henry se rapprocha de Nancy et la prit dans ses bras en disant :

« Maman serait si contente de voir comme tu es belle. Tu as ses yeux et ses cheveux. »

Puis, passant la main autour des hanches de sa femme, il continua :

« Ginette, maman t'adorerait. Elle ne tarirait pas d'éloges sur toi, ma belle brunette. Tu es conciliante, travailleuse et naturellement bonne… »

Il se tut pour respirer à pleins poumons et empêcher une larme de couler… Ginette et Nancy ne se risquèrent pas à faire un commentaire. Elles étaient très étonnées de le voir dans cet état. Henry poursuivit son monologue :

« Tout compte fait, moi non plus je ne m'en suis pas trop mal sorti. Mon foyer est heureux. Maman serait heureuse de nous contempler. Elle aurait certes aimé avoir davantage de petits-enfants… C'est dommage que Maman n'y soit plus, continua-t-il. Oh ! Comme j'aimerais lui baiser les mains… Ces mains qui rafistolaient nos pantalons, repassaient nos chemises, préparaient nos misérables lits, nous faisaient à manger, nous aidaient à faire nos devoirs, séchaient nos pleurs… Je n'ai pas pu lui rendre le millième de tout ce qu'elle a fait et enduré pour moi. Elle avait des buts nobles et élevés pour chacun de nous. Comme elle serait satisfaite si elle vivait encore. »

Henry se tourna vers Nancy, la pressa sur son cœur et lui dit :

« Ta mère et moi avons aussi de beaux projets pour toi. Tu es notre fille unique. Nous ne pouvons pas prendre de risques. »

En entendant ces paroles, Nancy fondit en larmes. Elle était émue et troublée à la fois. Toute sa vie, elle avait pris son père pour un chevalier sans peur et sans reproche. Elle était déconcertée de découvrir qu'il pouvait être vulnérable aussi.

Quant à Ginette, elle se souvint que c'était l'anniversaire de la défunte. Elle mourut tuberculeuse alors qu'Henry venait d'obtenir la deuxième partie du baccalauréat.

10

Les derniers événements mirent Nancy dans un état de confusion totale. Jean-Paul n'était pas mieux. Il hésitait entre se rendre directement chez les de La Fleur, appeler Nancy au téléphone ou la rencontrer en secret. Ce dont il était sûr, en revanche, c'est que renoncer à son amour ne faisait pas partie des options. Il aurait voulu savoir ce qui se disait sur lui. Il restait debout dans sa chambre, avec un mal de tête atroce. Il aurait tellement voulu être une mouche pour espionner ce qui se passait chez son amante.

Une parade militaire l'occupa quelques instants. Il allait mettre un disque de Jean-Sébastien Bach quand sa maman lui demanda de l'accompagner chez la couturière. Après l'y avoir déposée, sur le chemin du retour, par une drôle de coïncidence, il rencontra Nancy :

« Jean Jean : ça fait un bon bout de temps que je te suis. Tu ne t'en rends même pas compte ! Qu'est-ce qui te préoccupe à ce point ? »

« Oh ! Nancy ! Quelle apparition ! Quel bonheur de te revoir ! Tu danses constamment dans ma tête. J'ai tout le temps envie de te voir, de te parler, de te choyer… Je t'aime beaucoup, tu sais. »

« Je sais. Je t'en remercie. »

Tous deux se contemplèrent au fond des yeux en se tenant les mains. Parfois, les émotions sont si denses qu'il n'existe pas de mots pour les traduire. Jean-Paul reprit :

« Dis donc, depuis ma dernière visite, on ne s'est pratiquement pas parlé. J'ai essayé de t'appeler et j'ai eu ton père qui m'a dit que tu n'étais pas disponible d'un ton très menaçant. »

Nancy poussa un long soupir. Elle réunit toutes ses forces et répondit :

« Pour te le dire vite, mon père m'a interdit de te revoir. »

« Et ta maman, que dit-elle ? »

« Elle a toujours été très raisonnable. Je ne m'inquiète pas pour elle. »

« Penses-tu qu'elle parviendra à faire changer d'avis ton père ? »

« Le temps nous le dira. »

« Et toi, qu'as-tu l'intention de faire ? »

« Moi ? Je ne sais pas. Mes sentiments sont partagés… Tout allait très bien avant notre rencontre. D'un côté, l'amour s'est saisi de moi et occupe mes pensées. De l'autre, les problèmes ne cessent de s'accumuler. Je suis tiraillée : je ne veux pas déplaire à mes parents et je veux rester avec toi. J'ai l'impression que tu combles un vide dont j'ignorais jusqu'à l'existence… »

« Peut-être veux-tu que je te laisse du temps. »

« Je ne sais pas… »

« Écoute mon amour ! Je t'aime et je veux ton bonheur avant tout. Décide et je m'exécuterai.

« On pourrait s'écrire… »

« On pourrait aussi se rencontrer à l'insu de tes parents… »

« Je n'en suis pas trop sûre… »

« S'écrire. C'est une sage idée, mais c'est insuffisant pour moi. Quand je contemple ton visage, plus calme qu'un lac, aussi brillant que l'eau qui absorbe la lumière, je me sens au paradis. Mon être tout entier vibre quand je te vois. Tu es mon éternel printemps. Tu es mon bel amour. Je t'aime, comprends-tu ? »

« Oui. Je te comprends. Sois donc patient. C'est tout ce que je te demande pour le moment. Nos épreuves ne dureront pas toujours. Elles sont sur notre route pour tester notre amour. »

« Quand se reverra-t-on ? »

« Sois patient, Jean-Paul ! L'amour triomphe toujours. Mais il prend parfois d'étranges détours. »

Un adolescent traversa la rue avec sur l'épaule une radio qui jouait très fort « On ne vit pas sans se dire adieu… Sans mourir un peu », de Mireille Mathieu. Ils se séparèrent le cœur lourd.

11

Arrivée près de chez elle, Nancy aperçut son père. Elle se demanda s'il l'avait aperçue avec Jean-Paul. Elle tremblait un peu quand il lui dit :

« Marche un peu plus vite, ma fille. Ta maman et moi allons voir le nouveau maire de la ville. Tu nous accompagnes ? »

Nancy n'en croyait pas ses oreilles. Elle ne savait quoi répondre. Tout à coup, elle aperçut sa maman qui, dans le dos de son père, lui faisait signe d'acquiescer. Alors elle répondit :

« Bien sûr ! »

« Tu as dix minutes pour te préparer », déclara son père d'un ton jovial.

Moins de cinq minutes plus tard, elle était prête. Elle n'osait interroger son père. Était-ce un revirement de situation ? Voulait-il intimer l'ordre à monsieur Leclair de mieux contrôler son fils ? Peut-être que quelque chose s'était passé en son absence à la maison. Sa mère gardait le silence. Pendant tout le trajet, on n'entendit que des petits soupirs timides provenant de l'arrière de la voiture. Or tout le monde sait que les soupirs d'une femme valent plus que mille mots.

12

La rumeur rapporte que la maison des Leclair avait appartenu à un militaire fusillé sur ordre du gouvernement. Elle était spacieuse et confortable. Madame Leclair reçut cordialement les invités. Henry se dit que son visage ne lui était pas familier. Il se demandait si Giscard avait une nouvelle épouse. La réponse vint d'elle-même quand elle leur présenta ses quatre enfants. L'écart entre Jean-Paul et ses trois sœurs, dont des jumelles, était de quatre et huit ans. Pendant que la famille s'installait, Monsieur Giscard Leclair entra.

« Mes hommages, monsieur le magistrat ! », déclara Henry.

« Monsieur le ministre ! Vous avez déjà lié connaissance avec ma jeune épouse, mes trois filles et Jean-Paul. »

Jean-Paul entra au moment où son père mentionnait son prénom. Il transpirait un peu. Après avoir salué tout le monde, il alla s'asseoir dans un coin stratégique lui permettant d'éviter d'être trop vu par monsieur de La Fleur et de contempler tranquillement sa tendre dulcinée.

« Monsieur le magistrat, comment vous sentez-vous, maintenant que vous êtes l'homme fort de la ville ? »

« Écoute Henry, nous savons qu'après Dieu, il n'y a qu'un seul homme fort. Au nom de notre ancienne amitié, ne viens pas me donner des titres qui pourraient me causer tort. Les murs ont des oreilles. Et puis appelle-moi

Giscard et réserve tes formalités pour une autre occasion. »
Se tournant vers Ginette, il dit :

« Nous jouions tous au football et roulions ensemble
nos cercles quand nous étions gosses. Je dois vite ajouter que j'étais beaucoup plus jeune qu'eux… Beaucoup
plus jeune. Tu te souviens, tu m'amenais à l'école. Toi et
ton cousin André me teniez la main pour traverser la rue.
Entre autres, comment va-t-il ? »

« Il nage dans le bonheur, en Suisse. »

« J'ai une question à te poser, Giscard. »

« Mettez-vous à l'aise. Henry et moi allons causer dans
la pièce à côté… Chérie, sers tout le monde. Et si Henry
m'attaque, j'appellerai au secours. »

Les deux hommes se retirèrent. Jean-Paul et Nancy profitèrent de cette occasion pour se susurrer dans leur coin
leurs interminables conversations mielleuses, tandis que
les autres conversaient tranquillement. Giscard et Henry
s'entretinrent pendant plus d'une heure. Ils commencèrent par commenter une déclaration faite par un chef
d'État européen : « Il faudra bien qu'un jour prochain, les
nations les mieux pourvues admettent que la dure loi du
marché où elles pèsent d'un poids trop lourd soit corri-
gée, pour qu'enfin la production des pays en voie de dé-
veloppement recouvre sa juste rémunération… Il serait
vain de croire que la paix mondiale puisse s'accommoder
de l'injustice du sous-développement. » On aurait dit un
concours que chacun d'eux tenait absolument à gagner.

De leur côté, Nancy et Jean-Paul se demandaient si désormais leur idylle recevrait le feu vert de leurs parents.

« Hier soir, j'ai fait un rêve, murmura Nancy. Je me voyais, je ne sais pas, peut-être en Europe. Je dirais en France. J'étais seule au milieu de gens qui applaudissaient le passage de cyclistes… cela ressemblait au Tour de France. Après avoir dîné chez le célèbre cuisinier Paul Bocuse, je suis rentrée à mon hôtel situé près du fleuve et, d'une façon étrange, je me suis vu en train de nager. Soudain, j'ai eu une crampe à la jambe droite. J'ai appelé au secours, mais personne ne réagissait. Désespérée, j'allais me noyer… Et tu es apparu, venant je ne sais d'où. Tu m'as tendu la main et m'a menée jusqu'au rivage. Quand j'ai ouvert les yeux, le réveil marquait quatre heures du matin… »

« Heureusement, ton rêve s'est bien terminé. »

« Je ne m'attendais pas à ce que nos parents se rencontrent aujourd'hui. Je suis confiant. Je pense que tout finira par s'améliorer. »

« N'en sois pas si sûr. »

« Notre amour grandira avec le temps. Il affrontera les épreuves et surmontera toutes les difficultés. »

« C'est aussi mon plus grand souhait. Mais tu connais le proverbe : tout en espérant le meilleur, on doit se préparer au pire. Je suis du genre à ne jamais fêter le jour de l'an avant la Noël. »

Ils se regardèrent. Ils avaient le sentiment d'écrire un chapitre important de leur jeune histoire d'amour. Tandis qu'ils jouaient les passereaux, en face d'eux, sur la fenêtre, deux pigeons roucoulaient…

Les grandes cloches de l'église paroissiale sonnèrent sept coups. Les enfants du quartier se rassemblèrent autour de leurs parents et grands-parents pour écouter un conteur qui s'apprêtait à les émerveiller et à les effrayer. C'était l'heure, pour les de La Fleur, de prendre le chemin du retour.

13

Nancy et Jean-Paul exultèrent de joie à l'annonce de leur réussite avec brio à la première partie du baccalauréat. Il ne leur restait qu'une année pour boucler leurs études secondaires.

Nancy regagna sa maison pour célébrer cette nouvelle. Elle avait également une requête spéciale à faire auprès de ses parents :

« Papa, maman, j'ai besoin d'un peu d'argent. »

« Pour faire quoi ? », demanda son père.

« Les copains de l'église et quelques amis de l'école et du quartier projettent d'aller faire une retraite dans le Nord. Je compte y aller. »

« Vraiment ? Et depuis quand prends-tu ce genre de décision toute seule ? », lui demanda sa mère.

« C'est une affaire à discuter », renchérit son père.

« Papa, tout est déjà planifié. Il y a un programme sain, destiné à favoriser le plein épanouissement des participants sous le contrôle d'adultes compétents. »

« Si tu y tiens tant, et puisqu'il y aura des adultes avec vous, pourquoi ne pas inviter ta mère ? », demanda Henry comme s'il voulait décourager Nancy.

« Pas de problème ! Si maman veut venir, tant mieux ! »

« Henry, rétorqua Ginette, pourquoi veux-tu m'envoyer là-bas ? »

« Ce serait une occasion idéale pour Nancy et toi de vous détendre un peu… »

« D'accord. Tu sauras te débrouiller tout seul ? La servante en profitera pour prendre son congé. Il ne restera que toi et le gardien à la maison. »

« Ne t'inquiète pas, nous survivrons », répondit Henry d'un air confiant.

Ginette rejoignit Nancy dans sa chambre.

« Dis-moi, Nancy. Tu es sûre que tu veux que je vienne avec toi ? »

« Absolument ! D'ailleurs, dans le cas contraire «Monsieur le roi du drame » serait reparti dans son discours sur les règles et principes qui gouvernent sa maison. »

Ginette avait l'intuition que le bonhomme de Nancy serait aussi du programme. Y aller lui permettrait de les surveiller plus facilement.

Ciel partiellement nuageux. Température entre 70 et 80 degrés Fahrenheit. Vents en provenance du Sud entre 10 à 15 miles à l'heure ; possibilité de pluie : 15 %. Telle était la prévision météo pour ce deuxième jeudi d'août. Une pluie fine tombait par intermittence. Certains se plaignirent du froid. Pour autant, rien n'aurait pu empêcher ces jeunes de participer à ce camp d'été.

Ginette, Nancy et Jean-Paul s'engouffrèrent dans le dernier autobus. Il arriva avec près d'une heure de retard. Plutôt que de profiter du confort des sièges vacants à l'intérieur, les jeunes messieurs avaient préféré grimper sur le toit. Ils criaient en chœur : « Au secours, l'autobus fait panache », à chaque fois que le chauffeur évitait un nid de poule. Enfin, vers 13 heures, ils arrivèrent à destination. En un clin d'œil, des tentes furent dressées sous les coups de sifflets du responsable, M. Henriot. Il leur présenta un emploi du temps assez strict du réveil à 6 h 30 jusqu'au coucher à 22 h 30.

« Monsieur Henriot, lui dit un des jeunes parmi les plus fougueux. Je pensais que l'on était venus ici pour se réjouir, se divertir et oublier le joug des parents ! »

Tout le monde l'applaudit.

« Nous en avons assez avec les règles et les principes. Nous voulons nous amuser ! »

M Henriot siffla pour rétablir le silence. Puis il déclara :

« Mesdemoiselles et messieurs, cette retraite est l'occasion pour nous tous de pratiquer la convivialité. Se recréer n'est pas synonyme de licence ou d'indiscipline. Pour nous améliorer, l'ordre, la discipline, le respect et l'esprit de service doivent nous animer. Si vous suivez mes ordres, chacun ne gardera que de bons souvenirs de ce séjour. Je vous remercie de ranger convenablement vos effets dans vos tentes. Ne les éparpillez pas. Rompez ! »

Les heures s'écoulèrent sans heurt. Les pluies se firent rares. La journée du samedi fut très agréable. Les activités étaient suffisamment variées pour satisfaire les plus exigeants. Ginette donnait des leçons de broderie et de cuisine. Quant à Nancy et Jean-Paul, ils parvenaient tant bien que mal à trouver des moments de tête-à-tête, ce qui n'avait pas échappé à certains. Mais, à cause de la présence de Ginette, personne n'osa les taquiner. Toutefois, lors d'une séance de Jeu de puits, où la personne qui prétend se noyer dans un puits très profond réclame la main secourable de quelqu'un du sexe opposé, Nancy eut la maladresse de réclamer celle de Jean-Paul. Tous les participants se mirent à chanter à tue-tête : « Nancy aime Jean-Paul. Nancy aime Jean-Paul… » Ils furent bien embarrassés. Cerise sur le gâteau, Jean-Paul lui chanta, accompagné à la guitare, « Je t'aimais déjà depuis longtemps… » et fut remarqué. Après cela, tous les yeux se braquaient sur eux dès qu'ils faisaient mine de se parler en aparté.

« J'espère que ton père ne sera pas mis au courant », lui dit Jean-Paul.

« On ne pourra rien y faire. De toute façon, je ne peux pas vivre dans le mensonge, moi. »

« Il faudrait juste que tu sois un peu plus discrète. Il ne faut pas injurier le crocodile avant d'avoir traversé la rivière, mon amour. »

« Je ne te comprends pas. Tu attises en moi le feu de l'amour, puis tu te retires pour jouer à l'innocent. »

« Ma Nancy, plus que le poisson qui a besoin d'eau, l'oiseau de son nid, la plante du soleil, j'ai besoin de toi pour vivre. Éloigné de toi, la solitude, l'inquiétude et les ténèbres m'engloutissent. Loin de toi, la vie m'est impossible. Mais près de toi, tout devient charmant. Et c'est l'éternel printemps. »

« Tu m'émeus. Je ne suis ni poétesse, ni artiste. En ta présence, ce camp est un régal. J'ai l'impression que nous nous connaissons depuis toujours. C'est si beau de me coucher le soir dans la tente et d'être rassurée parce que tu montes la garde devant. C'est merveilleux de te retrouver le matin, de me rendre aux différentes activités en sentant le feu de ton regard. Je sens que tes yeux ne me quittent pas. C'est si doux de savoir qu'au milieu d'une multitude, un être existe et fait la différence. »

« Nancy, mon amour, assis autour du feu qui danse, j'aime sentir la brise qui me caresse le visage. J'aime l'éclat rieur du long crépuscule d'été. J'aime voir les vagues chaudes déferler sur la poitrine des nageurs. J'aime entendre la mélodie des oiseaux, sentir les fleurs embaumer, déguster les mangues juteuses, la noix de coco… Mais parmi tout ce qui nous entoure, êtres humains et objets inanimés, j'aime par-dessus tout la symphonie harmonieuse qui ruisselle de ton visage luisant comme un soleil de juillet. Tu m'éclaires, tu m'attires et tu me procures le bonheur absolu. Tu dois trouver un moyen de me récompenser pour tant t'aimer. »

« Si tu continues, je vais changer de place. Qui sait si quelqu'un ne t'entend pas. Regarde ces fourmis, elles peuvent nous trahir. Ou le vent… »

« D'accord ! Tu vois, je ne peux pas rester muet en ta compagnie. Ce séjour est une véritable oasis. C'est un privilège de pouvoir fuir la ville pour quelques jours et se retrouver au sein de la nature avec celle que l'on aime… Par ailleurs, toutes mes félicitations pour avoir décroché le premier prix en cuisine et diététique. »

« Merci. Félicitation à toi pour tes prix en travaux manuels et karaté. »

Ils se turent un moment. Jean-Claude ajouta, d'un air triste :

« Demain à pareille heure tout cela ne sera plus qu'un souvenir. Pouvons-nous le sceller par un baiser ? »

« Tu perds la tête ! Alors qu'ils nous épient tous ! Hélas ! Comme tu le dis, demain fini les excursions, les marches, les jeux, les nuits à la belle étoile, les feux de camp… »

Jean-Paul se mit à rire

« Qu'ai-je dit de rigolo, monsieur ? »

« Je pensais à Titonn, notre chef de file. Tu sais qu'il ne plaisante pas quand il s'agit d'exécuter ses ordres. Hier, c'était son tour de monter la garde entre minuit et deux heures du matin. Mais il avait disparu. Nous nous sommes mis à sa recherche en criant à tue-tête. Nous étions très inquiets. Finalement, quelqu'un l'a retrouvé endormi et ronflant sur des feuilles de bananiers. Moi, je lui ai glissé un cigare improvisé à la bouche et il n'a rien senti. »

« Il est très brave de dormir ainsi par terre à ses risques et périls ! »

« Quand il s'est réveillé, il a eu le toupet de déclarer que quelque chose l'avait jeté à terre. Il a prétendu avoir utilisé la technique de guerre qui dit : « quand tu es attaqué par un ennemi plus fort que toi, fais le mort » quand on l'a trouvé par terre ! À sa décharge, il n'a pas été le seul à tricher. Bug Jargal, Pepepok, le Petit Carpet, Frajanad… tous ont dormi à un moment donné. Décidément, c'est Dieu qui a veillé sur nous. »

« Et que dire des filles de mon unité, reprit Nancy. Chaque soir, après l'extinction des feux, une fois les chefs endormies, elles se mettaient à manger toute sorte de victuailles qu'elles avaient entassées pendant la journée. On aurait dit des rongeurs. Elles faisaient des bruits très bizarres. »

« Ah ! Ce sont ces bruits qui nous rendaient fous ! Nous pensions qu'il s'agissait de serpents. Relsseg croyait même que c'étaient des zombis ou des loups-garous. »

« Nous avons connu des moments inoubliables ! »

Les coups de sifflets de monsieur Henriot mirent fin à leur conversation.

Le mercredi matin arriva trop vite. Les sacs de couchage étaient enroulés, les tentes pliées. Après le déjeuner et un dernier bain de mer, les campeurs prirent le chemin du retour. On chanta « Au clair du soleil » d'une voix capable d'agacer les sourds. Les campeurs regagnèrent leurs logis transis de nostalgie.

Peu de temps après vinrent les préparatifs pour la nouvelle année scolaire. Nancy et Jean-Paul étaient impatients de boucler leurs études secondaires pour se lancer dans des études universitaires, et plus encore pour pouvoir prendre ensemble des décisions sur leur avenir sans dépendre des autres.

Mais cette année fut aussi riche en rebondissements. Henry fut remercié de son poste de ministre au cours d'un remaniement du cabinet ministériel. Il dut se consacrer entièrement à sa chaire professorale. Son cousin André disparut. Des rumeurs laissaient entendre qu'il était mort sous la torture à Fort-Dimanche. Le grand-père de Nancy, Antoine, passa de vie à trépas à l'âge de 69 ans dans des conditions étranges. Des bruits couraient sur son cas également. D'après certains, il aurait entretenu des relations intimes secrètes avec Miss Lobau et il serait mort chez elle avec un large sourire sur le visage. D'autres affirmaient que Miss Lobau l'avait mangé parce qu'il refusait de l'épouser et qu'il convoitait la voisine de palier... Bref, bon gré, mal gré, l'année scolaire s'écoula. Les amoureux passèrent leurs examens. Les épreuves écrites achevées, ils attendaient les résultats. Déjà ils se préparaient à passer un été splendide saturé d'exploits et d'activités récréatives avant d'aller grossir le rang des universitaires...

14

Gauchelin Descartes faisait partie des hommes les plus en vue de la ville. D'origine européenne, d'aucuns disent syrienne, les Descartes étaient installés en Haïti depuis des dizaines d'années. La grand-mère de Nancy et le père de Gauchelin avaient entretenu de très bons rapports. Quand Gauchelin hérita du commerce de son père, il sut s'imposer par son opulence et son charisme auprès des curieux, des resquilleurs, des flâneurs, de l'élite intellectuelle : avocats, ethnologues, diplomates, et même des faux intellectuels. Dans son épicerie, on pouvait acheter des billets de loterie, du clairin, et même faire des emprunts. Il avait placé sur le comptoir, en évidence, un écriteau : « Pas de crédit, surtout pour vous. » Mais c'était surtout pour décourager les novices.

L'après-midi, il s'asseyait sous la véranda de l'épicerie, un cigare non encore allumé à la bouche. Son pantalon rafistolé était retenu par des bretelles et sa chemise, grande ouverte, laissait pendre un ventre qui débordait sur ses genoux. Comme pour suppléer à sa calvitie, une touffe de cheveux gris bataillait sur son menton. Sa philosophie se résumait à : « Prends la vie comme elle vient. Rien ici-bas ne vaut la peine d'écourter son existence. Acquitte-toi de tes devoirs et fais du bien aux autres. » Ainsi Gauchelin attirait-il à lui beaucoup de monde. Mais ce qui lui faisait vraiment plaisir, c'est qu'on lui apporte de nouveaux timbres. Il était aussi amateur de combats de coqs. Les gens aimaient venir dans la cour derrière son magasin.

Certains venaient s'amuser avec ses tourterelles, ou écouter son perroquet répéter les gros mots appris le matin même par les marchandes. D'autres venaient admirer son grand aquarium. Il aimait aussi que les passants s'arrêtent pour regarder la télévision qui était placée bien en évidence.

Un samedi soir, les équipes de football d'Haïti et du Mexique se rencontraient pour un match de sélection pour le Mondial. Les téléspectateurs étaient agglutinés pour regarder le jeu, apprécier la souplesse et la technique des joueurs. C'était l'un des rares moments où l'on pouvait voir l'épouse de Gauchelin, Pauline, une blonde réservée, mais très aimable. Elle était appréciée de tous. Sur ses tempes frisottaient des boucles négligées. Souvent elle donnait, à l'insu de son mari, du kérosène pour la lampe d'une mère dans le besoin, ou du pain, du jus, du sucre. Pourtant, le commerce était florissant. Gauchelin (Fatso, pour les intimes) sauta de joie lorsque l'animateur annonça la classification de la France. Puis soudainement, il s'effondra, la main sur le cœur. Sa femme se précipita pour lui administrer les premiers soins avant l'arrivée de l'ambulance. Les spectateurs durent aller suivre la fin du match ailleurs.

Une semaine plus tard, l'épicerie rouvrit. En réalité, Gauchelin avait souffert d'indigestion. Les jeunes gens du quartier s'étaient à nouveau réunis pour écouter, cette fois, la retransmission des résultats du bac. Comme Jean-Paul était dans le coin, il en profita pour rendre visite à Gauchelin pour s'enquérir de sa santé, ainsi que le lui avait demandé son père. Il entendit avec joie le nom de Nancy à la radio parmi les nominés. Cela le rassura un peu, car il savait qu'il avait bien composé. D'ailleurs son père l'avait averti qu'il ne jouerait pas de son influence pour ses résultats, car il savait qu'il pouvait réussir sans piston. Mais il n'entendit pas son nom.

« Peut-être que ton nom se promène encore sur les antennes de radio Cacique, lui dit un méchant moqueur. Si tu rentres chez toi, tu l'entendras peut-être sur ta radio à toi… »

Jean-Paul avala difficilement sa salive. Il s'apprêtait à partir quand monsieur Descartes lui dit :

« Mon fils, je sais que tu es déçu que ton nom ne figure pas sur la liste. Crois-moi, il faut prendre cette nouvelle comme un appel à être plus vigilant. Tu es jeune. Tu as beaucoup à apprendre. La vie fourmille de surprises bonnes et agréables. Aujourd'hui, tu es contrarié par ta défaite. Mais c'est aussi une opportunité de tout reconsidérer, de redoubler d'ardeur et de te préparer pour réussir avec brio en septembre. »

« Je ne connais pas de recalé au bac qui réussisse avec brio en septembre. Le bon élève, c'est celui qui obtient son bac dès juin ! », dit Jean-Paul, amer.

« Même un élève brillant peut connaître des défaites. La vie est faite d'imprévus. Et puis il faut que tu ailles vérifier au bureau de l'Éducation nationale. »

« Monsieur Descartes, ma petite amie, Nancy, a réussi. Moi qui l'aidais en mathématiques et en physique, j'ai échoué. Quel paradoxe ! Ses parents vont penser que je ne suis qu'un paresseux indigne de leur fille. »

« Allons donc, Jean-Paul. Ne sois pas si tragique ! Si tu tiens à ta petite amie, tu dois mériter son amour. Imagine-toi sur une scène avec beaucoup d'autres copains qui, eux aussi, peuvent avoir des vues sur Ancy ! »

« Ce n'est pas Ancy, c'est Nancy, monsieur Descartes », reprit Jean-Paul

« Ok ! Nancy ! Je présume qu'elle est belle. Alors d'autres s'intéressent à elle aussi. Si elle t'accepte, tu dois te distinguer. Tout le monde peut glisser et tomber. On n'applaudit pas ceux qui tombent et restent par terre ! Mais ceux qui sont assez courageux pour se relever, continuer leur course et remporter la victoire, oui.

Pendant que Gauchelin lui parlait, Jean-Paul était intrigué par des photos qui couvraient le mur de la chambre annexe. Sur l'une d'elles, il lui sembla reconnaître Gauchelin en compagnie d'une jolie demoiselle sur une plage, en Europe. Gauchelin s'arrêta un instant et lui dit :

« Hé ! Qu'est-ce qui roule dans ton esprit, maintenant ? Qu'est-ce qui t'intéresse comme ça dans mes photos ? »

« On dirait que je vous vois en toge ! »

« Ah oui… C'est une longue histoire. »

« Racontez donc ! »

« J'étais avocat, en France. »

« Vous avez gardé l'éloquence du barreau. Et comment êtes-vous devenu commerçant ici, en Haïti ? »

« Mon fils, c'est une histoire à raconter. »

Pauline intervint :

« Il se fait tard. Vous pourrez continuer votre conversation sur la route. Gauchelin, tu pourrais déposer Jean-Paul chez lui… »

« D'accord. Prépare tout et nous décamperons une fois que tu seras prête. »

Pauline rangea le matériel et sécurisa l'épicerie. Gauchelin se sentit plus disposé pour relater les faits :

« C'était en novembre. » Il prit une gorgée de la boisson que Pauline leur avait apportée et après un long soupir, il enchaîna :

« Je devais défendre une jeune servante de 20 ans accusée d'avoir tué sa riche maîtresse. Cette jeune fille inspirait l'innocence et la droiture. Elle était d'une beauté qu'aucun pinceau n'aurait pu fixer. J'écoutais son récit et quand elle l'eut fini, mon cœur était déchiré. Je passai la nuit sans dormir. Je ne pouvais pas la chasser de mon esprit. Ce qui m'avait découragé le plus, c'est que d'autres avocats de renom avaient refusé de la défendre parce qu'elle n'avait pas d'argent. Quant à celui que le système lui avait assigné, il lui demanda sèchement de tout confesser pour adoucir sa sentence. Je cherchais à l'aider au mieux, mais hélas, mes moyens étaient très limités. »

Gauchelin prit une autre gorgée, puis poursuivit :

« Les démarches préliminaires, les enquêtes, les études me rendirent encore plus sceptique. Après avoir rencontré sa famille, j'étais encore plus convaincu de son innocence. Mais il fallait la démontrer. Les faits, les témoins, les circonstances… tout concourrait à sa condamnation. Pourtant, dans ses yeux brillaient les rayons de sa candeur. Jean-Paul, tu ne peux t'imaginer les doutes qui martèlent le cerveau des avocats de la défense, surtout quand une sainte est sur le point de passer pour coupable. Beaucoup avaient déjà conclu à sa culpabilité. Pour eux, c'était une affaire classée. Je cherchais une réponse jour et nuit. Chaque bribe d'information me mettait sur une piste qui ne semblait jamais aboutir nulle part. J'essayais de trouver un témoin qui aurait au moins pu susciter le doute du jury… Il n'y avait personne. Entre-temps, elle s'était rendu compte que je me souciais de son cas. Sa famille s'adressait à moi. Je la rassurais alors qu'en moi grondait le tonnerre de l'incertitude. Je négligeais les autres clients qu'on m'avait assignés. Je fréquentais rarement le bureau. Mes patrons se plaignaient de moi. J'essayais tout… »

Anxieux de connaître le résultat du procès, Jean-Paul le coupa :

« Qu'arriva-t-il à la fin ? »

« Elle fut condamnée à vingt-cinq ans de prison ! Ce verdict a brisé ma confiance en la justice. La droiture, l'équité, les valeurs… En fin de compte, tout cela n'était qu'une farce. Comme j'étais convaincu de son innocence, j'ai continué à enquêter. Je réétudiais seul tous les détails. Une boîte d'allumettes attira mon attention. Ni la jeune fille, ni la défunte ne fumaient. Je découvris que la personne qui l'avait utilisée était gauchère… J'enquêtai sur une rumeur, apparemment ridicule, selon laquelle la dame aurait eu un jeune amant. Et ma persévérance fut récompensée. Car il se trouva que l'amant de la défunte était le vrai meurtrier qui finit par confesser son crime. »

« On libéra la jeune fille, n'est-ce pas ? », demanda Jean-Paul d'un air inquiet.

« Bien sûr ! Et je l'ai épousée. C'est cette belle dame que tu vois : Pauline. Puis, mon père qui habitait ici, en Haïti, tomba malade. Il fallait que quelqu'un prenne la relève. J'ai répondu à l'appel de la famille. Et me voici. »

Jean-Paul poussa un grand soupir de soulagement. Avant de le déposer chez lui, Gauchelin ajouta :

« Mon fils, la vie et la mort se superposent. Ton existence ne dure pas plus qu'un éclair. Tu ne peux pas te payer le luxe de trop te lamenter sur le passé. Le meilleur de tout ce après quoi nous soupirons n'est qu'illusion. Fais de ton mieux et sois vainqueur. »

Jean-Paul s'assit devant sa maison. Après un petit moment, ses parents vinrent le chercher pour le faire rentrer. Puis, comme il n'arrivait pas à leur parler, son père lui dit :

« Nous savons déjà ce qui s'est passé. Allons mon fils, reprends-toi. Tu vas te remettre aux études et réussir en septembre ! »

« Je suis sûr que tout le monde est déjà au courant de mon échec ! »

« Peu importe ce que disent les autres. Ce qui s'est passé doit te donner un coup de fouet et te porter à te dépasser. Tu es un Leclair. Relève-toi mon fils. Regagne ta fierté ! »

DEUXIEME PARTIE

1

Avoir échoué au bac fut une telle surprise et un tel choc que Jean-Paul devint bizarre. Il était méfiant, taciturne et anxieux. Un soir, il éprouva un désir irrépressible de parler à Nancy. Il voulait une fois de plus lui confesser son amour. Il composa son numéro, mais personne ne répondit. Il composa à nouveau plusieurs fois le numéro puis alla se réfugier dans un coin sombre de sa chambre. Il broyait du noir. Il ne pouvait plus rester là, et décida d'aller chez elle. Une fois sur place, il découvrit une maison en fête. Il se dit que Nancy avait préféré l'éviter. En rentrant chez lui, dépité, il se mit à penser à voix haute :

« Recalé, je ne vaux plus grand-chose… Peut-être que je n'ai jamais valu grand-chose d'ailleurs. Nancy m'encourageait faute de mieux… qui sait si je ne suis pas déjà remplacé dans son cœur par un universitaire ou un docteur. Peut-être est-elle en train de célébrer ses fiançailles avec l'un des hommes opulents du pays ! À quoi bon se bercer d'illusions. »

Soupçons, questions, anticipations… Tout se mélangeait dans son imagination.

Quand il fut rentré, sa mère lui dit :

« Jean-Paul, Nancy vient d'appeler. Je lui ai dit que tu étais partie chez elle. Elle est désolée, parce que justement elle t'appelait pour te dire qu'elle passe la nuit chez sa cousine Hélène. »

« Ah vraiment ! Je n'aime pas cette fille. Elle adore farfouiller dans la vie des gens, et elle est un peu trop évoluée pour Nancy. »

« Jean-Paul, elles sont cousines ! Tu les as trouvées ensemble. Tu ne dois pas t'immiscer dans leur relation familiale. Entre autres, ce va-et-vient interminable d'ici à chez Nancy va finir par nous coûter cher. »

« Comment cela ? »

« Tu vas user les semelles et les talons de tes meilleures chaussures ! Et le parfum de ton père aussi. »

Tous deux se mirent à rire. Puis elle ajouta sur un ton plus sérieux :

« Écoute donc, notre ami maître Ponce Lafoire – le directeur de l'école secondaire 4D – a besoin d'un professeur suppléant en quatrième. Pourquoi ne pas offrir tes services ? Cela te tiendrait occupé et t'enlèverait de bien drôles d'idées de la tête.

« Moi, qui suis collé en terminale, m'improviser professeur ? Jamais ! Où serait mon honneur ? Et puis, maman, tu n'as pas à aller révéler à tout le monde mon malheureux sort. Je n'ai besoin de la pitié de personne. »

2

Le lundi suivant, Jean-Paul, bien que n'ayant qu'un vague duvet, se rasa pour la première fois de sa vie. Il se mit sur son trente et un et partit en direction de l'école pour commencer son nouveau travail de « professeur malgré lui ». Il n'avait aucune idée de ce qui l'attendait. Après avoir utilisé la clochette trois fois, avec une tête de convalescent, il débuta son cours :

« Bonjour tout le monde. Je suis monsieur Jean-Paul Leclair… »

« Excusez-moi », l'interrompit un élève…

« Que voulez-vous savoir de sitôt ? Je viens à peine de commencer ! »

« Justement, maître, intervint un second élève. Nous n'avons pas bien compris. Vous avez dit que votre nom est « tout le monde Monsieur Jean-Paul Leclair ». Quel est donc votre prénom ? Est-ce « tout le monde », ou « Monsieur » ou « Jean », ou tout cela à la fois ? »

Les élèves se mirent à rire si bruyamment que les autres classes pouvaient les entendre.

« Bougre d'élèves. Taisez-vous donc où vous irez au piquet. Euh ! Je disais… Euh ! Je suis monsieur Jean-Paul Leclair (La classe éclata de rire), votre professeur de français ! »

« Oh ! répondit un galopin du fond de la classe. Maître, on dirait que vous souffrez de la tremblote ! »

« Taisez-vous, je vous dis. Reprenons. Ce matin, nous allons parler de l'orthographe car il est indispensable que vous sachiez écrire correctement les mots dans votre prochain devoir de français. »

« Excusez-moi maître, coupa un freluquet. Je pensais que l'autographie signifiait reproduire. Alors, dans vos devoirs, nous n'aurons qu'à copier ce que vous aurez écrit ! »

« Taisez-vous, petit sot ! »

Toute la classe rit à nouveau. Jean-Paul commençait à transpirer.

« Prenez du papier et une plume. Je vous dicte le texte sur lequel vous allez travailler. »

« Comment écrit-on le mot orthographe, maître ?, demanda un autre élève. »

« On n'apprend pas cela à ce niveau... Par ailleurs, je vous rappelle que la ponctuation joue un rôle clef dans l'orthographe, dans les conversations courantes... »

« Elle n'a aucune importance pour nous », lâcha un élève.

« Je voudrais savoir ce que vous avez appris en cinquième. »

La classe répondit en chœur : « Rien ! »

« Oh la la ! Taisez-vous, petits ingrats. Qui veut me donner une phrase ? »

« N'importe laquelle ? », demanda un imprudent.

« Oui, n'importe quelle phrase. »

« Moi », répondit La Virgule, qui enchaîna immédiatement :

« Le professeur est fou ! »

« D'accord ! Je vais vous prouver l'importance de la ponctuation avec cette phrase. »

Il se tourna pour écrire sur le tableau :

a) L'élève, dit le professeur, est fou.

b) l'élève dit, le professeur est fou.

La classe hurla en chœur :

« C'est la deuxième façon qui est la bonne ! »

« Je pense que vous saisissez le fil de ma pensée. » Il prit une pause puis ajouta : « qui peut définir le mot homonyme pour la classe ? »

Un élève dit sans lever sa main :

« Les homonymes sont des hommes qui ne se marient pas, c'est pourquoi on les appelle « Homo »… »

« Taisez-vous, crétins, pendards, filous, marauds, nigauds, lourdauds et tout ce que vous voulez… Votre cas fait pitié. Comment avez-vous fait pour arriver jusqu'ici ? »

« C'est mon papa qui m'a déposé ici ce matin », hurla le petit Capet…

La classe ne put se retenir de rire encore une fois.

« Fermez la bouche, je vous dis. Considérons les exemples suivants : cinq, sein, seing, ceint… Ou encore teint, tain, thym, tin… »

« Tout cela, c'est du tintin qui nous rend zinzin », rouspéta mademoiselle Cécédille.

« Au demeurant, c'est du français. Et vous, là-bas, qui faites flonflon. Oui, vous, mademoiselle. Épelez-moi le mot « Marqu » »

« Maître, vous voulez dire « Marquis » Notre professeur de cinquième ne faisait pas de lapsus, non ! »

« Au diable ! Quel genre d'élèves êtes-vous donc ? Je vous punis tous. Vous passerez le reste de la journée à me copier dix fois « Les animaux malades de la peste », de Jean de la Fontaine. »

Tous les élèves crièrent :

« Haro sur le baudet ! »

« Pour une dernière fois, taisez-vous ! Et commencez à me copier la fable. »

À bout de patience, Jean-Paul quitta la classe pour se plaindre à la direction de l'attitude des élèves. À son retour, elle était vide et quelqu'un avait écrit dix fois sur le tableau :

« À monsieur Euh ! Lapsus :

Le plus âne des deux n'est pas celui que l'on pense. »

Touché dans son amour propre, Jean-Paul conclut de cette affaire qu'il n'était pas fait pour l'enseignement.

3

« Marilou ! Marilou ! Où es-tu ?... »

La voix de Nina, la marraine de Nancy, était plaintive.

« Marilou, mon amour, réponds-moi. »

Le ton devint plus pressant. Le soleil flamboyait dans le ciel. La soupe chaude fumait sur la table de la salle à manger. Sur une branche de cerisier, un petit oiseau bien perché exécutait sa sonatine matinale. Dans une mare voisine, deux canards barbotaient…

« Marilou ! Où es-tu ? »

Nina se souvint qu'elle était allée se coucher tôt la veille, avant le retour de son mari. Mille et une réflexions s'agitaient dans sa tête. Nancy entra et dit :

« Marraine Nina, que se passe-t-il ? »

« Je n'ai pas vu Marilou depuis hier soir. »

Sans dire un mot, Nancy la prit par la main et la conduisit au-dehors où son mari gisait, étendu sur le sol.

« Marilou, lève-toi ! », répéta-t-elle.

Ce n'était ni la première ni sûrement la dernière fois que les voisins entendaient ce cri. Ils étaient habitués. Marilou ouvrit à peine les yeux, puis les referma car la lumière était trop forte. Nina lui lava doucement le visage avec un peu d'eau froide. Il rouvrit lentement les paupières, regarda autour de lui. Brusquement, il se rappela que la nuit dernière, trop fatigué pour ouvrir la porte, il avait préféré s'étendre dans le jardin. Son pas était encore mal assuré, la tête lui tournait, un goût pâteux lui montait à la gorge. Il tenta de se lever mais il fallut que Nancy et Nina l'aident à rentrer dans la maison. Elles l'étendirent sur le lit le plus proche. D'un air confus, il répétait sa phrase mille fois entendue :

« Je ne suis pas ivre. Hier soir, comme il faisait beau, j'ai décidé de dormir à la belle étoile. »

Nina, embarrassée, restait muette. Après le départ de Nancy, alors qu'elle s'apprêtait à lui faire la morale, il se mit à ronfler.

À peine arrivée chez elle, Nancy entendit le téléphone sonner.

« Hel-lo-oo ! », bafouilla-t-elle.

« Hello Nancy. J'aimerais que tu reconnaisses ma voix… »

« Je vous demande pardon ? Vous avez dû composer un mauvais numéro, monsieur Jean-Paul. »

« Comment sais-tu que c'est moi ? »

« Pur hasard ! Que voulez-vous, cher monsieur ? »

« L'autre jour, je vous ai vu donnant l'aumône devant l'église du Sacré-Cœur. Je me demandais si je pouvais quémander l'aumône de votre amour. »

« J'ai fait banqueroute… »

« Écoute, Nancy, j'ai des pensées qui jouent la chamade dans ma tête… »

« Que veux-tu ? Ne t'ai-je pas dit que j'ai garé l'amour à l'auberge de l'oubli et que je suis à la charcuterie de la survie ? »

« Alors, permets-moi d'être ton charcutier. Donne-moi la chance de t'offrir ce qu'il y a de meilleur… »

« Ah bon ! Je dois y réfléchir. »

« Nous ferons la liste ensemble. Je te promets une aubaine unique. »

« Voyons ! Elle réfléchit un instant… Où veux-tu que nous nous retrouvions ? »

« Un silence sépulcral règne dans la maison. Mon Papa est déjà parti pour l'Artibonite. Il compte rentrer ce soir ou demain. Ma sœur Jessica s'installe chez tante Clara. Maman exerce sa mélomanie. Alors, viens ici. Viens donc. Je t'attends. »

« Je crois que je ne vais pas pouvoir résister à cette proposition… »

« Viens vite. Nous parlerons de nos projets d'avenir… »

« Dis-moi ce qui te tracasse, Jean-Paul. »

« Rien, sinon que ta présence me manque. Je t'attends ! »

Après avoir prévenu la maisonnée de son absence, Nancy s'empressa d'aller retrouver Jean-Paul. Sur la route, elle pensa à la voix un peu étrange de son amant. Je l'aime, se dit-elle. Mais en même temps, j'ai peur car je veux un amour absolu. J'ai de l'appréhension sans savoir pourquoi… C'est décidé, je me donne à lui. Nous nous marierons. Le nombre de nos baisers dépassera celui des étoiles. Pas un nuage ne viendra ternir notre bonheur. Il me faut son amour éternel, sinon je mourrai. »

« Nancy ! Attention ! », cria Jean-Paul. Elle évita de justesse une voiture qui passait en trombe. Elle tremblait un peu. Jean-Paul la prit par la main et la mena chez lui. Elle réalisa qu'il est bon de sentir la présence rassurante d'un homme en temps opportun. Ils s'assirent en se câlinant, comme s'ils étaient seuls au monde.

Jean-Paul lui dit brusquement :

« Mon échec au bac a dû renforcer la désapprobation de tes parents à mon égard. Nous devons nous décider. J'accepterai ta décision de continuer la route avec moi ou d'attendre le moment favorable. »

« Dis donc Jean-Paul, je ne suis pas sûre de te comprendre… Quelle est cette chanson ambiguë ? »

« Attends ! Tu sais que je t'aime. Et je ne veux pas me rendre indigne de toi… »

« Est-ce que tu es en train de me proposer que l'on se sépare ? Que tu sois digne ou indigne de moi, c'est à moi d'en juger, à moins que ton projet ne soit de te rendre indigne par tes actes… On m'a souvent dit que les femmes sont indécises. Je te trouve plus indécis que moi. Tu m'aimes, tu m'aimes, tu m'aimes… Arrive un petit défi et te voila prêt à rendre les armes… »

« Ma petite chérie, mille fois non. Tel n'est pas le cas. La question est simple : accepterais-tu d'épouser un homme qui n'a pas réussi sa classe terminale ? »

« Tu n'es pas un homme. Tu es mon Jean Jean. Si tu me demandais de t'épouser aujourd'hui, je te dirai non. Il faut se préparer. »

Jean-Paul reprit :

« Souvent, je voudrais te parler, mais les mots ne me viennent pas. Je meurs d'amour pour toi. Pardonne-moi si je t'ai fait de la peine. Asseyons-nous et causons un peu. »

Nancy s'éloigna un peu de lui, troublée. Jean-Paul s'approcha subrepticement et l'embrassa derrière le cou en murmurant :

« Tu es si charmante, quand tu te mets en colère. »

Elle sourit :

« Tu mériterais qu'on te rappelle le mot que le général Cambronne cracha aux Anglais à Waterloo. Bon, Jean-Paul, soyons pratiques. Tu ne veux pas essayer de repasser l'épreuve du bac, pas de problème. Mais qu'est-ce que tu comptes faire ? Travailler ? Rejoindre les macoutes ? Il vaudrait mieux que tu essayes de repasser tes examens, ne serait-ce que pour me plaire ! Je sais que tu peux y arriver !

Si moi j'ai réussi en dépit de mes lacunes, pourquoi pas toi ? Tu m'as beaucoup aidée en physique, en philosophie, en chimie organique et en mathématiques. Tu dois retourner passer tes examens, point barre ! »

« Je ne peux pas te le promettre pour le moment. Mon cerveau est vide. Permets-moi d'abord de me remettre de ma déception… »

« Je t'enjoins à y penser pour de bon. Moi, je m'inscris à la faculté de droit en attendant. »

4

Avant de rentrer chez elle, Nancy décida de s'arrêter à la faculté pour s'informer des modalités d'inscription. Elle fut heureuse de rencontrer des amis et de passer du temps à papoter avec eux. Puis ce fut l'heure de son cours d'anglais, à l'institut haïtiano-américain. Elle rentra chez elle vers 19 heures 30. Un peu fatiguée, elle alluma la radio pour écouter un programme de chansons françaises. Nana Mouskouri chantait « Plaisirs d'amour, chagrin d'amour ». Elle méditait encore sur les paroles de cette chanson quand le programme fut interrompu par un flash spécial. L'animateur annonça :

« Monsieur le maire de Pétion-Ville, Giscard Leclair, est sorti miraculeusement indemne d'un terrible accident de voiture. Alors qu'il rentrait seul chez lui à l'issue d'une visite d'affaire dans l'Artibonite, dans le nord, sa jeep est tombée en panne au milieu de la route, à la sortie d'un virage. Il essayait de réparer son véhicule quand une voiture venant en sens inverse a embouti sa jeep. Les deux passagers ont été tués sur le coup. Nous vous donnerons plus de détails dans le cours de la soirée. » Nancy sauta de son siège. Cette nouvelle la troubla profondément. Elle s'apprêtait à appeler à Jean-Paul quand la servante entra dans sa chambre en lui disant :

« Ma–moi-selle a-t-elle vu le message laissé par Madame sur la coiffeuse ? »

Nancy se rua dans la chambre de ses parents et trouva un mot :

« Ma chère fille

Grand-mère Léa est tombée gravement malade. Papa et moi partons lui rendre visite dans le Nord. Aséfi te préparera à manger. Nous t'aimons. À bientôt !

Maman Gigine »

Nancy sentait monter l'angoisse pour une raison inconnue. À travers le volet baissé, elle aperçut son oncle qui arrivait.

« As-tu appris l'affreuse nouvelle ? », lui demanda-t-il.

« Oui, oncle Georges, répondit-elle. Papa et maman sont allés voir grand-mère. J'espère qu'elle se porte mieux. Nous ne sommes prêts pour la mort de personne. »

Elle n'est pas au courant des dernières nouvelles, se dit-il. Son sang se congela dans ses veines :

« La mort, ma fille, n'attend pas qu'on l'invite. Et la plupart du temps, personne ne l'attend. Ce soir, je vais rester dormir ici, pour te tenir compagnie. »

« C'est magnifique, répondit Nancy. Nous pourrons évoquer ensemble nos souvenirs d'antan… Mais pourquoi resterais-tu avec moi puisque maman et papa vont rentrer d'une minute à l'autre ?

Georges la prit dans ses bras. Il la serra contre sa poitrine et balbutia en pleurant :

« Et s'ils ne rentraient ni ce soir, ni demain ? »

« Qu'est ce que tu me racontes, oncle Georges ? Pourquoi pleures-tu, oncle Georges ? J'ai l'impression qu'on me cache quelque chose de grave... Que se passe-t-il ? »

Georges la fit s'asseoir dans un fauteuil. Il s'appuya contre le piano. Ses mains dans les siennes, il lui dit après un profond soupir :

« Tes parents ont été victimes d'un accident terrible... »

« Comment ? Tu plaisantes, n'est-ce pas ? Raconte-moi tous les faits. Comment se portent-ils ? Où sont-ils ? Emmène-moi les voir immédiatement ! »

Georges répondit :

« Marilyn et moi nous apprêtions à sortir quand le téléphone s'est mis à sonner. Un docteur m'a dit :

« La voiture de monsieur et madame Henry de La Fleur a heurté violemment une jeep tombée en panne au beau milieu d'une route et les deux occupants... »

Georges hésitait.

« Sont-ils morts ? », hurla Nancy. Sur le visage de Georges se dessinait tout le drame. Nancy ne pouvait pas envisager cette réponse. Elle ne pouvait pas l'accepter. Elle aurait voulu sortir de ce cauchemar pour se réveiller dans la réalité. Hélas ! C'était la réalité !

Jean-Paul était encore sous le choc de la nouvelle de l'accident de son père, quand il apprit l'affreux drame de sa bien-aimée. Il ne pouvait comprendre l'incroyable destin qui avait voulu que son père soit indirectement la cause de la mort des parents de Nancy. Il se rendit chez elle tel un zombi. Quand il fut arrivé au seuil de la porte, Nancy lui cria :

« Qui es-tu donc ? Où penses-tu aller ? Mais quelle audace ! Le fils du meurtrier vient se rendre dans la demeure des victimes pour s'assurer que le crime est complet ! Allez en enfer, monsieur le cruel ! Disparaissez de devant ma porte. Partez ! Courez ! Sortez d'ici, fils d'assassin. Tu veux aussi tuer leur enfant ? Je vengerai mes parents, je te le jure. Je ferai disparaître tous les Leclair. Oh comme j'aurais souhaité ne jamais vous rencontrer sur ma route. Maudit courtisan, porteur de malheur, foutez le camp ! Préservez-moi de votre présence ignominieuse. Ah ! Que n'êtes-vous pas tous morts en lieu et place de mes père et mère. »

« C'en est assez, Nancy, l'interrompit oncle Georges. C'est un accident. La mort du coupable ne saurait soulager ta peine, au contraire. Jean-Paul, pardonnez-nous. Ce n'est pas le bon moment… »

« Je comprends, dit Jean-Paul. Je comprends que Nancy soit submergée par le chagrin. Il faut qu'elle vide son âme ensanglantée. Je sais qu'en de pareilles circonstances même le baume de l'amour ne peut adoucir son cœur endolori. Ma famille aussi en est profondément affectée. Le destin nous joue parfois des tours incompréhensibles. Je pleure ses parents comme je le ferais pour les miens. »

Le drame horrible plongea la maison dans la tristesse et la consternation. Deux papillons noirs entrèrent par une fenêtre au moment où Nancy s'évanouit.

5

Pendant quelque temps, l'univers se congela autour de la maison des de La Fleur. La douleur et l'affliction marquaient le front de Nancy. Lentement, elle se remit un peu. La tendresse mouillait dans la rade de l'affliction. Jean-Paul avait depuis longtemps compris que ce qui est important s'acquiert après beaucoup d'effort. Il s'arrangea pour rester proche de Nancy sans imposer sa présence. Il lui envoyait des cartes, des fleurs, des poèmes, il lui recopiait des passages réconfortants tirés de la Bible… Il se rapprocha de la servante, Aséfi, qui était devenue la confidente de Nancy. Un jour, Aséfi organisa une rencontre impromptue. Au détour d'une rue, Jean-Paul simula assez bien la surprise. Mais il était encore un peu trop tôt. Ils ressentirent de la gêne. Ils avaient du mal à trouver quoi se dire. Après un long et pesant silence, Jean-Paul dit à Nancy :

« Je sais que ta douleur durera longtemps. Je serais bien prétentieux si je te disais que je suis capable de te consoler complètement. Tu sais, j'ai du mal à exprimer fidèlement mes sentiments. Je suis souvent maladroit… Je pense que certains malheurs deviennent partie intégrante de notre existence et de notre être. Ils se métabolisent, en quelque sorte. Ils finissent par former une partie de notre chair, de notre sang. La mort t'a ravi le même jour les deux êtres les plus chers de ton existence. Je sais que tu souffres atrocement. Et le pire, c'est que ma présence ajoute encore à ta douleur à cause du rôle que mon père y a joué. Quel malheur ! Permets-moi de te dire que j'en souffre énormément. Oh ! Combien j'aurais préféré boire cette coupe à ta place. Dorénavant, le dépit va contracter ton visage. Plus que jamais les églantiers du pessimisme fleuriront le parterre de ta vie. Mais si cela peut adoucir un peu ta peine, sache que je souffre avec toi. Je regrette cette grande perte imméritée. Sache également que mon père est profondément affecté, lui aussi. Il n'en dort plus la nuit. Il souffre d'hallucinations. Ma mère a dû l'emmener consulter… »

Tremblante, Nancy le coupa :

« Seul le ciel connaît les journées infernales et les nuits cauchemardesques que j'endure depuis ce maudit accident. Mon cerveau est vide, mon crâne me fait mal. Que dis-je ? La vie me fait mal. Je n'ai même plus la force de penser ni de me mouvoir. Je ne veux pas continuer sur ce sujet. Le ver de la mort a piqué le fruit de notre amour. Cet horrible événement impose une rupture brutale de notre relation. Je ne peux pas m'imaginer épouser le fils de celui qui a causé la disparition soudaine de mes chers parents. »

« Je sais que le moment ne convient pas pour en parler. Conservons au moins une petite amitié. »

« Tu ne comprends pas. Te voir me fait revivre ce tourment de façon très vive… ».

« Nancy, je ferai selon ta volonté. Je suis même prêt au sacrifice. Seulement, je veux être certain que c'est vraiment ta volonté. Je pense qu'il est encore trop tôt pour que tu sois certaine que ma disparition te fera plus de bien que de mal. Nancy, je serais heureux que tu me trouves digne d'être immolé sur la croix de ton amour pour venger tes parents. Encore une fois, ce que tu veux, je le veux. Pour ce qui me concerne, ma vie n'aurait plus de sens sans toi... »

Aséfi, qui s'était éloignée pour les laisser parler tranquillement, trouva opportun d'intervenir :

« Est ce que Ma-de-moi-selle Nancy est prête à partir ? »

« Oui », trancha Nancy

6

Sans nouvelles de Jean-Paul depuis plusieurs semaines, Jules Mompremier décida d'aller lui rendre visite. Il sonna. Jean-Paul était seul à la maison. Il avait la flemme d'aller voir qui sonnait à la porte. Mais la personne insista lourdement :

« Quel est donc le larron qui ose importuner les gens à cette heure ? », dit-il en ouvrant la porte.

« Est-ce ainsi que tu accueilles ton meilleur ami ? Et puis j'aurais pu être une larronne… J'aurais pu être Nancy, par exemple. »

« Depuis la mort de ses parents, elle me fait voir toutes les couleurs de l'arc-en-ciel. On dirait que je ne lui inspire que de l'aversion… »

« Allons, Jean-Paul. Elle a reçu un rude coup… »

« Elle m'accuse de meurtre et me dit de ne plus jamais mettre les pieds chez elle. »

« L'histoire se répète. N'est-ce pas à peu près ce qu'Hermione disait à Elvire dans le Cid de Corneille : »Mais ne voyais-tu pas, dans mes emportements/Que mon cœur démentait ma bouche à tous moments ? » Allons, mon cher, Nancy ne réalise plus ce qu'elle dit. Elle est dans la peine. Laisse-là un peu et tu lui manqueras. Bientôt, elle réalisera que ses parents bien-aimés ne reviendront plus à la vie, alors tu pourras la consoler. Ne la presse pas avec ton amour. Sois pour elle ce frère qu'elle n'a jamais eu.

Elle en a vraiment besoin. Et l'amour deviendra beaucoup plus fort. Je te le dis sous toute réserve. Et si par hasard tu en as assez d'elle, sache que ma cousine Adeline s'intéresse beaucoup à toi... »

« Autant Jules ! Entre autres, quel bon vent t'amène ici aujourd'hui ? »

« Mon cher, le vent de l'amour. Je compte me mettre sous le joug du mariage. »

« Jules, ce n'est pas une façon convenable de parler de l'amour ! Tu décides donc finalement de te marier ! »

« Mon cher Jean-Paul, Martine est une perle. Je l'aime à la folie. »

« Toi, Jules, tu sais aimer à en perdre la tête ? »

« Écoute, Martine personnifie pour moi la joie, la paix, la sérénité et le confort. Elle me dit qu'elle veut normaliser sa vie. Si je l'aime vraiment, je dois l'épouser. Alors je me résigne. Quand on aime quelqu'un, on doit être prêt à tout sacrifier pour le rendre heureux. Alors, je me sacrifie sur l'autel de l'amour. »

« Penses-tu que Martine voudra t'épouser si elle connaît tes sentiments ? »

« Mais elle ne le saura jamais ! Et puis, comme tu le dis souvent, il est grand temps que je mette un peu d'ordre dans ma vie. »

« Bravo Jules. Je t'imagine déjà cajolant Jules Junior... »

« Attends, Jean-Paul ! J'essaie déjà de digérer la décision de me marier. Ne me pousse pas davantage ! »

« En tout cas, c'est évident : on se marie pour avoir des enfants… »

« Pas nécessairement. Bon, tu parles tellement que j'ai failli oublier la raison de ma visite. J'ai deux demandes importantes auxquelles tu dois répondre par l'affirmative. D'abord, je t'annonce que tu es choisi pour être mon premier témoin… »

« Pas si vite. Je ne m'y connais pas… »

« Reste calme. Tu prépareras un de tes beaux discours qui séduisent les belles jeunes filles. De quoi rendre Nancy jalouse. Ensuite, je veux que tu m'aides à persuader ton père de m'avancer un peu d'argent pour le mariage. »

« Pardon ? Avec ta vie extravagante ! Tes nombreux tableaux de grands prix ! Tu oses parler d'avance, Jules, pour te marier ? Ce n'est pas sage. Et si cela ne marchait pas entre vous deux ? Tu devrais payer les dettes du mariage et emprunter aussi pour celles de la séparation ! »

« Arrête de voir le drame partout, Jean-Paul. Si je me marie, tout ira bien. Je t'assure. »

« Voir le drame partout ? Je te rappelle que je viens de perdre mon grand-père ; j'ai échoué à la deuxième partie du bac ; mon père a failli mourir dans un accident de voiture qui a tué mes potentiels beaux-parents. Du coup, la femme que j'aime et avec laquelle je voulais me marier ne veut plus de moi… »

« Un avion va tomber sur ta tête sous peu… et patati et patata… Autant, Jean-Paul ! Il y a une leçon à apprendre de tout ce qui nous arrive dans la vie. Au lieu de rester dans ton coin à gémir, relève-toi et sois un homme. Au lieu de moisir dans les problèmes, envisageons des solutions. Le passé est le passé. Maintenant, que vas-tu faire ? D'abord, tu vas retourner étudier pour passer le bac ! Et puis, tu dois te décider : soit tu t'occupes de Nancy, soit tu te cherches une autre petite amie ! Fais du sport. Danse. Va au cinéma. Lis. Jouis de la vie ! »

« C'est si facile à dire ! »

« Je te comprends, Jean-Paul. Tout le monde n'est pas du même bois. Mais je veux t'encourager à ne pas rester figé sur ton sort. Tu le regretterais plus tard en chantant avec Aznavour « Hier encore j'avais vingt ans. Je gaspillais le temps en voulant l'arrêter ». Allons donc, rattrapons le temps perdu ! Viens faire un petit tour en ville avec moi. »

« Non. Je dois rester pour m'occuper de certaines choses. »

« En es-tu sûr ? »

« Oui. Tu peux t'en aller. Je suis bien. »

Ce fut une journée d'été partiellement nuageuse, chaude et humide. Sitôt le départ de Jules, Jean-Paul profita du calme pour rédiger une autre lettre mielleuse à Nancy. Il était assis près d'une fenêtre qui donnait sur la cour, les pieds sur une petite table, tout en écoutant de la musique classique légère. Il allait commencer sa lettre quand le téléphone se mit à pleurnicher. Comme d'habitude, il laissa sonner dans le vide. Surtout, il ne voulait pas perdre son inspiration. Le téléphone continuait à le supplier. Comme sa concentration était perdue, il alla nonchalamment vers le combiné. Il le décrocha et d'une voix grave mais agacée, prêt à renvoyer l'intrus, il dit :

« Hello ! »

« Bonjour, Jean-Paul ! »

Brusquement, il se redressa. Sa voix devint plus douce :

« Hello, Nancy. Quel plaisir… »

« Jules vient de m'avertir que tu es très malade. Il m'a dit que tu avais la fièvre jaune, peut-être même la leucémie… Est-ce vrai ?

« Quoi ? Moi, malade ? Quelle invention ? »

« Attends, Jean-Paul. Je vais aller le chercher pour qu'il te répète ce qu'il vient de me dire. Ne raccroche pas. »

D'un coup, Jean-Paul réalisa que c'était une stratégie de Jules pour inquiéter Nancy sur son propre sort. Ça avait l'air de marcher, d'ailleurs. Nancy revint au téléphone. Le brave Jules avait disparu.

« Donc, Jean-Paul, tu me dis que tu n'es pas malade. »

« C'est une affaire confidentielle, purement familiale. Que je ne pensais pas divulguer. Après tout, on a sa pudeur… »

« Es-tu malade, oui ou non ? »

Il se mit à toussoter et à changer légèrement sa voix…

« Tu vois, ma voix a tendance à s'enrouer. Depuis quelques jours, je ne me sens pas très bien. Mais je ne suis pas encore allé voir le médecin… »

« Et tu ne m'as pas appelée pour me mettre au courant, Jean-Paul ! »

« Je n'ai pas voulu t'inquiéter. Tu as suffisamment de problèmes. Tu en as même trop. »

« Si nous devons poursuivre notre relation, tu dois me dire tout ce qui se passe… »

« Vraiment ? Ah oui, tu as raison. »

« Mais ta voix est redevenue normale ! »

Il reprit la voix grave et enrouée pour dire :

« Pas du tout ! Tu sais, parfois les problèmes des voies respiratoires font varier la voix. »

« Tu as raison. Repose-toi… »

« Non ! Nancy, tu peux parler… »

« Oh non, repose-toi. Bye ! »

N'étant pas trop sûre de ce qu'avait Jean-Paul, elle envoya Aséfi enquêter. Jean-Paul lui expliqua la stratégie de Jules et lui donna 20 gourdes.

De retour auprès de Nancy, elle lui dit :

« Monsieur Jean-Paul ne va pas bien. Pas bon du tout… toux, toux et toux »

« Dois-je aller le voir, Aséfi ? »

« Ou-iii Ma-de-moi-selle. »

Nancy décida de prendre immédiatement un taxi pour aller au chevet de Jean-Paul. Aséfi voulut le prévenir. Hélas, il y avait une panne électrique sur le secteur et le téléphone ne fonctionnait pas. Heureusement pour Jean-Paul, sa sœur Jessica poussa un grand cri de joie en voyant Nancy arriver. Il mit rapidement une robe de chambre qui lui donnait un air de malade.

« Bonsoir Nancy, quel bonheur de te voir ! » Il ouvrit ses bras pour l'accueillir, la robe de chambre s'ouvrit et Nancy s'aperçut qu'il avait gardé ses habits. Tous deux éclatèrent de rire. En réalité, chacun cherchait une excuse pour voir l'autre. La stratégie de Jules avait donc marché de A à Z.

Jean-Paul balbutia :

« Merci d'être venu me voir. En réalité je suis vraiment malade. J'ai une maladie au cœur. Depuis que tu m'as remis sur le pavé, je porte le cœur en écharpe… »

« Tais-toi, petit coquin. Je sais que tu es malade. Tu es un cas mental. »

« Le docteur m'a prescrit un médicament que je ne peux pas me procurer… Il ne veut pas que je meure de surdose. Donc il m'a prescrit une cuillerée à l'eau de Nancy trois fois par jour pour débuter. Puis deux cuillerées six fois par

jour à augmenter au fur et à mesure jusqu'à un demi-gal-
lon par heure. »

« Tais-toi, petit espiègle ! »

« Sincèrement, je te demande pardon pour tout ce qui
s'est passé… »

« Je ne veux plus en parler… »

« Mais nous devons en parler ! C'est thérapeutique. »

« Je me pose tout le temps la question : pourquoi a-t-
il fallu que ce fut ton papa ? Cet accident cause un triple
meurtre. Celui de mon père, de ma mère et celui de notre
amour. »

« Je ne comprends pas non plus. Mais se pourrait-il
que par la résurrection de notre amour nous fassions revivre au moins le souvenir de tes parents ? Ils revivraient
dans notre engagement à faire la route ensemble, dans nos
professions, dans nos succès, dans nos enfants. Se peut-il,
dis-je, que par notre truchement tes parents passent à la
prospérité. Crois–moi, Nancy, à deux nous pourrons résister aux mauvais coups de la vie. »

« En vérité, je ne sais plus ce que je dois faire. Depuis
cette tragédie, amour et haine s'alternent et se croisent en
moi. L'amour de toi et la haine que tu sois le fils de monsieur Leclair. J'ai peur d'affronter la vie sans toi et j'ai peur
de t'avoir à mes côtés, Jean-Paul. J'étais si confiante. J'avais
une réponse à tout. Brusquement, tout est renversé… »

« Coïncidence cruelle et regrettable contre laquelle
nous sommes impuissants. Cet événement horrible nous

afflige tous. Il faut laisser le temps panser les plaies. Mais il faut poursuivre le combat. Si on trébuche, il faut se relever et crier « en avant ». Ma chère Nancy, ton plus grand défi maintenant est de poursuivre l'héritage de tes parents, leurs valeurs, leur éthique. Quant à moi, je te donne mon soutien inconditionnel et mon éternel attachement. Veuille le Grand Ingénieur du macrocosme m'aider à te rester compréhensible, conciliant, sage, aimable et serviable. Si d'aventure le sort m'est favorable, si tu me trouves digne de me donner ta main en mariage, je te resterai fidèle et ne te décevrai pas. Sinon, je demeurerai ton prisonnier. Je n'épouserai jamais personne d'autre… »

« Tu vas trop vite, Jean-Paul. Tu es trop jeune. Ne fais pas des promesses que tu pourrais regretter plus tard. L'homme est fluctuant. Il s'ajuste au temps et aux circonstances. Les affres de la vie forgeront notre sagesse. Aujourd'hui, je suis très malheureuse. La mort m'a surprise comme un jet d'eau glacée en plein visage. Je ne sais pas encore si j'y survivrai. Désormais, si je souris c'est pour camoufler mon chagrin…

Mon âme agenouillée en robe de douleur,

Égrènera à chaque heure le rosaire du malheur.

Et quand, pour me bercer, on me parle de fleurs

Fermé est mon cœur à tout brin de bonheur.

En vain courons-nous après l'honneur.

Sa durée ne dépasse pas plus qu'une lueur.

Ballade d'ici-bas avec tes trémolos.

Efface les accords stridents des piccolos !

Écourte tes stances, jette ta mandoline.

Joins le frisson hivernal des monts et des collines.

Vaporise le nectar des cantilènes.

Tout n'offre que peine.

Nimbes n'es-tu que haine ?

Qu'unis avec oiseaux, ruisseaux, nature en chœur

Tu rappelles à l'homme ses pleurs. »

Elle se tut. Ensuite elle réalisa qu'en maintes occasions, elle avait accablé Jean-Paul et sa famille. Elle se tourna vers lui.

« Je te remercie pour ta patience. Excuse-moi si ma conduite te paraît étrange… Je suis au bout de mes limites. »

« Je te comprends. Sois patiente. Un nouveau soleil se lèvera…. »

Le téléphone sonna. Aséfi la prévenait de l'arrivée de membres de la famille. Le cœur lourd, Jean-Paul jugea bon d'accompagner Nancy en taxi, mais préféra ne pas entrer pour ne pas déranger. Il lui renouvela son amour. Et comme un diplomate qui n'est pas sûr d'avoir parfaitement joué son rôle, il rentra chez lui en réalisant que les forces et les émotions internes sont plus difficiles à gérer que celles des armées les plus irréductibles. Il se demanda combien de nuits sans sommeil il passerait. Sa relation avec Nancy s'était transformée en un feuilleton où il était devenu à la fois acteur et spectateur. Chaque matin, il se demandait quelle tournure il allait prendre. Mais la vie poursuivait sa course. Nancy parviendra-t-elle à retrouver une vie normale ? Arriverait-elle à combler le vide causé par le départ inattendu de ses parents ? La stratégie de Jules avait fonctionné. C'était déjà un signe très encourageant.

7

Les jours vont, viennent et ne se ressemblent pas. Une bonne matinée peut donner une mauvaise soirée. Voilà pourquoi on ne doit jamais abandonner la lutte. Ce vendredi soir revêtait un caractère particulier. C'était un de ces soirs où l'on souhaitait se diriger loin de la foule, avec le ciel pour toit, l'herbe pour lit et les fruits de la nature pour nourriture.

Jean-Paul se dit en lui-même :

« Ah ! Si seulement les gémissements de ce banc étaient audibles ! Ils révéleraient les secrets des mouches aussi bien que des hommes. Ils vilipenderaient les fariboles des marauds, les mensonges de ceux qui cocufient, les déceptions amoureuses, les rires narquois, les étreintes ensorcelantes, les échanges amoureux. La liste est longue… »

Sans y faire attention, Jean-Paul suivait du regard les lampadaires, l'alternance des lumières du feu rouge, les passants. Ses yeux se posèrent avec plus d'insistance sur le visage d'une belle fille qui s'approchait du banc. Elle répandait une odeur de parfum à bon marché, une imitation de « My Dream ». Elle engagea la conversation :

« Il fait beau ce soir ! »

Jean-Paul fit semblant de ne pas l'entendre. Elle se rapprocha de lui, le regarda et dit :

« Êtes-vous triste ? Je peux vous enivrer de plaisir et dissiper tous vos soupirs. »

Jean-Paul continua à l'ignorer.

« On dirait que vous pensez beaucoup… »

« Cogito, ergo sum », répliqua Jean-Paul pour la confondre.

« Oh ! Oh ! Vous n'êtes pas Haïtien ? Je ne parle ni anglais, ni espagnol. Je sais seulement dire : « Give me five cents » ou « dame dinero » (donnez-moi de l'argent). Comprenez-vous ? … Es-tu muet ? Es-tu anormal ? D'habitude, les jeunes hommes de ton âge ne font pas tant de difficultés. Toi, je te fais l'honneur de m'adresser à toi et tu rates ta chance. »

Toujours sans réponse de Jean-Paul, elle lui répéta ce qu'elle avait appris d'un lycéen :

« Vous portez l'indifférence comme on porte une fleur à son corsage. »

Jean-Paul se tourna vers elle et dit :

« Ça, c'est du Carl Brouard… »

« Que m'importe petit gaga ! Que ce soit du bois ou du marbre, ce banc est fait pour tout le monde. »

Elle se leva d'une pièce. Jean-Paul la regarda et ne put s'empêcher de remarquer sa robe fendue qui jonglait avec ses fesses. Elle se dirigea vers une allée où s'entassaient les vendeuses de plaisir. Jean-Paul fut encore plus troublé. Il se disait que ce qui différencie les couches sociales est plus compliqué que les valeurs morales, les moyens économiques ; c'est aussi une question d'environnement, d'opportunité, de cadre. Une autre jeune fille vint l'aborder. C'était un autre genre.

« Hello ! Je suis sœur Évangeline. J'appartiens à un groupe de jeunes et nous organisons des conférences. Le sujet de ce soir s'intitule : Comment réussir en amour. Voulez-vous venir ? »

« À quelle heure est-ce ? », demanda-t-il.

« Dans une heure et demie. Ce n'est pas loin d'ici. C'est à l'Auditorium de la Bible. »

« Je ne suis pas sûr pour ce soir. Mais j'essaierai de venir prochainement ».

Sœur Évangeline lui laissa un programme et une invitation. Jean-Paul se surprit à nourrir des pensées pas très orthodoxes. Il reprit sa route. Il se souvint qu'il devait passer place de l'Amérique pour aller chercher ses notes de physiologie et de philosophie qu'il avait oubliées chez un ami, monsieur Charles Levine propriétaire d'un café-restaurant, avec lequel il aimait discuter. Ce dernier se trouvait dans une pièce isolée à l'arrière du restaurant. Jean-Paul frappa.

« Entrez, la porte est ouverte. »

« Ce n'est pas prudent, pour un commerçant, de donner libre accès à l'endroit où il contrôle ses affaires. »

« Mon cher, je n'ai pas d'ennemis. C'est pourquoi j'aime beaucoup votre pays. Les Haïtiens sont honnêtes, gentils, soucieux de leur réputation et très pointilleux quand il s'agit de leur honneur. Mon concierge me répète souvent : « mieux vaut être pauvre que sans honneur ». J'aime beaucoup ce peuple. »

Avec un peu d'hésitation, Jean-Paul répéta en imitant l'accent yankee de monsieur Levine :

« Mieux vaut rester prudent. Il y a toujours une première fois. »

« Qu'est-ce qui me vaut l'honneur de ta visite ? Comment va la famille ? Comment vas-tu ? Quelles sont tes activités ? Comment vont les vacances… »

« Tout va bien ! » répondit Jean-Paul.

« L'autre soir, ton père m'a dit que tu as échoué au bac. Il s'en soucie beaucoup, tu sais »

« Hum ! Hum ! »

« En tout cas, je lui ai dit que ce n'était pas la fin de la planète. Considère mon cas. En Amérique, fils d'immigrant, à 9 ans je suis devenu orphelin. À 11 ans, j'ai commencé à travailler comme cireur de bottes pour aider ma mère avec mes six frères et sœurs. Je n'ai pas eu la chance de faire des études humanitaires. Mais je m'en fiche. Ici, il m'arrive souvent de rencontrer des philosophes qui n'ont que des connaissances livresques. Ils ne voient pas plus loin que le bout de leur nez. Ils flânent dans les rues, ils sont occupés à ne rien faire. Ils attendent un job de fonctionnaire et leur rêve est de devenir médecin, avocat, agronome, professeur… tout ce qui est pompeux. La vraie ambition de certains d'entre eux est de devenir président de la République, mais ils ont peur des Duvalier.

À 30 ans, ils vivent encore chez leurs parents. Ils sont tellement soucieux du qu'en dira-t-on qu'ils vieillissent sans jamais gagner un centime à la sueur de leur front.

En vérité ! Pour atteindre son idéal, il y a plusieurs façons. En Amérique, je me mariai tôt. À 20 ans, j'avais déjà femme et enfants. J'avais une entreprise qui me permettait de voler au secours de mes proches au lieu de m'entêter à vouloir une maîtrise ou un doctorat. Je dois t'avouer, Jean-Paul, que je n'étais pas trop brillant en classe… »

« Chacun a sa philosophie de la vie. Chacun a ses talents, ses voies et ses moyens pour atteindre ses objectifs. Tu ne m'as jamais dit que tu étais marié… »

« C'est une longue histoire. On en parlera une autre fois. Tu as dit juste : chacun doit faire sa route. Mais tout est une question de culture. En Amérique, le devenir est plus important que l'origine. Ici, en Haïti, on tient compte de votre origine, de votre français et même de votre vocabulaire, votre diction, votre couleur, vos fréquentations et la renommée de votre nom. Et tous les parents rêvent d'avoir un enfant médecin, avocat ou même officier…Personne ne pense aux travaux manuels. Personne ne veut cultiver la terre. On tue les initiatives indigènes. On donne la priorité aux choses importées. Avec tout le respect que je te dois, tant que les Haïtiens continueront à dépendre du gouvernement, la situation ne fera qu'empirer. Chaque Président, une fois élu, sait qu'il est sous la menace d'un coup d'État. Il finit par se méfier de tout le monde, y compris de sa famille. Il veut s'assurer une petite fortune et ouvre un compte en Suisse pour ne pas être sur le pavé si on le renverse. Jean-Paul, en réalité, ils ne se soucient pas du patrimoine sacré. Ils ne pensent qu'à leur survie. »

« Monsieur Levine, mon père m'a toujours défendu formellement de parler de politique… »

« Excuse-moi, mon ami. N'aie pas peur. Je ne suis pas un agent. Je ne vais pas non plus t'encourager à désobéir à tes parents. Mais comment se fait-il qu'il y ait si peu d'universités pour tous ces jeunes que l'on voit autour de nous ? Pourquoi faut-il avoir un piston pour entrer en école de médecine ? Je suis fier de ton père qui n'a pas fait jouer son influence pour ton bac. Il aurait pu le faire. Mais cela encourage les abus, la corruption et décourage les plus qualifiés. Tous les parents qui le peuvent envoient leurs enfants à l'étranger et enrichissent les autres nations. Excuse-moi, Jean-Paul, je me laisse emporter. Tu m'as dit, pas de politique. Mais c'est quoi, la politique ? »

« Monsieur Levine, je dois partir… »

« Tu as vraiment peur, n'est-ce pas ? Tu te mets à m'appeler Monsieur. Moi qui t'ai toujours traité comme un ami, malgré notre différence d'âge. »

« Hum ! »

« Pauvre petit Jean-Paul ! Tu sais que j'apprécie beaucoup ton père. C'est lui qui m'a donné l'idée de venir ouvrir un restaurant ici. Et ça marche merveilleusement bien ! »

« Vraiment ! »

« Je connais un artisan. Il doit avoir 30 à 40 mille dollars en banque. Son fils est docteur, sa fille est laborantine... Il a le sens des affaires. Il est travailleur, discipliné, mature, poli, reconnaissant et authentique. Il possède les bonnes manières et ne se mêle pas de politique »

« Ce soir, tu aimes faire la morale. Le vin ne te coûte pas trop cher ! »

« Ce n'est pas une question de vin. Ce que je veux te dire, c'est que ce n'est pas parce que tu as échoué au bac que ta vie est terminée. »

« Si je te disais tous les malheurs qui me sont tombés dessus ces jours-ci... »

« Tu plaisantes, n'est-ce pas, Jean-Paul ? »

Il y eut un bruit et, de la chambre attenante, une Dominicaine en tenue révélatrice fit son apparition. Elle déclara :

« Je pense que je vais partir, Charly... »

« J'arrive dans un instant », rétorqua Charles.

« Alors, tu n'as pas cessé tes aventures libidinales ! Tu sais que c'est contre les principes de la vie orthodoxe. »

« Hé, ne t'érige pas en juge, Jean-Paul. Je ne te parle pas de politique, alors ne commente pas mes aventures pulsionnelles. »

« Aventures libidinales », insista Jean-Paul.

Ils entendirent du bruit en provenance du café-restaurant. Quand ils arrivèrent, c'était la bagarre générale.

Charly appela la police, esquivant de justesse un verre qui alla se briser contre le comptoir. Jean-Paul eut l'imprudence de dire :

« Holà messieurs ! Ne sommes-nous pas tous frères ? Pourquoi se quereller, se battre et verser du sang ? Entendons-nous donc… »

« Tais-toi, espèce de Billy Graham junior », répliqua l'un des assaillants qui lui versa le contenu de son verre sur la tête.

Un autre de surenchérir :

« Va en enfer, petit moraliste imprudent. »

Il s'apprêtait à le frapper quand les autorités intervinrent. Tout le monde fut emmené dans le panier à salade et transporté au poste de police boulevard Jean-Jacques-Dessalines. Une fois identifié, et après lui avoir présenté des excuses, le fils de Giscard Leclair fut escorté chez lui dans une voiture officielle.

Arrivé à la maison, il ouvrit la porte de sa chambre avec le plus de discrétion possible, mais sa mère l'entendit :

« Il est un peu tard, mon fils. Je sais que tu n'étais pas chez Nancy, car elle a appelé plusieurs fois. Où étais-tu ? On commençait à s'inquiéter. »

« Excusez-moi de vous avoir causé des soucis. J'avais perdu la notion de l'heure. »

« Tu sais, quand on est parent, on le demeure toute sa vie. Nous n'arrivons pas à réaliser que tu es adulte à présent. Tu pourrais même être Président… »

« À Dieu ne plaise, interrompit monsieur Leclair de sa chambre. Tu ne dois plus jamais faire de telles allusions quant tu parles à mon fils, même en plaisantant. Les murs ont des oreilles. S'il te plait, madame. »

« OK, monsieur », répondit sa femme.

Elle continua à voix plus basse :

« Je disais… Tu changes, Jean-Paul. Tu t'embarques dans de nouvelles aventures. Tu tombes amoureux. Tu as beaucoup de projets. Tu penses même à fonder un foyer avec femme et enfants… »

« À dire vrai, maman, je ne sais plus ce que je veux. »

« Nous sommes tous passés par là. Sache qu'en dépit de tout, tu es mon garçon. Tu seras toujours mon enfant et je ne cesserai jamais de m'occuper de ton bien-être. Est-ce clair ? »

« Oui, madame Leclair ! Qui ne reconnaîtrait pas l'amour d'une mère pour son enfant. Toi, tu es incroyable. Je rentre tard à la maison et, au lieu de me gronder, tu me témoignes ton amour. C'est bien ce dont j'ai le plus besoin en ce moment. Je suis heureux d'avoir une mère comme toi. »

« Ta mère t'embaume de son amour, te marine, et moi je suis prêt à te filanguer si tu continues à bavarder… », cria monsieur Leclair.

« Toi aussi, papa, tu es un père idéal » lui répondit Jean-Paul en rigolant. Et il alla s'endormir.

8

Jean-Paul vécut une des nuits les plus longues et les plus agitées de son existence. Il n'arrivait pas à trouver une position confortable pour dormir. C'était comme si son lit était rempli de punaises. Il n'avait pas vu son amante depuis plusieurs jours et brûlait de la retrouver et de lui parler. Il n'était que 23 heures 10 : trop tard pour l'appeler. Il se dit qu'un jour quelqu'un inventerait un appareil permettant aux amoureux de se voir et de se parler à toute heure à l'abri du regard des intrus… Il aurait aimé être télépathe… Il se retourna dans son lit… Vers quatre heures du matin, un léger sommeil l'emporta.

Il se réveilla en sursaut à 10 heures. Il mit son pantalon bleu préféré, sa chemise brodée, un gilet en cuir – malgré la chaleur ! –, son chapeau et ses bottes de cow-boy. Il se poudra comme un bébé, mit ses lunettes de soleil – ce qui lui donnait l'allure d'un tonton macoute. Il enfourcha son vélo et… malheur à la terre, car Jean-Paul le conquérant est relâché ! Il transpirait sous le soleil, ce qui fit disparaître son bain de poudre. Trempé comme un poisson, il arriva chez Nancy une heure plus tard. Fait étrange, celle-ci semblait l'attendre. Elle l'accueillit bras ouverts.

« Bonjour Nancy. Tu as l'air si fraîche que l'on se croirait au cœur du mois de mai, quand les fleurs s'épanouissent sous le butinement des abeilles. »

« Te considères-tu comme une abeille ? »

« Qui ? Moi ? »

« Oui, toi ! »

« Pas moi ! »

« Mais qui ? »

« Je ne sais pas. »

« Oui toi ! Toi ! Et TOI ! Écoute. Puisque tu es ici assez tôt, je t'ordonne d'accepter de prendre un petit-déjeuner avec moi… »

« Pas moi ! Ma maman m'a toujours dit de ne pas manger chez les gens. »

« Veux-tu que je l'appelle pour te donner l'autorisation de manger chez moi ? Je ne vais pas te manger, ni te charmer… »

« Pas question. J'ai mon prestige d'homme à sauvegarder. »

« Allons donc, Jean Jean, ne m'insulte pas », dit-elle d'une voix suppliante teintée d'impatience. »

Une tartine grillée échoua dans la bouche de Jean-Paul qui n'eut plus l'énergie de refuser. Il ne voulait pas gâter la bonne humeur de Nancy. Après le petit déjeuner, assis sous la galerie, il reprit :

« Il paraît que tu m'as appelé deux fois. »

« Deux fois ! Ça alors, tu ne sais pas compter. Je t'ai appelée au moins mille fois et tu n'es jamais là. »

« N'exagère pas. J'ai raté ton appel deux ou trois fois. »

« Monsieur le promeneur impénitent, j'attends le compte rendu de tes randonnées nocturnes mystérieuses. »

« Tu voulais me dire quelque chose ? »

« Rien de spécial. Alors, ce compte rendu ? »

« Je me promenais. Je pensais…»

« À quoi pensais-tu ? »

« Au néant… à la fin du monde… Je voguais entre l'infiniment grand et l'infiniment petit. Entre l'essentialisme et l'existentialisme. »

« Tu te souviens de cette phrase de Jean-Paul Sartre : « La première démarche de l'existentialisme est de mettre tout homme en possession de ce qu'il est et de faire reposer sur lui la responsabilité totale de son existence ? » »

Jean-Paul répondit :

« Pas réellement ! Mais maintenant que tu le dis, je crois en avoir un vague souvenir. Je pensais à la perfection et à la complexité de l'univers. »

« J'ai constamment sous les yeux le tableau émerveillé de notre système solaire : Soleil, Mercure, Venus, Terre, Mars…»

« Jupiter, Saturne, Uranus », renchérit Jean-Paul.

« Sans oublier Neptune », ajouta Nancy.

« Et bien d'autres qu'on découvrira plus tard, qui sait ! Par ailleurs, sais-tu que Pluton ressemble à une boule de neige composée de méthane et d'eau mélangée avec des roches. Au cours de chaque révolution – pendant une période d'environ vingt ans –, Pluton passe à l'intérieur de l'orbite de Neptune. Sa distance du Soleil est de 5,9 millions de kilomètres ! Sa révolution autour du soleil est de 248 années. La température à sa surface est de -230 °C. »

« Bravo, monsieur le géologue ! », s'exclama Nancy. Allons, dis-moi donc quelle est la planète la plus chaude ? »

« Voyons… Vénus dégage une température de 480 °C …

« Monsieur le savant oublie que la surface du Soleil atteint une température de 5 500 °C, hein !

« Ce que nous savons aujourd'hui sera dépassé demain. Au fur et à mesure que nous devenons plus sophistiqués, nous apprenons davantage et nos données changent. Le Soleil a un diamètre de 1,4 million de kilomètres. Sa période de rotation est de 25 jours à l'équateur… »

« Ce n'était pas ma question. Tu as perdu le concours, point barre. »

Ils se turent en se regardant. Puis ils eurent un fou rire.

« Pourquoi ris-tu ? », demanda Nancy

« Je ne sais pas », répondit Jean-Paul.

« Moi, j'ai ri parce que je réalise que nous sommes deux fous. Les heures nous sont précieuses et nous les dilapidons en parlant de science et de géologie. Si des inconnus nous épiaient, ils diraient que nous sommes deux cas cliniques. Bon, parlons de choses sérieuses. »

« Si tu y tiens. La curiosité crève les yeux de mon cœur et le tympan de mon entendement. Car je brûle du désir de connaître la raison de tes appels… »

Sans le réaliser, Nancy se raidit. Tout son corps avertissait Jean-Paul qu'elle s'apprêtait à lui annoncer une nouvelle qui ne lui plairait pas. Elle se mit à faire les cent pas, poussa un profond soupir, fit demi-tour et se tourna vers Jean-Paul. Les bras croisés, elle déclara tout bas :

« Voilà déjà plusieurs semaines que mes parents ont rejoint leur dernière demeure et je n'arrive pas à accepter ce qui s'est passé…»

Elle se tut un moment. Jean-Paul posa légèrement sa main droite sur son épaule comme pour la rassurer… Elle retenait difficilement ses larmes :

« Excuse-moi, Jean-Paul, de revenir sur ce sujet. »

« Ne t'en fait pas, répondit-il. Les psychologues disent que le travail de deuil peut être long. Je trouve que tu réagis assez bien face à une telle épreuve. »

« J'ai beaucoup hésité… Je crois que je vais accepter l'invitation de ma tante Deborah de l'accompagner à Chicago où elle vit, aux États-Unis d'Amérique. Je ne peux pas rester seule dans cette grande maison avec oncle Georges, qui est souvent ivre, et Aséfi. Je deviendrais folle. J'ai besoin de m'éloigner de cette maison ne serait-ce que pendant quelque temps, pour voir de nouvelles choses et essayer de me changer les idées. Tu ne dis rien, Jean-Paul ! »

Il semblait n'avoir rien entendu. Il s'écarta de Nancy et s'éloigna comme un somnambule sous l'effet d'un choc violent. Nancy n'eut pas le courage de l'appeler. Quelques minutes plus tard, il revint vers elle.

« Je te demande pardon. J'avais besoin de m'éloigner pour respirer. J'ai trouvé ce bouquet de fleurs au carrefour, il est pour toi. J'espère que tu l'aimes. Es-tu encore mon amie ? »

« Tout est possible…»

« Es-tu vraiment disposée à partir maintenant ? Et tes études ? »

« Je ne suis pas en état d'étudier, actuellement… »

« C'est dur pour moi de te laisser partir, mais je t'aime trop pour ne pas accepter ce qui peut atténuer ta douleur. Je ne peux pas te convaincre de rester, mais je n'arrive pas à m'imaginer privé de ta présence. Je serai comme l'aveugle sans le bâton de ta compagnie. Je pense que ce projet peut t'être positif. Je souhaite que cette courte tournée se ramifie en un parasol pour les jours pluvieux de l'avenir. Si tu dois partir, vas-y ! Mais mon cœur restera congelé jusqu'à ton retour car rien ne pourra édulcorer mon chagrin. »

Comme une brise salutaire et caressante au milieu d'un soir caniculaire, Nancy l'embrassa pour le rassurer en disant :

« Je ne connais pas l'avenir. Mais je sais que si le ciel nous est favorable, nous pouvons espérer… »

« Absolument, Nancy ! Je nous vois déjà nous prélassant dans le hamac du bonheur en des matinées fougueuses et fleuries où tes tendres mains broderont les cadrans de mon existence… »

« Et tu feras le crochet de ma vie enchantée et paisible… »

« Et ensemble nous cheminerons sur le sentier de la félicité… Et ce sera si beau. »

« Je le souhaite, en tout cas ! »

« As-tu déjà entrepris les démarches nécessaires ? »

« Il ne me reste qu'à régler les papiers au bureau de l'État. »

« Quoi ? Sais-tu que le gouvernement a une liste de gens qu'il interdit de partir… ? »

« Ne plaisante pas, c'est sérieux. Mon nom n'en fait pas partie… »

« Qui connais-tu dans le gouvernement, aujourd'hui ? Tu sais que tous les morts ont tort. On peut même oublier ton nom… »

« Merci pour ton soutien ! Avec de tels amis, on n'a pas besoin d'ennemis. »

« Calme-toi. Il faut bien plaisanter un peu pour se détendre l'esprit, même involontairement. Sinon on peut craquer. Je vais demander à mon père de s'en charger. As-tu réuni tous les documents ? »

« Naturellement ! Merci beaucoup ! »

« Je vais m'arranger pour que cela prenne plusieurs semaines. Ainsi nous passerons plus de temps ensemble… »

« Cesse de badiner, Jean-Paul. Tu dois comprendre que ce sont les circonstances qui dictent notre séparation. Elle ne durera pas très longtemps, tu sais. Deux mois au maximum. »

Jean-Paul porta ses mains à la tête et s'écria :

« Deeeuuux mois ! Deux multipliés par trente jours cela fait soixante. Tu vas m'imposer ton absence pendant soixante siècles ! À ton retour, je serai un zombi… Je serai bien vieux « au soir à la chandelle ». »

« Tu exagères, Jean-Paul. J'ai dit deux mois au plus. »

« Souhaitons que ce soit deux jours ou deux semaines au maximum. »

« Je dois me sentir mieux. Je ne peux même pas t'expliquer comment je me sens… Essaie de me comprendre. »

« Je te comprends… »

Nancy lui tint les mains et esquissa un petit sourire capable d'attendrir un loup affamé. Ils rentrèrent à la maison main dans la main, se parlaient en chuchotant quand le téléphone sonna. Tante Deborah, qui pensait pouvoir acheter tout ce qui se vendait en ville, était au bout du fil.

« Nancy, je suis au boulevard Jean-Jacques-Dessalines. Viens me retrouver. »

« Qu'est-ce qui ne va pas, Tante Deborah ? »

« J'ai perdu mon petit porte-monnaie. Il est peut-être tombé par terre. J'ai tout dépensé, je n'ai même pas de menue monnaie pour rentrer… »

« Miséricorde ! J'arrive tout de suite. Attends-moi près de la boulangerie Saint-Marc… »

« Non, près du Marché Vallières. »

« Sais-tu vraiment où tu es ? »

Elle raccrocha. Elle se rendit dans la chambre de Tante Deborah et trouva le porte-monnaie sur le plancher. Elle le prit et esquissa un petit sourire.

« Pourquoi ce visage mi-pomme mi-poire ? », demanda Jean-Paul, pour la taquiner.

« Que signifie cette expression ? »

« Pourquoi ce sourire forcé ? »

« Tante Deborah croyait avoir égaré une grosse somme d'argent. Mais tout va bien. Ses billets sont confortablement installés dans le porte-monnaie. Je dois aller lui apporter maintenant. Je vais prendre un taxi. Tu m'accompagnes ? »

Jean-Paul hésitait. Il se demandait s'il ne ferait pas mieux de rentrer pour digérer ce qu'il venait d'apprendre. Il se grattait encore la tête quand une voiture entra dans la cour. C'était oncle Georges. Nancy lui demanda s'il pouvait la déposer en ville et tope ! tope ! elle prit congé de Jean-Paul.

La journée tirait sa révérence. Jean-Paul dut emprunter le chemin du retour. Il le fit à contre-cœur, car il avait peur de se trouver seul face aux pensées qui galopaient déjà dans les ruelles de son cerveau surchauffé.

9

Le lendemain matin, Jean-Paul resta cloué au lit. Il se sentait malade. Pourtant, sa température était normale. Derrière les persiennes, il vit le vent souffler avec fracas, le tonnerre gronder, les éclairs jaillir. Au loin, le brouillard couvrait le sommet des montagnes. Il s'apprêtait à se recoucher, recouvrir sa tête de son oreiller et implorer la clémence du sommeil quand son père frappa à la porte.

« Tu comptes mettre ta vie en lambeaux pour toujours ? Que vas-tu faire ? Ne me pousse pas à aller te chercher n'importe quel travail… Tu ne peux pas gaspiller ta jeunesse à ne rien faire… »

« Non ! Non ! Et non ! Pas si vite. J'ai mes plans. Sois patient ! »

« D'accord. Je te donne jusqu'au reste de l'été pour décider. »

Il allait refermer la porte de la chambre, quand Jean-Paul déclara…

« Par ailleurs, Nancy te demande une faveur… »

« Tu continues à fréquenter Nancy ? Je croyais qu'elle ne voulait plus de toi… »

« Allons donc, papa. On ne se débarrasse pas si facilement d'un charmant jeune homme comme moi. Je suis un Leclair, tu sais. »

« Que me veut-elle ? »

Jean-Paul lui fit part de la situation.

« Je n'aime pas demander des services aux gens, dit son père, parce qu'ils peuvent exiger de leur rendre la pareille. Mais je ferai tout pour aider Nancy. Dis-lui de venir demain au ministère vers 14 heures pour remplir les formalités. »

« Mais elle doit partir en début de semaine prochaine. »

« Écoute, fais-moi parvenir son dossier aujourd'hui et je ferai de mon mieux. Mais c'est exceptionnel, n'est-ce pas ? N'espère pas ce genre de service pour toutes les personnes que tu côtoies… »

« Tu me donnes une idée. Je vais ouvrir une agence de voyages grâce à mon papa qui a le bras long… »

« Ta plaisanterie est de mauvais goût, Jean-Paul. Tu sais, je fais partie des Haïtiens qui se font un point d'honneur à refuser d'utiliser leur influence au bénéfice de leur famille. Si ça n'avait pas été le cas, tu auras été parmi les premiers reçus au bac II. Moi, je veux que tu sois un citoyen authentique, un intellectuel de la trempe de Jacques Stephen Alexis qui n'a pas besoin de se cacher derrière ses diplômes pour convaincre les gens de ses études. Un homme honnête. »

« Bye Pa' ! À tout à l'heure ! »

Jean-Paul avait perdu l'envie de rester au lit. Il sortit sous la pluie, se rendit rue Monseigneur-Guilloux pour retrouver un camarade de classe et ils se mirent à traîner avec d'autres adolescents du quartier. On aurait dit que Jean-Paul crevait de faim – de la faim de redevenir ce garçonnet qui, torse nu, roulait son cerceau dans les rues. Il discutait gaiement avec ses camarades. D'autres garçonnets découvrirent des chenilles enveloppées dans leurs cocons et ils s'amusaient à se les lancer les uns sur les autres. Jean-Paul trouvait cela cruel et pas drôle.

Au carrefour des rues Monseigneur Guilloux et Des Césars, on entendait le vacarme habituel provenant de la maison de madame Joseph. Elle s'occupait d'une ribambelle de douze enfants qui se chamaillaient souvent. Son commerce d'acassan lui suffisait à peine à vivre. Comme Jean-Paul se mit à toussoter, il préféra rentrer chez lui. Sa mère lui fit une potion qui le rétablit complètement le jour suivant.

10

Le soleil pointait allègrement à l'orient. Les oiseaux s'ébrouaient pour entamer leur balade matinale dans une atmosphère pleine de charme, de couleur et d'harmonies. Les jours passaient trop vite. Jean-Paul appela Nancy pour lui proposer de profiter ensemble de cette journée. En vrai, il cherchait à attiser son amour pour qu'elle ait envie de revenir avant même d'être partie.

À 10 heures, il l'attendait déjà devant chez elle. Ils allaient partir à la plage bras dessus bras dessous quand ils découvrirent que Tante Deborah les attendait pour les accompagner. C'était une dame conservatrice pour qui les garçons sont des renards en quête de fromage. Ils débarquèrent donc tous les trois sur la plage de Montrouis où de nombreuses familles se détendaient. Des adultes faisaient la momie et se laissaient envelopper de sable chaud. Un enfant essayait de faire prendre un bain de mer à son petit chien craintif, tandis que d'autres cherchaient des pierres plates pour faire des ricochets. Dans un coin, trois garçons et deux filles faisaient le concours de celui qui resterait le plus longtemps la tête sous l'eau. Heureusement, Tante Deborah croisa une amie d'enfance. Nancy et Jean-Paul en profitèrent pour aller faire un tour loin de leur chaperon.

Main dans la main, dans la brise caressante, ils se promenaient sur la plage en bavardant et en profitant du mouvement autour d'eux. Ils s'arrêtèrent un instant pour écouter un jeune orateur pétillant et fougueux discourir sur le succès. Il se trouvait dans une partie de la plage bondée de touristes. Il déclarait :

Chacun est pourvu d'un cerveau riche en potentialité. Il faut le mettre au travail, ce cerveau. Si vous êtes assez motivé, diligent et discipliné, vous pouvez atteindre vos nobles idéaux. Abraham Lincoln, par exemple, est né dans une cabane en rondins, dans le Kentucky. Issu d'une famille pauvre, son éducation fut très limitée. Avocat peu connu, il n'était pas brillant en affaires non plus, et il a passé dix-sept années de sa vie à payer les dettes contractées par un associé déloyal. Il fut méprisé par son épouse. Candidat au Sénat, il fut battu par le sénateur Douglas et essuya un autre échec à la vice-présidence des États-Unis. Avec une vie jalonnée de tant d'échecs, il aurait pu se dire « laissez-moi m'occuper de mes petites affaires et me préparer à mourir tranquille » ; ou encore « c'est la volonté de Dieu » ! Mais non ! Il persista. Et sa ténacité fut récompensée. Le 11 février 1861, monsieur Abraham Lincoln prêta serment en tant que seizième président des États-Unis d'Amérique. Et il fait aujourd'hui partie des grands hommes d'État de son pays. Le premier pas vers le succès consiste à déterminer qui vous êtes, ce que vous voulez faire et comment y parvenir. Il faut être prêt à sauter sur n'importe quelle opportunité. Par exemple, que feriez-vous si vous aviez 2 millions de dollars ? Allons, mes amis, quel est votre point fort ? Dans quel domaine excellez-vous ? Ne cherchez pas d'excuses. Vous en aurez toujours : pauvreté, instabilité politique, maladie, mort... »

Nancy et Jean-Paul se retirèrent à petits pas.

« Jean-Paul. Et toi, que ferais-tu avec 2 millions de dollars ? », lui demanda Nancy d'un air taquin.

« Je me bâtirais une maison à flanc de colline. Nous nous marierions. Et nous ferions une croisière autour du monde pendant notre lune de miel… »

« Il te faudrait beaucoup plus que cela ! Tu vois, tu n'as parlé que de consommation, sans mentionner d'investissement. Et c'est ce dont le pays a besoin : des investisseurs qui puissent attendre le profit de leur investissement pour en jouir tout en conservant le capital dans les affaires. »

« Détrompe-toi, je suis le parfait investisseur : j'investis tout en toi. Et je jouis déjà du profit. »

Il le dit en se frottant les mains comme on épluche une poignée de pistaches grillées. Des nantis dormaient paisiblement autour d'eux, installés sur des fauteuils protégés du soleil par leur parasol tandis que des gosses lançaient du sable dans toutes les directions. Des marchands de toute sorte – pêcheurs, vendeurs de noix de coco, de canne à sucre, de mangues – essayaient de gagner quelques dollars pour subvenir à l'éducation de leurs enfants, dans l'espoir qu'un jour ils deviendraient à leur tour des nantis et des touristes. Des propriétaires de frêles canots réclamaient, en dollars américains, leur tarif improvisé et négociable à ceux qui voulaient bien monter à bord pour une petite tournée maritime. Quant à Jean-Paul, il cherchait avec détermination un endroit retiré pour s'isoler avec Nancy… loin du regard de Tante Deborah en particulier et de tout autre curieux indiscret en général. Finalement, ils trouvèrent leur petit paradis sous un cocotier chétif qui leur permit de passer un moment câlin.

Le dos contre le tronc, la tête de Nancy sur son ventre, Jean-Paul admirait la plasticité de son amante, caressait gentiment son visage, ses cheveux. Mais il avait des pensées moins chastes difficiles à chasser. Jean-Paul s'apprêtait à échanger un autre chaud baiser avec Nancy quand l'âne qui se tenait tout près d'eux se mit à braire. Comme s'il avait voulu les avertir de l'arrivée de Tante Deborah.

« Je vous cherchais ! », s'exclama-t-elle à bout de souffle.

« Vraiment ! Nous te cherchions aussi », répondit Jean-Paul d'un air contrarié.

« Allons nous baigner », ordonna Tante Deborah.

Jean-Paul se sentait comme un joueur de football qui aurait dribblé les défenseurs, il s'apprête à mettre le ballon au fond du filet et… une coupure de courant plonge le stade dans l'obscurité. Il était immobile, toujours adossé au cocotier à contempler l'embonpoint de sa bien-aimée. Il rêvait les yeux ouverts, quand un plaisantin cria : « Requin ! Requin ! Requin ! » Ce fut le sauve-qui-peut général, la grande débandade.

Malgré la gaieté ambiante, ils n'oubliaient pas la réalité. Ils pensaient aux jours mornes, aux longues heures nocturnes et solitaires qu'ils passeraient sous des cieux différents. Ils grelottaient déjà sous le froid rigoureux de leur solitude à venir. Arrivé chez Nancy en fin de journée,

Jean-Paul lui vola un baiser sans remarquer oncle Georges qui regardait par la fenêtre. Puis, enhardi, il se hâta de regagner son logis.

11

Il n'y avait pas le moindre nuage en vue. Les marchands déambulaient dans les rues avec de lourds fardeaux : certains transportaient du charbon sur le dos des ânes, d'autres du lait dans des paniers, d'autres encore portaient sur leur tête des fruits, des légumes. Les rues étaient pleines d'effervescence et de cris. Les vendeurs de pâté en croûte criaient « Pâté chaud ». Les cireurs de bottes faisaient résonner leurs clochettes… Bref, c'était une journée typique dans la bouillante vie des Haïtiens qui n'avaient jamais abandonné l'idée de travailler avec honnêteté et discipline pour subsister et prendre soin de leur famille. Mais pour Nancy et Jean-Paul, assis à l'arrière du taxi, c'était une journée funèbre. Tandis que Tante Deborah ronflait de tout son saoul près du chauffeur, ils vivaient l'un des moments les plus noirs de leur existence : ils étaient en route pour l'aéroport. Si, hier, un destin de joie et de félicité se dessinait à leur horizon, désormais ils tâtonnaient sous les épaisses ténèbres de l'imprévu. L'aéroport est un lieu chargé en émotions humaines : certains se réjouissent de revoir leur bien-aimée, d'autres luttent pour retenir de chaudes larmes au départ d'êtres chers qu'ils voient peut-être pour la dernière fois, car qui sait ce que l'avenir nous réserve ! Plusieurs se font pour la millième fois des promesses de fidélité indéfectible…

Il était 12 heures 30, les passagers commençaient à se déplacer pour aller occuper leur place dans l'avion. Jean-Paul et Nancy auraient voulu qu'ils mettent une éternité.

Mais le moment vint où elle aussi devait gravir l'escalier pour aller rejoindre sa tante et décoller pour les États-Unis d'Amérique. D'un geste stoïque, Jean-Paul déclara :

« Ma petite tourterelle, ce court voyage t'est nécessaire. Alors je l'accepte. J'attendrai impatiemment ton retour. Prends soin de toi, mon amour. Écris-moi sitôt arrivée. Va en paix. Je t'aime pour toujours ! »

Jean-Paul avait décidé qu'un Leclair ne pleure pas en de pareilles circonstances. Il feignit un sourire, avala sa salive, l'embrassa sur les deux joues et la serra fortement contre son cœur.

« Bye Bye, mon petit tourtereau. »

« ¡Vaya con Dios, mi amor! »

La porte de l'avion se referma puis l'oiseau métallique disparut avec Nancy dans les nuages. Jean-Paul avait les yeux brouillés. Brusquement, il se rendit compte qu'il avait oublié de lui dire à quel point il l'aimait pour la énième fois. Comme une mère qui voit son fils partir pour la guerre, il craignait ne pas avoir suffisamment témoigné son amour à sa chère Nancy. Nauséeux et le cœur lourd, il s'apprêtait à rentrer seul chez lui. Il était comme un soldat sans armée, un musicien sans voix et sans instrument, un citoyen sans patrie. Sous le parapluie de la précarité, il grelottait sur les collines de l'amertume. Il fit escale à l'auberge de la mélancolie où il emprunta sa lyre pour immortaliser sa douleur :

« Mon âme maculée, noyée dans la douleur

A toujours espéré gauler le vrai bonheur

Mon âme, en veilleuse, a cherché chaque soir

La gentille colombe pour blanchir mon cœur noir,

La compagne ailée pour sécher mes larmes

Et me gratifier de nouvelles armes.

Tout à coup elle surgit, la jolie rose

Qui égaya mon cœur et baisa mon front morose

Mais ma charmante brune n'a duré qu'une lune

Puis m'a laissé seul, abandonné sur la dune.

Mon âme alors déçue sur cette terre

Ne peut se consoler. J'attends donc ma bière.

Je voudrais bien, oh mon Dieu, être dans le ciel

Pour consoler mon cœur dans tes bras paternels. »

Arrivé à la maison, Jean-Paul s'isola dans sa chambre. Il ne voulait voir personne, et surtout pas son père. Mais il y a toujours une reine Esther pour fléchir la décision d'un roi. Sa maman entra, s'assit près de lui et lui dit :

« Mon fils chéri, je sais que l'atmosphère est trop polluée pour l'empoisonner davantage. Sache donc que nous t'aimons et comprenons que tu traverses un moment difficile. Sache aussi que ces expériences difficiles servent à nous rendre plus fermes pour l'avenir. Ne te décourage pas. Le ciel connaît les tourments que tu as endurés dernièrement. Tu n'as pas le choix, il faut que tu luttes pour être digne de Nancy. Pense à ton avenir. Et si tu hésites encore, fais-le pour l'amour de ta maman. »

Elle l'embrassa et sortit.

Jean-Paul resta seul. Ce jour s'étirait sans fin. Finalement, le soleil partit se coucher en traînant. Pendant que Jean-Paul était languissant sur son lit, à plusieurs milliers de kilomètres Nancy se familiarisait avec sa nouvelle chambre. Elle s'assit à la fenêtre, puis, pour tromper son chagrin, elle commença à compter les étoiles. C'était sa première soirée loin de Jean-Paul et de tout ce qui lui était familier. Elle se trouvait à présent dans un pays étranger dont elle ne comprenait ni la langue, ni les mœurs, ni les coutumes.

12

Plusieurs jours plus tard, Tante Deborah constata que sa nièce restait pensive et repliée sur elle-même. Pour la sortir de sa torpeur, elle s'improvisa guide touristique de Chicago. Dès 10 heures le lendemain matin, elles sortirent pour aller visiter la terre de Lincoln. Elles prirent le métro pour arpenter cette ville riche en images, couleurs et activités. Arrivée dans le Loop et ses environs, Nancy fut heureuse de découvrir les quartiers ethniques, le fameux aquarium, l'imposant nœud ferroviaire, les superbes bâtiments à la richesse architecturale impressionnante, les salles de spectacle et de sports, les restaurants, les magasins… Après toute cette marche dans la ville, Tante Deborah fit découvrir à sa nièce la pizza, le cup-cake et le hot-dog. Nancy ne fut pas impressionnée, mais comme elle avait faim, elle mangea sans mot dire. Le repas terminé, elles repartirent aussi sec à la conquête de Chicago. Cette fois, Nancy semblait même vouloir devancer Tante Deborah à Michigan Avenue Bridge, State Street, au magasin Harley Davidson ou au Chicago Cultural Center. Quand leurs pieds crièrent grâce, elles optèrent pour une promenade en bateau sur la Chicago River. Le soir, elles choisirent de flâner dans les rues, sans but, juste pour admirer la lumière agonisante sur les monuments. Quand leurs pieds ne purent plus les porter, elles prirent un taxi pour rentrer avec la ferme intention de recommencer le lendemain matin.

Arrivées à la maison, tandis que Tante Deborah préparait un bouillon, elle demanda :

« Nancy, connais-tu la route des Dalles ? »

« Bien sûr ! Il y a la route des Dalles dans la zone de première avenue Bolosse, et chemin des Dalles qui est dans la zone du champ de Mars. »

« Oui, c'est route des Dalles qu'habitait Madame Saustène. »

« Si j'ai bonne mémoire, tu parles de cette grande dame à la voix aiguë, qui possédait de grands biens, mais qui préférait vivre modestement… »

« Exactement ! C'est ma voisine, ici, à Chicago depuis une dizaine d'années. J'aime discuter avec elle et passer du temps ensemble. »

« Elle doit être très vieille, aujourd'hui. »

« Pas du tout ! Elle ignore le démon de l'âge. Parler de vieillesse en sa compagnie est un affront. »

« Tant mieux. D'ailleurs on est aussi vieux qu'on se sent.

« Elle a un grand fils qui me rappelle ton papa quand il était jeune. »

« Vraiment ! Je pensais que cette dame n'avait pas d'enfant. »

« Eh bien !, c'est une longue histoire. Veux-tu que je te la raconte ? »

« Pas maintenant. J'ai sommeil », répondit Nancy.

« Laisse-moi t'en faire le résumé. Madame Saustène se maria à 18 ans. Elle mit au monde une fille qu'elle envoya en France pour suivre ses études. Là-bas, elle épousa un de ses courtisans et mourut peu de temps après en donnant naissance à un bébé. Comme madame Saustène vit seule, elle a pris l'enfant qui s'appelle Mosi-Oa-Tunya. C'est un nom africain qui signifie « Fumée qui gronde » ».

Nancy bâilla d'ennui et de fatigue, mais Tante Deborah continua :

« C'est un charmant garçon, comme Jean-Paul, mais un peu plus nuancé, plus prometteur. Il fait la joie de madame Saustène. Tu le verras sous peu…. »

« Cela ne m'intéresse pas vraiment, répondit Nancy, Je vais dormir. »

À peine se leva-t-elle pour aller se coucher qu'on sonna. Tante Deborah se précipita et ouvrit la porte en disant :

« Ma commère ! Tu vas avoir une très longue vie. Ma nièce et moi parlions de toi. Entre donc ! »

Madame Saustène entra avec Mosioatunya, en disant :

« Mosi et moi avons jugé bon de venir te saluer et t'accueillir. Bienvenue ! Comment se passe le séjour ? Depuis quand es-tu de retour ? Comment vont les choses au pays ? »

« Eh bien !, le pays est toujours à la lutte. Le peuple continue à espérer un avenir meilleur. Mon séjour a été riche en événements. Mon frère et ma belle-sœur sont décédés dans un terrible accident de voiture… »

« Vraiment ! Ah quel dommage. Veuillez accepter mes sincères condoléances, chère commère… »

« Merci. Je suis rentrée avec leur fille unique, ma nièce Nancy. Où es-tu, Nancy ? »

Elle était dans sa chambre où elle faisait semblant de dormir profondément.

13

Les journées duraient des éternités. À chaque fois que le facteur passait, Jean-Paul pensait qu'il allait recevoir une lettre de Nancy. Et comme cela n'arrivait pas, il maudissait le facteur dans son cœur. Parfois, il le soupçonnait de voler les lettres les plus romantiques. Il se plaignait à tout le monde, faisait de mauvais rêves et passait par des moments d'abattement tels qu'il resta indifférent quand ses parents lui proposèrent de lui payer son permis de conduire ! De son côté, Nancy n'allait pas mieux.

Un matin, ne pouvant retrouver le sommeil Jean-Paul décida d'aller faire un tour dans le quartier. Il ne prêta pas attention au courrier glissé sous la porte. En rentrant un peu plus tard, il aperçut dans le tas une enveloppe internationale… Enfin, le miracle tant attendu se produisait ! Jean-Paul avait en main la première missive de son amante ! Il gravit deux par deux les marches de l'escalier, entra dans sa chambre, ferma la porte à double tour et se mit à déguster son repas tant attendu.

Un peu plus tard, à sa manière de se déplacer dans sa chambre et de siffloter, ses parents reconnurent l'effet magique de l'amour, ce baume qui guérit toutes les maladies du cœur, réchauffe le corps et revitalise l'âme moribonde. Jean-Paul redevint attentif aux faits et gestes de son entourage. Il répondit immédiatement à Nancy.

« Ma chère Nancy,

Depuis le jour ou l'avion te ravit à mes yeux pour te transporter loin de moi, mon cœur est en lambeaux. Comme un fantôme tu traverses mers et terres, portes et fenêtres pour t'installer au seuil de ma pensée et tu l'occupes à jamais. Hélas, c'est tout ce que j'ai et cela ne me suffit pas. Enfermé dans la cellule de la solitude, je dîne d'amertume et m'enivre de chagrin. On s'est juré de s'aimer pour la vie. Sous la réverbération de tes yeux, je me voyais cheminer crânement sur le boulevard de la félicité. À présent, je patine dans le doute et l'incertitude. Je ne trouve pas de mot pour te décrire la joie et le soulagement éprouvés ce matin en recevant tes charmantes lignes dont la toile de fond est composée de ton amour, ta candeur et ta ferveur. Tu me fais revivre les doux moments vécus ensemble. Il me plaît d'apprendre que tu te familiarises avec ce nouveau monde. J'attends tes photos.

Pendant que je t'écris, j'entends ma maman indiquer à la servante les directives de la journée. Ce soir nous fêterons le seizième anniversaire de naissance de ma petite sœur Jessica. De nombreux amis y viendront. Je mourrai de solitude dans mon petit coin sans toi. J'aimerais te voir instamment pour t'exprimer de vive voix l'intensité de mon amour. Je sais que le déplacement était nécessaire. À présent, j'espère te revoir dans les plus brefs délais pour ne plus jamais être séparés.

Ton Jean-Paul. »

Après être allé poster sa lettre, il s'arrêta chez Claude, un ancien condisciple.

« Quel bon vent t'amène ici, Jean-Paul, toi qu'on ne voit qu'à chaque poisson d'avril ? Je comptais passer te voir un de ces jours pour m'informer de tes projets de vacances. »

« Projets de vacances ? Tu déraisonnes. Moi qui n'ai pas réussi au bac… ! »

« Écoute. Un échec au bac, ce n'est pas la fin du monde. Fais quelque chose de positif de ta vie pendant qu'il est encore temps. »

« Qu'est-ce que tu me conseilles, Claude ? »

« Allons donc, mon cher. Ce que je vais te dire, tu l'as déjà entendu mille fois : un échec est une occasion de réévaluer sa condition ; c'est un tremplin pour se relancer vers le succès. Je te conseille donc de te remettre au travail et de repasser tes examens. Et puis, Nancy t'aime comme tu es. Mais tu obtiendras son respect et son admiration si tu sais te montrer déterminé à te forger une place au soleil… »

« Décidément, tu sembles avoir raison, Claude… »

« Correction, j'ai raison ! »

« D'accord. Mais je n'ai pas révisé… Je suppose que je n'ai rien à perdre en retournant passer mes examens. Qui sait si je ne réussirai pas, cette fois-ci ! »

« Correction ! Tu y vas pour réussir ! En y allant, tu optes pour la juste cause et je t'assure que tu ne le regretteras point. Entre autres, je compte aller voir un film au Capitol sous peu, pourquoi ne m'accompagnerais-tu pas ? »

« Oh non, ce sera pour une prochaine occasion. Je suis venu t'inviter à l'anniversaire de Jessica. »

« Allons donc, Jean-Paul. C'est une fête pour les enfants ! Nous autres jeunes gens, nous avons des activités plus intéressantes… »

« Et si je te disais qu'une ancienne amie qui te tournait l'horloge est invitée ! »

« Qui ? Je les aimais toutes. Elles étaient toutes captivantes et très gracieuses. »

« Pense à notre classe de quatrième… »

« Classe de quatrième. Classe de quatrième. Je n'y vois personne… »

« C'était une « grimelle » aux cheveux châtains. Tu l'appelais "ma mignonne" et elle, « dent douclas » ».

« En réalité, la seule fille qui m'intéressait à cette époque-là ne vit plus sous notre ciel… »

« Elle est très belle et mignonne. Elle est rebelle, ta pouponne… »

« Micheline ! Ah ! La belle aux yeux de couleur d'eau savonneuse, la svelte pour laquelle nous nous battions tous et qui nous traitait de freluquets… »

« Hum ! Hum ! », s'exclama Jean-Paul. « Elle y sera en chair et en os. »

« Mais Micheline ne devait-elle pas se rendre en Belgique pour épouser un petit blanc manant devenu l'unique légataire d'un riche créancier… »

« Le type l'a lâchée parce qu'il lui trouvait des manières trop aristocrates. Comme une précieuse ridicule. »

« Ha ! Ha ! Je dois venir à cette fête rien que pour la voir. Qui sait si elle ne tombera pas amoureuse du futur agronome. »

« Agronome ! Claude. Ne plaisantons pas. Il ne faut pas mentir. »

« Tu te tais et tu me laisses tacler la petite arrogante qui m'écrasait de son mépris en quatrième. Ce soir, je serai Claude l'agronome… »

« Bon, tu ne dis pas un mot sur mon retour au bac II et j'ignore tes activités avec Micheline. »

« Ça va ! On y va ! »

« Il y a autre chose… »

« Ne me dis pas que la jolie Claire aux yeux de chambre à coucher y sera aussi ! »

« Non ! Il faut que j'occupe Jessica pour aider mes parents à lui préparer une vraie surprise. Accompagne-moi et sortons avec elle pour la distraire. ».

« Bonne idée ! »

Claude insista pour prendre sa voiture afin d'impressionner Micheline. Ils partirent gaiement tous les trois, mais, au bout d'à peine trois kilomètres, la voiture toussota puis ne voulut plus rien entendre et s'arrêta.

« Quand on a une camelote, on ne demande pas à une coquette demoiselle de haute classe comme moi d'y prendre place ! », déclara Jessica d'un air contrarié et dédaigneux.

« Désolé, mademoiselle la duchesse », dit Claude avec bonhomie.

« Je vous en prie, monsieur. J'espère que vous avez de l'argent pour me permettre de prendre un taxi. »

« Pas si vite, Jessy, implora Jean-Paul. Claude est un excellent mécanicien. Encore quelques secondes et la voiture nous emmènera partout où nous voulons… Et puis, on n'est pas si loin de la maison. Tu pourras marcher… »

« Marcher ? Pas moi ! Et puis, où allons-nous ?»

« Écoute Jessica, tais-toi et dors ! Nous avons assez de problèmes comme ça », répondit Jean-Paul.

Claude vérifia toutes les connexions sans rien trouver d'anormal. Mais l'automobile n'était toujours pas déterminée à bouger.

Tandis que les hommes se creusaient la tête pour découvrir l'origine de la panne, assise sur le coussin à l'intérieur, Jessica se rappela qu'un jour son père avait eu ce genre de problème. Elle éclata de rire.

« Pourquoi ris-tu ? », demanda Jean-Paul.

Elle continua à rire jusqu'aux larmes. Puis elle pointa du doigt la jauge du carburant. Elle indiquait : pane d'essence !

14

La musique coulait à flots dans le salon jaune des Leclair où les voisins, quelques espions du gouvernement et des invités de bonne foi souhaitèrent un bon anniversaire à Jessica sitôt son arrivée avec Jean-Paul et Claude. Un simple toast de son papa, après une courte invocation spirituelle, inaugura les festivités. Tous les participants se régalaient. Vers vingt-trois heures, Micheline Duchatelaire fit son entrée triomphale avec des cadeaux pour sa filleule Jessica. Et depuis lors, Claude devint inexplicable, indescriptible et imprévisible. Micheline portait une jupe à fleurs, un pull-over rouge, et des verres fumés. On aurait dit que sa présence augmentait la lumière dans le salon et empêchait Claude de respirer. Finalement, il lui dit :

« Hello Micheline ! Te souviens-tu de moi ? »

« Bien sûr ! Dent doukla. Oh ! Pardonne-moi. Bien sûr, Claude… »

« Tu es aussi mignonne qu'avant. J'avoue que je suis ravie de te revoir. », bégaya Claude.

Jean-Paul surenchérit :

« Nous sommes contents de te revoir ! »

« Moi aussi, chère commère », déclara madame Leclair.

« Tout le plaisir est pour moi. J'aime me réjouir avec mes amis de longue date. Et puis je suis heureuse de retrouver Jessica qui avance crânement dans l'adolescence. Pour rien au monde, je n'aurais manqué ce rendez-vous. »

« Tu restes la plus belle fille de notre promotion, tu sais », déclara Claude.

« Et toi, l'éternel courtisan. Tu sais que la beauté peut parfois être une malédiction. Tout le monde vous court après et vous avez de fortes chances de faire un mauvais choix. »

« Heureusement, on a parfois une seconde chance », surenchérit Claude.

« Dis donc, Claude, que fais-tu ? Combien d'enfants as-tu ? Comment vont les membres de ta famille ? »

« Moi ! Marié ! Je ne saurais épouser une autre fille que toi. Ce sont toutes des copies. Pour moi, tu es la seule originale. J'ai passé mon existence à te chercher à travers d'autres vies. Mais je n'ai eu que des mésaventures. J'ai voulu t'attendre, que dis-je, je t'ai attendu pendant long-temps. Sitôt ton départ, je me réfugiai à l'asile de la dé-solation. Chaque jour je soupirais après ton retour. Mais quand madame Leclair m'a montré ta photo de mariage, j'ai compris que mon cas était perdu. Mais aujourd'hui, tu fais renaître mes espoirs car tu éclaires mes nuits noires. Avec toi, je peux retrouver la foi pour combattre la peur et conquérir le bonheur… »

« Claude, des années se sont écoulées. Fais un peu preuve de maturité. Tu vas trop vite. Ça a toujours été ton problème : tu vas trop vite. Tu ne connais pas ma vie.

Tu ne peux pas me vouer ton amour de chevalier courtois… Les temps ont changé. Sois plus pratique et plus prudent… »

« Ma chère Micheline, je suis à ce tournant de la vie où je n'hésite point à tout risquer pour atteindre mon objectif. »

« Et si tu réalises que ce n'était qu'une illusion, que feras-tu ? »

« J'aurai au moins la conscience tranquille d'avoir fait tout ce qui dépendait de moi… »

« En tout cas, mon vieux, nous sommes à l'anniversaire de Jessica. Il y a un moment propice pour chaque chose. »

Puis, se tournant vers Jean-Paul, elle lui dit :

« Parle-moi de toi, Jean-Paul… »

« Pas de grands changements, coupa Claude. Sa fiancée Nancy passe des vacances aux États-Unis d'Amérique et Jean-Paul fréquente la faculté des hautes études. Et ton humble serviteur refuse de te confesser qu'il est en médecine. »

« … Hautes études ! Toi, à l'école de médecine. Vous faites d'énormes progrès ! Moi, je suis désolée de vous dire que je n'ai rien fait de sérieux de ma vie. Si seulement je pouvais recommencer », déclara Micheline.

Tandis qu'elle parlait ainsi, par une drôle coïncidence on jouait « Hier encore j'avais vingt ans » de Charles

Aznavour. Tous deux se turent pour méditer une fois de plus sur les paroles de cette chanson. Puis, lui prenant la main, Claude emmena Micheline au-dehors :

« Le sucre, le beurre, le sel sont nécessaires, mais ils peuvent nuire à la santé. Quant à l'air, nul ne peut s'en passer. Pour moi, ton amour c'est mon oxygène. Tu m'es indispensable et irremplaçable. Que comptes-tu faire ici ? Quels sont tes plans ? »

« Claude, tu étais plus âgé que Jean-Paul et moi en classe. Tu l'es encore. Tu dois réaliser que tu peux aimer quelqu'un qui ne t'aime pas. Tu dois l'accepter. Le monde est rempli de menteurs, d'hypocrites. N'allons pas en grossir les rangs. »

« Puis-je te poser une question, Micheline, voire deux ? »

« Vas-y, je t'écoute. »

« Est-ce que tu me détestes ? »

« Oh non ! Mais je ne t'aime pas comme tu le voudrais. Écoute, je reviens de mon voyage d'études. J'ai décroché mon diplôme de stomatologiste. J'aimerais travailler dans cette branche, mener ma petite vie. Je ne suis pas une célébrité comme toi ou Jean-Paul. Je n'ai pas de place pour l'amour. J'en ai fini avec ça, avec ses exigences, ses angoisses… j'ai eu plus que la part qui me revient, d'accord ! Ma tête est sur le point d'éclater. S'il te plaît, épargne-moi ces émotions. »

« Je ne le peux pas. La semence de l'amour, une fois plantée, devra produire du fruit et j'attends le fruit. »

« Tu es en médecine, tu devrais savoir qu'il ne suffit pas de planter. Il faut aussi un bon terrain. Pour ma part, tu sèmes sur un terrain aride… »

« Je ne me découragerai point. Qu'importe si je termine mes examens de première année de médecine ; qu'importe si tante Eleine m'a laissé son château ainsi qu'une somme de $80.000,00. Tout cela ne rime à rien sans ta main dans la mienne, sans toi à mes cotés… »

« $80,000.00 ! Oh ! là ! là ! », s'exclama Micheline. Elle se mit à réfléchir. Allait-elle commettre la même erreur que par le passé ?

Giscard Leclair s'approcha d'eux et leur dit :

« Mes amis, je vous invite à rentrer car nous allons couper le gâteau. Il se fait tard. »

Sans se faire prier, ils rejoignirent le reste des invités. Vers une heure du matin, M. Leclair offrit à Micheline de la ramener.

« Ne vous dérangez pas, monsieur Leclair. Claude m'a dit qu'il avait acheté une nouvelle Citroën. Il pourra me déposer, n'est-ce pas, Claude ? »

« Hé ! Hé ! Hé !, balbutia Claude. Il n'est pas bienséant de décliner l'offre d'un personnage aussi important que le père Leclair. »

« Depuis quand roules-tu en Citroën, Claude ? » demanda monsieur Leclair.

Claude fit semblant de n'avoir pas entendu. Se tournant vers Micheline, il reprit :

« Dépêche-toi d'aller avec monsieur Leclair. On se reparlera demain. », déclara Claude.

Sans pouvoir s'expliquer le comportement ambigu de Claude, Micheline accepta la gentillesse de monsieur Leclair qui la déposa chez elle.

Sur le chemin du retour, monsieur Leclair repensa à l'accident tragique qui avait ôté la vie aux parents de Nancy. Il songea que cela aurait pu lui être fatal. Il se demandait ce qu'il aurait pu faire pour éviter cette catastrophe monstrueuse.

15

Chaque obstacle surmonté augmentait la confiance et la détermination de Micheline Duchatelaire. Elle détestait le compromis et aimait la belle vie, la compagnie des grands esprits, des intellectuels capables de discuter de sujets extraordinaires sur la science, la technologie, l'aéronautique… Ce sont des chevaliers courtois, pensait-elle, capables de traiter la femme avec délicatesse et galanterie. Devenue adulte, elle restait persuadée que le prince charmant arriverait au moment opportun. C'est pourquoi elle avait décidé de ne pas suivre Claude.

Un matin qu'elle se promenait avec des amies, elle l'aperçut sur la deuxième ruelle Marcelin. Elle lui dit :

« Bonjour Doc ! Comment se porte-t-on ? Et les études ? »

« On vivote. La biologie végétale me donne beaucoup de soucis. Je n'ai pas une minute pour respirer. »

« Biologie végétale, animale ou cellulaire ? »

« Euh ! En première année de médecine, les intitulés peuvent parfois paraître bizarres aux profanes. ».

« J'ai un ami en quatrième année. Nous t'avons cherché partout, mais on dirait que personne ne te connaît à la faculté ! Si j'ai bonne mémoire, quand je suis partie, à la fin de la quatrième, tu devais redoubler. Quand j'ai pris des nouvelles de toi, l'année suivante, on m'a dit que, pour des raisons économiques, tu allais à JB Damier pour apprendre un métier. Et aujourd'hui, tu es étudiant en médecine ? Tu sais, tout le monde ne peut pas être méde-cin, ingénieur ou avocat. Le pays a aussi besoin de méca-niciens, de tailleurs, de charpentiers. Ce qui compte avant tout, c'est d'exceller dans ce qu'on fait. Claude, mon cher, avec tout le respect que je te dois, si tu portes une blouse, c'est sans doute en qualité de boucher ou de coiffeur, mais pas comme futur médecin… »

Ses amies éclatèrent de rire.

« En tout cas, moi, j'étudie à domicile ! », dit-il, renfrogné.

« Tu vas me dire aussi qu'il y a des médecins autodi-dactes. Tu peux en avoir l'aptitude, mais tu dois aussi être qualifié… »

« Mon ingéniosité m'habilite à ne fréquenter les facul-tés qu'en période d'examens. »

« Tu détiens probablement un doctorat en mécanique ! »

Ses amies se mirent à rire à nouveau.

« Tu plaisantes trop, Micheline. »

« L'autre jour, je t'ai vu dans un garage… »

« Ha ! Ha ! Ha ! Voilà de quoi pouffer ! Sans doute souffres-tu d'hallucination… En tout cas, je dois me sau-ver. Cet après-midi, je passe une épreuve en neurologie et en psychiatrie simplifiée. »

« Bonne chance, doc ! », lui dit-elle, amusée. « Je pense que tu as vraiment besoin d'un test en psychiatrie. »

Claude se sentit humilié. Il avait été heureux de retrouver Micheline à l'anniversaire de Jessica, mais cette rencontre impromptue était dévastatrice. Tandis qu'il l'avait regardée d'un air câlin, elle l'avait dévisagé avec dédain. Il la regarda partir puis emprunta l'avenue Magloire-Ambroise. Le bruit de feuilles mortes piétinées par quelqu'un lui donnait l'impression que c'était Micheline en train de piétiner son cœur. Désabusé, il se retourna et découvrit que c'était Jean-Paul qui essayait de le surprendre :

« Hé Claude, qu'est-ce qui te tracasse ? Tu as l'air très troublé. »

Il avala sa salive et répondit d'une voix à peine audible :

« Je viens de croiser Micheline et je dois t'avouer que cette rencontre n'était pas des plus plaisantes… »

« Vraiment ! Pourquoi as-tu cette impression ? »

« Elle semblait se moquer de moi… »

« Est-ce que tu continues à la draguer ostensiblement ? »

« J'avoue que c'est en grande partie ma faute. Je lui ai menti au nom de l'amour ; et elle a découvert le pot aux roses… »

« Pourquoi continues-tu à lui mentir ? Comment veux-tu qu'elle te prenne au sérieux après ? »

« Je ne peux pas m'en empêcher. Je veux constamment l'impressionner. En fait, j'essaye d'être son idéal d'homme. »

« Claude, mon cher, l'homme idéal est celui qui se présente sous son vrai jour. Tu es un rude travailleur. Tu jouis d'une bonne santé. Tu es un entrepreneur qui possède sa propre boutique… C'est ce que tu es. Qui sait si elle n'accepterait pas le vrai Claude. Cesse de prétendre être celui que tu n'es pas. Reste simple et naturel. Tu as plein de qualités. Change d'approche, modifie ta tactique. »

« Tu crois que j'ai une chance avec elle ? »

« Tant qu'il y a un dialogue, il y a de l'espoir. Par ailleurs, elle a rendu visite à mon père ce matin. »

« Pourquoi ? »

« Je n'en suis pas très sûr, mais je crois qu'il l'aide à aménager son bureau. À l'issue de leur rencontre, j'ai causé un peu avec elle. »

« Vraiment ! Vous avez mentionné mon nom ?

« Elle s'intéressait plutôt à son avenir. Avec son caractère, sa motivation et sa ténacité, elle arrivera où elle veut aller ! Elle a changé, n'est-ce pas ? Elle est plus sage… »

« Elle est belle. Je me demande si elle pourra m'aimer. »

« Je ne peux pas le deviner. Mais elle ne te déteste point. Donne-lui du temps pour réfléchir, organiser sa barque. Et puis, aie confiance en toi tel que tu es et non tel que tu souhaiterais être ou tel que tu voudrais qu'elle te voit. Applique-toi à toi-même les bons conseils que tu dispenses avec tant de prodigalité aux autres. Mets-toi à son service. Accompagne-la quand elle fait les courses. Sois galant ! Sois généreux ! Sois ingénieux. Et surtout, cesse de l'importuner avec tes envolées lyriques interminables. En ce moment, elle a besoin d'un ami, d'un conseiller pour l'aider à se stabiliser. Sois disponible de façon désintéressée. Tôt ou tard, elle se surprendra à avoir besoin de te voir. »

« Parfois, Jean-Paul, tu es plus profond que l'océan sans fond. Je parie que tu viens de recevoir de très bonnes nouvelles de ta charmante Nancy. »

« Ah ! Une autre chose : réfléchi un peu avant d'ouvrir ta bouche. Tes compliments peuvent avoir l'air d'insultes. »

« D'accord, patron ! Tu n'as pas répondu à ma question. Tu as reçu des nouvelles de Nancy ? Sinon, j'ai une petite voisine en seconde qui serait idéale pour toi… »

« Encore une fois, réfléchis un peu ! Oui, j'ai reçu une lettre. Néanmoins, elle m'afflige le cœur. »

« Si elle te laisse, c'est sa perte. Un jeune homme comme toi est très demandé… »

« Elle va rester aux États-Unis un an ou deux pour passer le diplôme d'infirmière. Je ne peux pas croire à tout ce qui m'arrive. Elle devait partir pour deux mois. Maintenant, ces deux mois se transforment en deux ans et plus tard, je ne sais pas si elle ne va pas me parler de deux siècles. Je suis atterré. »

« À ta place, Jean-Paul, je prendrais une petite amie pour passer le temps. Qui sait ? »

« Claude, tu es un cas perdu ! »

« Tu dois réévaluer la situation. L'amour ne traverse pas l'océan. Elle est là-bas, si belle en compagnie de millions de jeunes Blancs, y compris les Haïtiens, qui rêvent d'avoir une jeune fille comme elle pour épouse. Il faut faire attention, Jean-Paul… »

« Merci. Tu m'es d'un grand secours, Claude. Tu me fais penser aux amis de Job. Avec de tels amis, on n'a pas besoin d'ennemis. »

« Que veux-tu que je te dise ? Nous sommes humains. C'est la culture d'aujourd'hui : quand on est jeune, il faut profiter de la vie, aller butiner ça et là et acquérir de l'expérience avant de porter le joug familial… »

« Si c'est ça la culture, elle n'est pas nécessairement juste et honorable. Je n'aime pas mugueter dans les champs pour sucer le nectar des fleurs puis les abandonner… »

« C'est très noble. Malheureusement, dans cette vie ou tu brises les cœurs ou on te brise le tien. Si tu as choisi d'être stoïque, je te félicite. »

« Sincèrement, Claude, qu'est-ce que tu me suggères de faire ? »

Après une longue pause, Claude répondit :

« Pour le moment, passe ton bac II. Puis ton père a assez de contacts pour te caser dans l'une des facultés de ton choix. Ainsi, tu te prépareras. Si Nancy revient, tu seras en mesure de l'épouser si vous vous plaisez toujours. La vie apporte beaucoup de changements. On ne connaît pas l'avenir. »

« Je suis d'accord avec toi, à une exception près : je ne veux pas me servir de l'influence de mon père. »

« Comme tu veux, Jean-Paul. Mais si tu es qualifié et que tu trouves un piston pour t'aider dans ce que tu es qualifié, je n'y vois aucun inconvénient. C'est tout le système qu'il faudrait revoir… Sois pratique. »

« En tout cas, l'avenir jugera le présent. »

16

Jean-Paul résolut de ne plus se laisser aller. Il reprit ses cours et se mit fiévreusement à la préparation du bac. Il étudiait consciencieusement dans une petite chambre attenante à la sienne, car il y avait un tableau avec lequel il déchiffrait les problèmes de physique, de chimie organique et de mathématiques. Il reconnut ses points faibles et les travailla plus particulièrement.

Après un labeur intense, un lundi matin, tandis que le soleil inondait la ville, le nom de Jean-Paul Leclair rayonna parmi ceux des lauréats.

Il réussit son bac II avec les notes suivantes :

Philosophie : 205 sur 300
Physiologie animale : 83 sur 100
Histoire : 144 sur 300
Anglais : 84 sur 200
Physique : 158 sur 300
Chimie organique : 250 sur 300
Mathématiques : 230 sur 300
Espagnol : 102 sur 200

TOTAL : 1 256 sur 2 000

Fier de son succès, plein de l'envie de plaire à Nancy, quoiqu'il fût un peu tard, Jean-Paul décida de faire médecine. Quel combat ! Les prétendants étaient innombrables et les élus peu nombreux. Or Jean-Paul se trouvait plutôt parmi les retardataires. À son insu, son père demanda au doyen de la faculté d'accorder à son fils l'autorisation de passer les épreuves d'admission. Et puisque plus rien ne l'effrayait, Jean-Paul réussit, de justesse, à faire partie du nombre des élus.

Sans prendre de vacances, il débuta son premier trimestre. Il savait que de longues nuits de travail, des frustrations, des luttes internes et externes l'attendaient. Mais il se sentait prêt.

Son père le prit à part.

« Mon cher fils, ta mère et moi voulons d'abord te féliciter de nous avoir fait cette très agréable surprise. C'est l'un des plus précieux cadeaux qu'un fils puisse offrir à ses parents, celui d'embrasser la science médicale. Autour de toi siègeront des élèves de tout genre, des oiseaux de tout plumage. Chacun aura sans doute son agenda. Celui-ci est à la recherche du prestige de la profession, celui-là veut plaire à ses parents. Mais la majorité a le noble but de voler au secours de la population, de la soulager de ses multiples maux. Tu auras des moments de découragement et tu seras tenté d'abandonner. Mais tiens bon, et garde les yeux fixés sur le but ultime, celui de servir l'humanité. Ne te laisse pas distraire par les sollicitations de toute sorte. Ne te fie à personne. Et surtout, garde-toi de t'immiscer dans la politique. Car, en Haïti, par les temps qui courent, se déclarer politicien, c'est se condamner à mort. Sois prudent et ne te fie qu'à tes livres et à tes recherches. Ta mère et moi prierons pour toi. Je garderai mes antennes haut perchées pour toute éventualité. Ta mère et moi te soutiendrons dans la mesure de nos possibilités. »

Tout le monde s'embrassa. Giscard essuya une larme qui coulait le long de la joue de son épouse.

17

Perdu au milieu des autres étudiants prêts à tout pour obtenir leur diplôme, Jean-Paul pensait à ce que lui avaient dit ses parents et amis. Il se rappela de certains camarades de primaire qui avaient été contraints par le sort d'arrêter leurs études. D'autres, comme Claude et Wesley, avaient été fauchés par la mort au seuil de leur adolescence. Il y en a qui ont disparu à Fort Dimanche peut-être, ou qui ont déménagé pour les Antilles ou Dieu sait où. Les plus chanceux sont allés en Amérique ou en Europe. Il se sentit privilégié de faire partie du nombre des survivants, et des futurs médecins.

Jean-Paul subit le bizutage comme si plus rien au monde ne pouvait le toucher. En cours, son professeur d'anatomie, le Dr. Chanoine, était étonné de son aptitude à saisir toutes les subtilités de la matière. À part maître Filéon qui ne préparait pas ses cours et ne répondait jamais à une question sans menacer l'élève de se retrouver à la même place l'année suivante, tous les professeurs appréciaient Jean-Paul. Il était avide de connaissances et n'hésitait devant aucune épreuve. Ce qui lui valut la jalousie de plus d'un. Il ne tarda pas à faire la connaissance du professeur Sainturien, un étourdi qui ne portait jamais de cravate. Sa voix tonitruante donnait l'illusion que c'était un géant alors qu'il était aussi mince qu'une épingle. Sa phrase favorite était :

« PCB, c'est moi. Première année, c'est moi. L'hôpital, c'est moi. »

Il consacrait ses six heures de classe par semaine à parler de sa femme, de sa voiture, de sa fille en Espagne, de ses conquêtes féminines, des techniques de la contraception, du problème du sous-développement, de l'inflation... Évidemment, ces sujets n'intéressaient pas les futurs médecins et c'est avec justesse que ses cours furent peu à peu désertés. De retour de vacances, il commença un jour la classe par ces mots :

« Vous savez que je fais de la publicité pour le pays. »

La classe ne dit mot. Il poursuivit :

« Je reviens du Canada. Là-bas, les jeunes Canadiennes m'ont félicité pour mon embonpoint, mon style et surtout pour ma personnalité. »

Il est parfois difficile d'étouffer son envie de rire. Mais elle fut facilitée parce qu'il répéta sa phrase favorite et irritante : « PCB, c'est moi. Première année, c'est moi. L'hôpital, c'est moi. »

À bout de patience, Jean-Paul, osa crier :

« Maitre Sainturien ! »

« Docteur Sainturien, s'il vous plaît, bonhomme ! Que me voulez-vous, petit bleu ? »

« Pouvez-vous nous donner la date de notre premier examen ? »

« Quel est votre nom, jeune homme ? »

« Jean-Paul Leclair ! »

« Le fils de Giscard Leclair », précisa un autre étudiant.

Maitre Sainturien allait l'invectiver. Mais après avoir entendu l'autre élève, il se ravisa.

« Ah ! Comme les choses ont changé, hein ! »

Une autre étudiante surenchérit :

« Nous sommes à quelques mois de la fin de l'année, et franchement nous n'avons rien appris ! »

« Je suppose que vous êtes une « Gracia », une « Adolphe », une « Prosper », une « Figaro » ou une « Breton »... »

« Une Bretonne », cria un étudiant non identifié.

Toute la classe se mit à rire. Alors maître Sainturien rit aussi, surtout pour sortir de son embarras. Il se racla la gorge et reprit :

« C'est la première fois, dans ma carrière, que je rencontre des universitaires anxieux de passer un examen. Je n'y ai pas pensé encore. »

Il fit quelques pas de long en large dans la salle de classe...

« Vous devez étudier au jour le jour. Moi, quand j'étais à la Sorbonne, à Paris, j'étudiais au jour le jour. Allez dans les librairies, procurez-vous des ouvrages et essayez de maîtriser la matière... »

« Et quel ouvrage nous recommandez-vous ? », deman-da un autre jeune homme poliment.

« Euh ! N'importe quel auteur qui traite de la macro-économie… »

« Micro-économie ? Nous sommes en médecine et nous étudions la biologie. »

« Bravo ! Au moins vous connaissez l'intitulé de la matière. Alors consultez les ouvrages appropriés, et lundi prochain vous aurez un examen sur la microbiologie. Je n'écris pas d'ouvrage moi. Je suis un ouvrage ambulant de plusieurs volumes… »

« Microbiologie ? Lundi ? »

« Bien sûr ! Et c'est sur votre insistance encore. Vous avez tout le reste de la semaine pour étudier. Au lieu de passer le week-end avec vos amoureuses, étudiez ! Bonne chance à tous ! »

Tout le monde se tut et braqua les yeux sur Jean-Paul comme pour lui dire : « Pourquoi n'as-tu pas laissé ta bou-che fermée ? Tu nous aurais épargné bien des déboires. Maintenant, nous devons étudier l'anatomie et la micro-biologie. Merci beaucoup ! »

Maître Sainturien bénéficiait malgré tout d'un certain respect, car quand il avait décidé de donner un cours, les étudiants se rendaient compte qu'il maîtrisait son sujet. À vrai dire, personne n'osait l'empêcher de faire ces lon-gues digressions qui finissaient par tenir lieu de cours, car on disait qu'il avait les oreilles de feu Papa Doc et aussi des liaisons intimes avec des membres de la famille présidentielle.

Le lundi suivant, les élèves étaient nerveux. Maître Sainturien était imprévisible. Il tenait en main un chapeau d'où il fit sortir un petit reptile. Le plaçant dans le creux de sa main, il déclara :

« Voyez-vous ce lézard vert ? C'est le sort qui attend les pédants qui oseront me déranger pendant mon exposé. »

Le silence qui régnait dans la salle était palpable. Les étudiants semblaient se transformer en statues. Le seul bruit perceptible était celui des ventilateurs et des mouches. Les yeux de maître Sainturien parcouraient la salle et s'arrêtèrent sur Lucrèce, une étudiante qui faisait palpiter son cœur mais qui était l'amante d'un tonton macoute. Il lui dit :

« Ne vous a-t-on jamais félicité pour vos lèvres naturellement rosées comme un amandier ? »

Lucrèce, un peu embarrassée, esquissa un petit sourire. Puis son regard se tourna vers Jean-Paul.

« Monsieur Leclair ! Vous avez l'air très inquiet. Je me demande si je dois ou non vous faire passer l'examen promis. Qu'en pensez-vous ? »

Jean-Paul voulut dire qu'il était prêt, mais craignant d'être lapidé par ses collègues, il dit timidement :

« Vous pouvez le renvoyer… »

« Sine die… », poursuivit un autre bonhomme jusque derrière.

Et comme s'il voulait rattraper toutes les heures perdues, maître Sainturien dicta plus d'une vingtaine de pages sur sa matière. L'heure l'arrêta, sinon il aurait continué toute la journée. À la fin du cours, les étudiants se tournèrent vers Jean-Paul comme pour lui dire merci d'avoir ouvert ta bouche à temps. Continue ainsi et tu nous préserveras de bien de défaites.

Au fur et à mesure que maître Sainturien devenait plus familier, chacun réalisa qu'il cachait un cœur noble, talentueux et soucieux de la réussite de chacun. En fait, il lui était surtout reproché de ne pas pouvoir résister à la vue des belles jupes.

18

Nancy et Jean-Paul étaient séparés depuis près de deux ans maintenant par des milliers de kilomètres. Bien des événements s'étaient déroulés. Jules Mompremier s'était marié avec Martine et leur premier bébé était venu au monde. Le père de Jean-Paul avait été démis de ses fonctions, et plein d'autres choses encore. Mais une question lancinante était dans tous les esprits : qu'allait-il advenir de Jean-Paul Leclair et de Nancy de La Fleur ?

Ils étaient toujours en contact. Ils s'écrivaient assez souvent et se téléphonaient de temps en temps. Nancy racontait tout ce qu'elle faisait à Jean-Paul qui, voulant lui faire la surprise quand elle rentrerait, lui cachait ses progrès universitaires. Du coup, Nancy ne savait pratiquement rien de son quotidien à lui. Quand elle l'interrogeait, il lui répondait :

« Je me débrouille avec la vie. Mon existence est en berne en attendant ton retour. Sans toi, je suis remisé en état d'hibernation»

Nancy trouvait cette réponse étrange, mais elle n'osait rien dire pour ne pas fausser davantage une relation qui, de ce fait, n'avait pas évolué. On peut dire qu'elle était devenue tiède. Après ses cours, Nancy écrivait de longues et passionnées lettres d'amour. Après ses cours, Jean-Paul avait encore des heures voire des nuits d'étude devant lui. Aussi ses lettres étaient-elles plutôt courtes, voire très courtes en périodes d'examen. Nancy ne comprenait pas. Le rythme des lettres de Jean-Paul était passé de deux à une par semaine, puis à une toutes les deux puis trois semaines et parfois même à un mois.

Décembre amenait la pleine période d'examen. Claude avertit Jean-Paul à la dernière minute qu'il partait pour les États-Unis afin d'y écouler quelques jours. Jean-Paul hésita à lui remettre une lettre pour Nancy. Il y avait si peu de chance qu'il la rencontre qu'il n'en fit rien. Il se contenta de lui dire :

« Claude, si tu vois Nancy, sois ma lettre ouverte. Dis-lui que je ne peux pas vivre sans elle. Fais-lui part de mon profond amour pour elle. De mon chagrin loin d'elle. Dis-lui que je l'attends impatiemment. C'est bien l'heure de retourner chez elle… »

Le lendemain, Claude débarqua à l'aéroport John Fitzgerald Kennedy, à New York. C'était un soir brumeux et frais. Il grelottait déjà de froid quand une gentille dame le salua. Puis s'arrêta en disant :

« N'est-ce pas Claude ? »

« N'est-ce pas Nancy ? »

« C'est incroyable ! »

« Mais vrai ! »

« Oui, mon cher. Quelle coïncidence ! Je te présente Tante Deborah. Nous partageons un appartement ici à New York. »

« Et que faites-vous ici à l'aéroport ? »

« Nous avons accompagné mon cousin Charles, le fils de ma tante, qui est actuellement en route pour Minneapolis. »

« Que viens-tu faire à New York ? », lui demanda Nancy.

« Je suis venu voir mon oncle Arthur. Mais il ne le sait pas encore », déclara Claude.

« Et tu comptes rester aux États-Unis ? », demanda Tante Deborah.

« Il faut étudier la chose, avant de prendre une telle décision »

« Ou vas-tu passer la nuit ? »

« Je vais essayer de trouver un hôtel. J'irai retrouver mon oncle demain. »

« Viens chez nous pour ce soir, lui proposa tante Deborah. Tu dormiras dans la chambre de Charles. »

Nancy ajouta :

« Tu pourras prendre le temps de nous donner les dernières nouvelles du pays. »

« Eh bien, si cela ne vous dérange pas trop, d'accord ! Je vous en remercie d'avance »

La valise de Claude échoua dans le coffre de la Corona. Tante Deborah prit le volant et s'engagea sur la voie de Laurelton, Queens. Claude dévorait le paysage des yeux en dépit du brouillard. Il était fasciné par les autoroutes, les ponts illuminés et les gratte-ciel. Chemin faisant, Nancy ne pouvant pas attendre davantage, lui demanda :

« Bon, Claude, parle-moi de mon Jean-Paul. Que fait-il ? A-t-il grossi ou maigri ? Comment vont ses parents ? Est-il moins taciturne, plus jovial, plus détendu ? Travaille-t-il ? Compte-t-il en finir avec cette affaire de baccalauréat ? »

« De baccalauréat ? Que dis-tu Nancy ? Ton Jean-Paul suit les cours de la faculté de médecine et tu parles de baccalauréat ? »

À ces mots, Tante Deborah appuya à fond sur le frein et failli avoir un accident. Elle et Nancy se regardèrent d'un air perplexe et n'osèrent plus dire un mot. Claude ne comprenant pas leur réaction se tut également. Le visage de Nancy avait changé, et était teinté d'irritation.

« Parle-nous donc de notre cher pays. Il me manque beaucoup, surtout quand surgit l'hiver », dit Tante Deborah qui avait un éclair nostalgique dans les yeux. Claude répondit :

« Eh bien ! Comme disait Dominique Hippolyte :

« C'est un joyau que mon pays

Qui dort dans la mer des Antilles

Ou, lorsque - ô Soleil - tu pétilles,

Les coins obscurs sont éblouis…

J'habite l'île d'émeraude

Où règne un éternel printemps,

Ou le cœur a toujours vingt ans

Et, près de lui, l'amour qui rode. »

Mon pays, notre pays, continue le même train-train quotidien. »

« Claude, tu as dit que Jean-Paul étudie à la faculté de médecine. Et moi je ne le savais pas. Je ne comprends pas. Ou tu plaisantes, ou je ne compte plus pour lui. Il sait à quel point une telle nouvelle me ferait plaisir. En plus, elle pourrait écourter mon séjour en Amérique. Il me l'a cachée. Voilà un acte de haute trahison. »

« Non. Il pensait sans doute te voir sous peu et il voulait te réserver une belle surprise. »

« Cette explication ne me satisfait pas. Entre autres, as-tu une lettre de sa part pour moi ? »

« Désolé ! »

« N'est-ce pas étrange ? Jean-Paul a une telle opportunité et il ne m'écrit pas. »

« Soyons raisonnable, Nancy. Le docteur Leclair ne savait pas que Claude allait te rencontrer. N'est-ce pas, Claude ? », demanda ironiquement Tante Deborah.

« Nancy, dit Claude, Jean-Paul croyait que tu étais à Chicago. Mais malgré tout, il a eu soin de me dire : si par hasard tu rencontres Nancy, sois ma « lettre ouverte ». Dis-lui que je ne peux pas vivre sans elle. Fais-lui part de mon profond amour pour elle. De mon chagrin loin d'elle. Dis-lui que je l'attends impatiemment. C'est bien l'heure de retourner chez elle… »

« Ça, c'est très romantique et très sympa, n'est-ce pas ? », commenta Tante Deborah.

« Sa conduite est vraiment énigmatique. Depuis quelque temps, il m'écrit une fois tous les siècles… Je commence à comprendre pourquoi », dit Nancy d'un ton triste et en colère.

« Sois raisonnable, Nancy. Je suis sûr qu'il va t'écrire sous peu. En outre, Jean-Paul ne consacre pas une minute à d'autres activités qu'aux études. Même ses parents se plaignent. Il rentre très tard et sort très tôt. Même les week-ends sont consacrés au travail. »

« Il est tellement absorbé qu'il en a oublié de m'informer de ses prouesses universitaires. S'il peut me cacher cela, que me cache-t-il d'autre ? Tante Deborah, puis-je partir cette semaine pour aller parler à ce jeune homme ? »

« Ça alors, tu perds la raison ! Une belle jeune fille comme toi ne va pas vérifier la conduite d'un homme. Non ! Nous autres, les de La Fleur, nous ne faisons pas ces choses. Ma chère, rappelle-toi qui tu es et fais ta vie… »

« Mais, Tante Deborah, je ne peux pas faire ma vie sans lui. Je veux qu'il me le dise en face s'il ne m'aime plus, c'est tout. »

« Nancy, intervint Claude, tu es le pivot de tous ses efforts. Il ne jure que par ton nom. À tel point d'ailleurs que les étudiants se moquent de lui et l'appellent monsieur Nancy de La Fleur. Il veut te revoir bien préparé. »

Nancy avait l'intuition que quelque chose clochait.

« Que me caches-tu, Claude ? Jean-Paul me mettait au courant de tout. Maintenant il me met au rencart. »

« Mais non ! Rappelle-toi comme les études scientifiques sont exigeantes en Haïti : manque de ressources, blackout quotidien, mémorisation de tomes entiers d'ouvrages. L'école de médecine exige beaucoup de recherches, de lectures, d'études et d'essais… »

« Poursuis donc ta plaidoirie, je t'écoute », l'encouragea Nancy.

« En première année, ton Jean-Paul brille dans toutes les matières. Les étudiantes – pardonne-moi ce lapsus, je veux dire les camarades – viennent constamment auprès de lui pour se faire expliquer l'anatomie ou la biochimie… »

Sans savoir pourquoi, Nancy repensait au drame horrible qui avait emporté ses parents et le rôle qu'y avait joué le père de Jean-Paul. Cela la rendit furieuse. Tante Deborah intervint :

« Moi, par expérience, je savais déjà que l'amour ne traverse pas l'océan. Ce Jean-Paul Leclair conte fleurette à mille et une coquettes, alors que Nancy s'inquiète pour lui à en perdre la tête. »

Claude était embarrassé, car il avait trop parlé. Jean-Paul avait gardé ses prouesses universitaires pour lui seul. Claude décida, un peu tard, de se taire.

« Cesse de te bercer d'illusions, dit Tante Deborah à Nancy d'un air irrité. Ouvre donc les yeux. Claude est venu te dire la vérité. Depuis quelque temps je te conseille d'accepter Mosi, le petit fils de Madame Saustène. Il t'a confessé son amour. Il te convient parfaitement : il a un diplôme d'architecture et une maîtrise en administration. Mais toi, tu restes attachée à ton charlatan. Quelle déception ! Regarde-toi. Regarde comme tu es belle et coquette. Tu fais la joie de tous. Je ne reçois que des félicitations pour toi. Je jure sur mon honneur et celui de tes père et mère défunts que je ne te laisserai point essuyer un tel affront. »

Claude était paralysé sur sa chaise, ne sachant que dire. Qui est ce Mosi, se demanda-t-il ? Comment défendre Jean-Paul sans aggraver encore la situation ?

Tante Deborah partit préparer la chambre de Claude. Celui-ci en profita pour demander à Nancy :

« Mais que se passe-t-il ? Qui est ce Mosi ? »

« Ah, ne t'occupe pas de Tante Deborah et de sa logorrhée. Mosi est un Africain qui ne parle pas un mot de français. Je ne pourrai jamais l'aimer. Il ne connaît pas ma culture, il ne parle pas ma langue et je n'aime pas ses manières. Depuis que je suis arrivée ici, Tante Deborah fait tout pour me caser. Elle perd son temps. Moi, je n'aime que Jean-Paul. Sinon je me dédie à ma profession d'infirmière, point barre. »

Voyant revenir Tante Deborah, Nancy lui tourna le dos et regarda au dehors à travers la fenêtre de la cuisine.

À part quelques feuilles sèches qui volaient au gré du vent hivernal, les rues paraissaient étrangement désertes et silencieuses. Elle poussa un profond soupir et essuya son visage.

« Pleures-tu ? », lui demanda Tante Deborah.

« Tante Deborah, sans vouloir t'offenser, je doute fort que tu puisses comprendre le sentiment que j'éprouve pour Jean-Paul. Il est mon premier et unique amour. »

« Nancy, je regrette de te causer tant de trouble et de peine, reprit Claude. Je peux cependant te rassurer de l'indéfectible attachement que Jean-Paul te voue. S'il a choisi de ne pas te mettre au courant de ses activités, encore une fois je suis convaincu qu'il a pour toi une excellente explication qui sera acceptable pour tous. Je sais qu'il voulait te faire une agréable surprise. »

« Rien ne peut expliquer ce comportement pour le moins bizarre. C'est celui d'un être égoïste et irresponsable, insista Tante Deborah. Ne confonds pas l'amour avec un sentiment aveugle qui te porterait à aduler un homme qui te méprise… »

« Tante Deborah, avec tout le respect que je vous dois, vous ne connaissez pas mon ami Jean-Paul. Ce n'est pas un irresponsable et il n'a jamais méprisé Nancy. Nancy est sa vie, tous ceux qui l'entourent le savent. Je ne peux pas rester ici et permettre qu'on offense ainsi mon ami. Ce n'est pas juste… »

« Veuillez nous pardonner, Claude. Nous avons été prises au dépourvu. Tout compte fait, ce sont de bonnes nouvelles quand même », ajouta Tante Deborah qui essayait de faire marche arrière.

« Bon, il se fait tard. Il est temps de dormir. Claude, Tante Deborah va te montrer ta chambre. Quant à moi, je me retire. Je dois aller digérer ces nouvelles inattendues », ajouta Nancy.

Chacun se retira pour dormir. Nancy serra fortement son oreiller. Elle était totalement abattue. Elle tenta de réfléchir à tout ce qu'elle venait d'apprendre. Ne pouvant trouver le sommeil, elle prit un bain, puis enfila sa robe de nuit, mit ses bigoudis, prononça une courte prière pour tout remettre à son créateur et se coucha. Elle aurait voulu prendre un avion au beau milieu de la nuit, mieux encore se transformer en oiseau pour aller constater les faits. Elle ferma la porte de sa chambre à double tour, éteignit la lumière, et avec son ours de peluche sur sa poitrine, elle finit par s'endormir.

Claude resta éveillé toute la nuit. Il était troublé d'avoir révélé par mégarde ce qui n'aurait pas dû l'être. Il avait décidé de se lever tôt le lendemain matin. Malheureusement, une migraine vertigineuse le retint au lit plus longtemps qu'il ne l'aurait voulu. L'horloge du salon sonnait huit coups quand il mit son complet et sortit de la chambre. Tante Deborah préparait un petit déjeuner composé de banane bouillie, de morue, d'œufs, de chocolat chaud et d'avoine. Quand elle l'aperçut, elle lui dit avec bonhomie :

« Bonjour, Claude. Comment s'est passée ta première nuit aux États-Unis d'Amérique ? Ce pays attire des millions de touristes chaque année. New York est une ville qui ne dort jamais. Reviens un autre jour de la semaine et, si tu le veux, je t'emmènerai faire un petit tour en ville. »

Claude en resta bouche bée. Par sécurité, il préféra ne rien ajouter. Il aurait voulu faire ses adieux à Nancy, mais apparemment elle était toujours au lit. Il commanda un taxi pour se rendre chez oncle Arthur, à Harlem.

19

Nancy se leva tard. Elle ne parvenait pas à digérer les dernières nouvelles. Pour ne pas penser, elle se plongea à fond dans les études. Elle avait envie d'aller étudier à Hunter Collège. Mais avant cela, il fallait en savoir un peu plus sur l'évolution de la maladie de Tante Deborah. On lui avait diagnostiqué un cancer du sein quelque temps auparavant et ils étaient venus à New York pour qu'elle puisse aller dans les meilleurs hôpitaux.

Le premier lundi de janvier fut froid et brumeux. C'était la veille du rendez-vous à l'hôpital. Nancy et Tante Deborah restèrent à la maison ce soir-là. Deborah était anxieuse. Nancy ne pouvait s'empêcher de se dire que si Tante Deborah mourait sur la table d'opération, elle serait livrée à elle-même. Son avenir avec Jean-Paul l'angoissait également. Elle voulait se venger de l'affront subi, mais sans savoir pourquoi, ni comment. Elle se dit :

« Jean-Paul sait combien la nouvelle de sa réussite au bac et son admission à la faculté de médecine m'auraient fait plaisir. Il m'a trahi. Décidément, je n'ai personne sur qui compter. Je suis orpheline, ma tante a un cancer, mon amant m'a abandonnée… Je n'ai personne. »

Elle frissonnait d'effroi et de froid. D'un geste brusque, elle ouvrit un tiroir et en tira un album photos. Elle contemplait ses parents quand elle avait 16 ans. « À présent, pensa-t-elle, ce ne sont plus que des souvenirs. » Sur une autre page, elle revoyait d'anciens camarades de classe : Claudette, qui rendit l'âme à 15 ans ; Violette, qui gardait les cicatrices d'un mauvais mariage. Hervé, lui, devint footballeur... En quelques années, bien des changements s'étaient produits ! Elle avait envie de pleurer, mais les larmes ne coulaient pas. Pour se soulager, elle s'assit sur son lit et écrivit à Jean-Paul :

« Monsieur Le Docteur Jean-Paul Leclair.

Bien cher Docteur,

Le 30 octobre 1771, la marquise du Deffand, Marie de Vichy-Chamrond, écrivit une lettre à l'homme politique et écrivain anglais Horace Walpole. Elle lui dit : « Vous saurez que j'ai passé une nuit blanche, mais si blanche, que depuis deux heures après minuit que je me suis couchée, jusqu'à trois heures après-midi que je vous écris, je n'ai pas exactement fermé la paupière ; c'est la plus forte insomnie que j'ai jamais eue. »

Aujourd'hui, je vous écris pour vous attester que je passe non seulement des nuits mais des semaines sans dormir à cause de vous. Votre comportement m'a surpris de façon inconcevable. Que son éminence souffre un instant de recevoir cette composition qui pourrait bien être la dernière en provenance de cette servante à laquelle il jura un amour éternel quelques années auparavant.

J'apprends que sur votre parcours le succès s'incline. Alors, vous n'avez plus de place pour Nancy, plus de temps pour le terre à terre. Permettez à votre servante, cher docteur, d'être parmi les premières personnes à vous en féliciter. Allez ! Poursuivez votre route sans aucun doute vers un futur prometteur qui vous comblera de bonheur. Privez–moi de votre amour et souvenez-vous de m'oublier. Donnez votre cœur à d'autres femmes peut-être plus charmantes, plus parfumées et plus attrayantes que moi. Dites à qui veut l'entendre : « je vous ai aimé, vous m'avez vaincue, mais vous n'avez plus rien à voir avec moi, cette Nancy ». Vous pourrez même oublier mon nom, mon visage.

Sachez, pourtant que je vous aimerai toujours. Et je ne vous délaisserai jamais. Je serai près de vous cette éternelle présence. Vous me verrez dans votre ombre, quand vous vous regarderez dans le miroir. Vous me verrez dans les rayons dorés du soleil qui éclaireront vos sentiers. Vous me verrez dans la clarté de la lune, à travers les étoiles du firmament pour guider vos pas dans la nuit sombre. Vous me verrez dans vos livres d'études, vos recherches scientifiques et vos prouesses intellectuelles. Vous me verrez également dans vos moments de loisir, vos vacances, dans un tableau au musée d'art, au jardin botanique et au cours d'une promenade vespérale. Vous m'entendrez dans la voix de vos professeurs préférés, dans une chanson favorite interprétée par votre chanteur de prédilection. Vous m'entendrez dans un concert, dans le cri d'un enfant qui n'avait jamais demandé qu'on lui infligeât le jour dans la misère et la souffrance. Vous m'entendrez aussi dans le concert des oiseaux, le murmure des branches des arbres. Vous me sentirez dans l'enivrant parfum des fleurs, ou dans l'arôme d'un bon verre de *vin. Enfin, quand vous aurez tout essayé pour me fuir et m'oublier, pour vous débarrasser de moi, je sais que personne d'autre ne pourra vous aimer comme moi. Alors, quand on aura fini de vous encenser, de vous enivrer de plaisir, le moment crépusculaire viendra. Alors, s'il vous reste un peu d'amour, même si on vous aura épuisé, voire abusé, vous me trouverez assise à l'ombre d'un sapotillier. Je serai vieille, mais mon amour sera comme le vin qui devient plus valeureux, plus savoureux au fil des ans. Si seulement vous vous tournez vers moi, je serai encore vôtre et prête à faire le reste de la route avec vous. Je serai la dernière mangue pour tromper votre faim, la vieille chaussure droite pour votre chaussure gauche. Sans dire un mot, je serai encore fière de vous avoir toujours aimé. En attendant, Allez ! Suivez votre parcours ! Ne vous inquiétez pas si vous me privez du seul amour que j'aie jamais eu, et si mon cœur est brisé. Je survivrai avec ma vie en berne même en sachant que mon amour rend heureux un autre cœur ! »*

Elle allait apposer sa signature lorsque Tante Deborah frappa.

« Entre, dit-elle, la porte est ouverte ! »

« Ma petite chérie, pourquoi restes-tu enfermée dans cette cellule ? Je sais que tu vis des moments très difficiles. Je compatis à ta douleur. Pardonne-moi s'il m'arrive d'être un peu trop agressive à ton endroit. Tu sais que Tante Deborah n'envisage que ton parfait bonheur. Maintenant, avec ma condition, je suis un peu plus concernée par ton avenir. »

« Je le sais bien, et je t'en remercie. Tu dois te reposer un peu car demain est un grand jour pour toi. »

« Je ne peux pas dormir. Par ailleurs, veux-tu regarder avec moi « La Tour Infernale » à la télévision ? »

Nancy s'apprêtait à refuser l'offre de Tante Deborah. Elle avait envie de terminer sa lettre et de s'enfouir sous les draps pour rêver de l'éveilleur de ses charmes. Mais elle se laissa tenter. Dehors, il pleuvait à verse. Un quart d'heure plus tard, Tante Deborah dormait devant l'écran. Nancy lui mit une couverture. Elle éteignit la télévision et regagna sa chambre. Elle déchira soudainement la lettre destinée à Jean-Paul, s'étendit sur son lit et trouva le sommeil.

Le lundi matin, elle se réveilla en sursaut. Tante Deborah et Charles étaient sur le départ.

« Tante Deborah, dit Nancy, je veux venir avec toi. Au cas où… »

« Rien de mal ne va m'arriver. Le Docteur m'a déjà tout expliqué. D'ici quelques jours, je serai sur mes deux pieds. J'ai placé ma confiance dans la toute puissance. »

Charles dit :

« L'opération va durer entre six et huit heures. Je viendrai te chercher ce soir si tu veux, et nous irons ensemble voir maman. »

« Vous parlez comme si tout était déjà planifié. »

« Allons donc, Nancy. Le pire qui puisse m'arriver, c'est de ne pas sortir de mon sommeil. Or, je t'ai déjà dit que je n'ai pas fait le projet de mourir maintenant ! Le ciel, les saints, les anges, les invisibles me garderont pour que je reste en vie. Ne l'oublie pas : ton père et ta mère m'ont confié la charge de te voir diplômée et de t'accompagner jusqu'à l'autel pour ton mariage. »

« Tante Deborah, les morts ne savent rien. Et puis, oncle Georges s'est déjà désigné pour cette besogne. »

« Alors je le ferai au bras de Georges. Donc, il n'est pas question pour moi de mourir maintenant. Prie pour moi et je te verrai plus tard. Et puis, si je dors après l'anesthésie, garde-toi de me réveiller. »

Ils s'embrassèrent. Charles et Tante Deborah se rendirent à l'hôpital. Nancy commença une des plus longues journées de son existence. Elle cherchait depuis un bon moment la missive adressée à Jean-Paul pour aller la poster quand elle réalisa qu'elle l'avait détruite. Elle tournait en rond. Elle avait la bougeotte tout en mourant d'ennui. Elle voulut se rendre à l'hôpital, mais il faisait trop froid dehors. Elle rebroussa chemin. Elle essaya de rédiger une autre lettre à Jean-Paul, mais elle était tiraillée entre le désir de lui faire part de sa frustration et la peur de le perdre. Après bien des tergiversations, Nancy se raisonna et réalisa que Jean-Paul risquait de ne jamais recevoir sa nouvelle adresse à New York. Elle lui griffonna juste quelques lignes pour l'informer. Puis la vie continua.

Tante Deborah rentra de l'hôpital deux semaines plus tard. Elle suivait des séances de chimiothérapie dont les effets secondaires — pertes de cheveux, de poids, malaises, fatigue, nausées, vomissements — inquiétaient Nancy. Quant à Charles, ce célibataire endurci n'était pas d'un grand secours. On aurait dit qu'il restait à la maison uniquement pour surveiller les biens dont il hériterait si Tante Deborah mourait. Nancy, de plus en plus occupée, se mit en disponibilité de Hunter College. Ses lettres s'espacèrent aussi, au désarroi de Jean-Paul. Claude ne lui donnait plus signe de vie non plus. Il se rappela la rumeur selon laquelle les États-Unis font oublier les bien-aimés laissés en Haïti. Jean-Paul décida de répondre à un ami qui vivait dans le Connecticut, Robert Dumatin, et qui se rendait de temps en temps à New York.

« M. Robert Dumatin

Hartford, CT

Allo Bob,

L'agréable surprise que j'éprouve à te lire ne peut être décrite. Tu as fait revivre toute une époque ; les blagues que nous partagions, les conversations frivoles et bien d'autres plaisirs d'autrefois. Pardonne mon retard à te répondre.

Tu m'apprends que Gessie ne t'écrit pas souvent. Je l'ai vue hier qui venait de t'envoyer une lettre. Tu devrais la recevoir avant la mienne. Elle m'a appris que tu comptes rentrer pour l'épouser l'été prochain et je t'en félicite. Pour ma part, si tu vas à New York, pourrais-tu passer voir Nancy pour la convaincre de m'écrire plus souvent, sinon elle me brisera le cœur. Et si tu vois Claude, dis-lui que je l'attends pour lui tirer les oreilles. J'éprouve toujours mille joies à « escuchar de nuevo y siempre este nombre que me da muchos recuerdos. Cuentame mas o menos como es su salud. Dime si ella conservara la belleza que me hace volver loco. ¿Sabes porque te escribo en castellano ? ¡Adivinas porque ! A fin de satisfacer tu deseo de hablar la lengua de Cervantes ». (J'éprouve toujours mille joies à écouter ce nom qui évoque tant de souvenirs : dis-moi comment est sa santé ? Dis-moi si elle conserve cette beauté qui me rend fou. Sais-tu pourquoi je t'écris en espagnol ? Devine pourquoi. Afin de satisfaire ton désir de parler la langue de Cervantès).

Bref, revenons à notre français. J'aimerais lire les lignes de Nancy. Dis-le-lui. Gessie m'a prié de te saluer chaleureusement. Elle me dit qu'elle veut plus que ta lettre. Elle veut te voir en chair et en os. Je voudrais en dire autant à Nancy. Merci !

Ton ami,

Jean-Paul Leclair »

Il remit la lettre à son ami le facteur. Puis il se replongea dans ses études. À force d'être déçu de ne recevoir aucune nouvelle, il finit par se dire qu'il la retrouverait quand elle rentrerait au pays. Chaque soir avant de se coucher, il contemplait la photo de l'élue, qu'il avait placée sur sa table de chevet. Un après-midi, il rentra chez lui d'excellente humeur. Et pour cause, il venait de terminer sa première année à la faculté de médecine. Ce jour-là, il

trouva une maigre carte postale de Nancy qui lui annon-
çait que Tante Deborah était toujours convalescente et
qu'elle pensait prolonger son séjour une fois de plus. Sur
le coup, il en fut irrité. Puis il se dit qu'il était en vacances.
C'était l'occasion d'aller retrouver Nancy quelques jours !
Rien qu'à y penser il sauta de joie. Il s'endormit avec l'impatience d'en parler le lendemain à ses parents.

20

« Ps…s…st ! »

« Chu…u…ut ! Chu…ut ! »

« Monsieur le lauréat de la première année arrive ! », annonça un collègue. Jean-Paul l'entendit, mais n'y accorda aucune attention. D'ailleurs, selon lui, une telle idée était une ineptie. Lauréat de première année de médecine, cela n'existe pas, se disait–il en son for intérieur. Soudain, un groupe d'étudiants l'encercla. L'un d'eux déclara :

« Tous nos compliments, Jean-Paul ! »

« Pourquoi ? », demanda-t-il innocemment.

« Il paraît que tu as obtenu la meilleure note de la promotion. »

Jean-Paul répondit, comme pour se moquer d'eux :

« Il paraît que Tonton Noël passe dans les cheminées chaque 24 décembre à minuit. »

Monique, qui faisait partie de son groupe d'étudiants, lui dit :

« Nous ne plaisantons pas. Docteur Roger m'a fait personnellement cette confidence. Actuellement, il est avec le doyen et le ministre de la Santé pour déterminer la récompense à t'accorder… »

« Monique, j'en suis flatté. Comment peux-tu être au courant d'un tel secret… ? »

« Vous n'avez pas l'air très enthousiasmé ! », constata la belle Claudette.

« Peut-être qu'il attend une lettre de sa fiancée », déclara Mireille.

« Cessons de nous mêler de la vie privée de Jean-Paul », rectifia Willis qui le prit en aparté :

« Écoute, mon vieux, il est temps que tu cesses de te prendre la tête à cause de l'inconstance de Nancy. Qui sait ce qu'elle fait là-bas ? Regarde toutes ces beautés autour de toi. Elles sont toutes disponibles. Tu n'as qu'à choisir… »

« Oh oui ! Elles soupirent après mon petit cerveau, mon succès d'aujourd'hui. Elles aiment ce qui est en vogue, c'est tout ! Et après ? »

« Et après ? Apprends à jouir du moment qui t'est offert. La vie est courte et on n'est jeune qu'une fois. Nancy pourrait te rejeter à cause de ton manque d'expérience sexuelle, tu sais ! On révoque les gens qui ne pratiquent pas ! Regarde autour de toi : Anita, la fille de l'illustre député. Roselyne, la nièce du colonel. Ella, la belle marabout, filleule du feu Président… Elles sont toutes candidates. Tu pourrais en disposer comme tu veux. J'aurais aimé être à ta place », déclara Leslie d'une voix teintée de jalousie.

Jean-Paul respira profondément. Il jeta un lent coup d'œil autour de lui et dit :

« Que vaut le triomphe intellectuel, quand le cœur saigne ? J'attends beaucoup plus de cette planète que des tonnes de livres dans une cellule où la solitude m'importune. »

« Reviens à la réalité. Étant lauréat en PCB, cela signifie que la médecine circule dans tes veines. Pense aux milliers d'âmes souffrantes qui attendent tout de tes soins, de tes recherches et surtout de tes découvertes scientifiques… »

Jean-Paul partit voir les tableaux d'affichage des résultats en silence. Les étudiants présents lui témoignaient une certaine déférence. Certains voulurent le soulever pour le proclamer prince de la promotion. Il reçut des invitations d'inconnus à sortir ici et là. La rumeur se propagea selon laquelle il aurait dîné avec la plus jeune sœur du nouveau Président à vie… Toute cette agitation le laissait indifférent, car celle qu'il aimait lui manquait et ne lui écrivait pas aussi souvent qu'il l'aurait voulu.

La journée passa lentement. Vers 14 heures, une demoiselle vint le chercher pour le conduire au bureau du recteur de l'université. Jean-Paul frappa à la porte avec hésitation.

« Entrez, s'il vous plaît », entendit-t-il.

Jean-Paul poussa la porte, et comme les gonds étaient mal soutenus, elle lui donna l'impression qu'elle allait tomber entre ses mains. Le doyen vola prestement à son secours.

« Pardonnez-moi, monsieur le Docteur… », déclara Jean-Paul qui faillit s'écrouler sous le poids de la porte.

« J'attends une visite de mon petit-fils dans une heure. Tu m'as évité une catastrophe. Assieds-toi, mon fils. ».

Jean-Paul s'installa sur l'un des fauteuils de la salle climatisée. Il fut présenté au ministre et aux principales autorités de la faculté de médecine. Il remarqua, sous la vitre du bureau du doyen, des photos de famille. À droite se trouvait un globe terrestre et au coin se tenait un squelette humain. Sur l'un des murs, il nota un tableau montrant Aristote en train d'opérer un patient sous les yeux d'étudiants, dont Alexandre le Grand.

Le doyen esquissait un large sourire. Il était affable et impeccablement vêtu. Apparemment, il frisait la soixantaine, mais avec une santé robuste, une peau fraîche et lisse. Il avait l'air très content de lui et de sa carrière. D'une voix calme et sympathique, il prononça lentement :

« Jean-Paul Leclair ! »

« Oui, docteur. »

« Dans quelle branche comptes-tu faire ta spécialisation, jeune homme ? »

« Je ne sais pas encore, docteur. Je travaillerai à l'hôpital et, si possible, j'essaierai d'ouvrir ma clinique afin de contribuer au soulagement de la race humaine. »

« As-tu jamais pensé à occuper mon siège ? »

Jean-Paul faillit tomber du sien :

« Oh non ! Monsieur le docteur. »

« Et pourquoi pas ? Un jeune homme de ton acabit peut arriver très loin. Dans la vie, la majorité des gens se contente de combler leurs besoins primaires. Une poignée seulement cherche à se dépasser pour atteindre l'esthétique, l'actualisation de soi, le parfait accomplissement et la postérité. Es-tu un familier de ce concept ? »

« Je ne suis pas trop sûr. Je pense en ce moment à la pyramide des besoins, mentionnée par le psychologue Abraham Maslow. »

« La pulsion des besoins est traitée par plusieurs érudits. Je te félicite d'avoir mentionné la hiérarchie des besoins de Maslow. Mon cher Jean-Paul. Le gouvernement est vraiment fier de tes prouesses. Tu es un prototype d'haïtien qui portera les autres à nous respecter et à croire en notre génie comme première République noire de l'Amérique. Le Décanat s'émerveille de tes performances. »

« Merci, docteur ! »

« Quand quelqu'un obtient les meilleures notes de façon constante dans toutes les matières, c'est un génie. Tu aspires à une noble vocation. Es-tu sûr de ne pas avoir une inclination pour une spécialité ? »

« Je me prélasse encore à l'embouchure de l'indécision. »

« Ha ! Ha ! Ha !, éclata le doyen. Vous êtes aussi poète. Vous avez donc plusieurs cordes à votre arc. »

« J'aime la chirurgie et l'obstétrique… »

« Votre esprit de synthèse, votre caractère, votre amour de la science constituent des indices irréfutables de réussite. Une vie d'ascèse ne nuit pas au progrès de la science. Cependant, vous devez être un homme équilibré. » Le doyen le fixa, puis lui demanda :

« Êtes-vous marié ? »

« Non ! Je vis avec mes parents. »

« Très bien ! Il faut que je vous présente à ma fille benjamine. Elle est d'une beauté physique, intellectuelle et morale extraordinaire… »

« Mais, monsieur le doyen… »

« Je ferai de mon mieux pour que tout concoure à votre succès. Alors, au nom de son Excellence le Président à vie et de son gouvernement qui ne cesse de promouvoir la jeunesse, au nom du personnel de la faculté, je vous donne la clef de votre félicité pour une grande carrière médicale. Et ce n'est que le commencement. Votre famille et la mienne vont avoir beaucoup à partager. »

Il lui tendit une large enveloppe. Jean-Paul la prit avec beaucoup d'hésitation. Il y trouva entre autres documents une enveloppe sur laquelle il pouvait lire :

Johann Wolfgang Goethe-Universität
Akademisches Auslandsamt
Mertronstrasse 17
6000 Frankfurt/Main

Le doyen s'assit tout près de lui, et d'un ton plus familier, lui dit

« Comprends-tu ce que tu lis, mon fils ? »

« Pas vraiment ! »

« Eh bien, tu détiens une bourse pour aller poursuivre tes études en Allemagne. Si jamais des problèmes surviennent, n'hésite pas à m'appeler. Je suis à ton service. Si tu préfères Berlin, Bonn, Hanovre ou Wurtzbourg, fais-le moi savoir. »

« Monsieur le doyen, je n'ai pas de mots pour exprimer mes sentiments à votre endroit et envers tous ceux qui m'ont choisi pour un tel honneur… »

« Ne dis plus rien, l'interrompit le Doyen. Rentre chez toi, fais les préparatifs nécessaires. Tu dois aller te familiariser avec la langue de Goethe. Colette, ma fille, fait un petit tour à Paris. Je lui dirai que je lui ai trouvé un mari idéal. J'espère qu'elle rentrera sous peu. Sinon, elle te verra en Allemagne, qui sait ? »

« Encore une fois, monsieur le docteur, mille mercis ! »

Pendant cet entretien, des camarades de promotion de Jean-Paul faisaient les cent pas devant la porte du bureau. Ils auraient bien aimé être transformés en insectes volants pour suivre la conversation. Mais, hélas ! Quand Jean-Paul sortit, ils ne purent rien lire de définitif sur son visage car il était concentré sur cette Colette que le doyen semblait vouloir lui imposer. Il se reprochait de ne pas lui avoir dit qu'il était presque fiancé. Ce qui l'avait empêché de le faire, c'était l'état de sa relation avec Nancy. Ses collègues lui avaient réservé une fête dans une salle à côté. Il n'avait pas d'autre choix que participer. Après avoir remercié tout le monde, il s'engagea enfin sur le chemin du retour tandis que ses condisciples répétaient en chœur : « Bonne chance, Jean-Paul. Nous t'aimons bien ! Du succès ! Va en paix. Et surtout, ne nous oublie pas ! »

21

« Du succès… Va en paix ! » Ces mots résonnèrent aux oreilles de Jean-Paul pendant tout son trajet. Arrivé chez ses parents, il leur annonça la bonne nouvelle. Puis il monta dans sa chambre et chercha à appeler Nancy, sans y parvenir. Alors, il prit la plume.

> « *Mon Joujou*
>
> *Je suppose que tu te portes à merveille. J'espère que tu as su me pardonner de ne pas t'avoir informé plus tôt de mes succès scolaires. Claude, sans le vouloir, a ruiné la surprise que je voulais te faire. Je viens d'essayer de t'appeler… mais en vain. Bon, admettons que tu as tardé à rentrer aujourd'hui. Tu ne devineras jamais ce qui m'est arrivé. Pour éviter de te faire des soucis, je te le dis immédiatement, c'est une bonne nouvelle. Une de plus. Laisse-moi te faire l'énumération des bonnes nouvelles : a) Ma réussite au baccalauréat peu de temps après ton départ. b) Mon admission à la faculté de médecine. c) Ma réussite en PCB. Aujourd'hui, j'ai le plaisir de t'annoncer que j'ai bouclé la première année avec brio. Mes professeurs sont même tellement satisfaits que j'ai obtenu une bourse pour aller étudier en Allemagne.*
>
> *Chérie, j'ai vingt-deux jours pour tout mettre en ordre et partir. Je te propose de rentrer en Haïti pour nous marier avant mon départ en Allemagne. Ou si tu préfères, nous pourrions le faire à New York. Si tu*

rentres en Haïti, tu seras chez toi et tous tes amis et nos parents seront présents.

Je vais essayer de t'appeler à nouveau. Contacte-moi sitôt que tu auras reçu cette lettre. Je t'attends désespérément.

Celui qui t'aime invariablement,

Ton Jean-Paul. »

Pressé par le temps, excité à l'idée de préparer son mariage avec Nancy, Jean-Paul se trompa de numéro de rue. Le message urgent n'atteignit donc jamais sa destinataire. Et par une coïncidence étrange, personne ne se trouvait à la maison quand il appelait. Persuadé que Nancy était aussi impatiente que lui de se marier, Jean-Paul entama les démarches avec sa mère. Mais il n'y avait toujours aucun signe de vie de New York. Il essaya encore de l'appeler, il lui envoya des télégrammes. Mais cette fois Nancy était partie en Californie auprès d'une amie qui l'avait invitée pour lui changer les idées. En son absence, Tante Deborah qui pensait faire une bonne action en aidant sa nièce à oublier ce bonhomme de Jean-Paul, se gardait bien de transmettre les messages. Puis ce fut le jour de prendre l'avion pour l'Allemagne.

Dans la voiture qui l'amenait à son nouveau logement, harcelé de fatigue, blessé dans son amour propre, seul en terre étrangère, Jean-Paul regardait sans le voir le paysage. Il se demandait : pourquoi suis-je ici ? Aurais-je dû refuser cette maudite bourse ? Et si je n'arrivais pas à apprendre l'allemand ? Ni à m'entendre avec les étudiants ? Et si les professeurs ne me supportaient pas ? Et si Nancy rentre en Haïti et que je n'y suis pas ? et si… et si… et si… »

Le chauffeur lui dit en français : nous sommes arrivés. Il traversa des dortoirs, et commençait à se perdre dans le dédale des couloirs quand quelqu'un vint à sa rescousse. Sur sa porte, il trouva une affichette sur laquelle était inscrit : Bienvenue à Jen Paul Leclair.

Il ne remarqua même pas l'omission de la lettre « A » dans son premier prénom. Sa chambre contenait deux lits, des chaises et une table sur laquelle se trouvait une lampe de nuit et une radio. Après avoir rempli les formalités, une fois seul, il ferma la porte de sa chambre. Il n'arrivait pas à réaliser qu'il était en Allemagne, loin de ses parents, loin de ses amis, loin de sa terre natale et sans aucun signe de vie de sa chère Nancy. Cette fois, il ressentit la peur et l'angoisse. Il alluma la radio doucement pour se rassurer. Assis sur son lit, il se mit à pleurer à chaudes larmes. Puis il rangea ses effets. Il eut l'agréable surprise de voir que sa maman avait introduit à son insu dans sa mallette de voyage quelques petites douceurs à manger. Après avoir congédié poliment un étudiant qui lui proposait d'aller manger ensemble, il se glissa dans ses draps comme un jeune convalescent pour chercher refuge auprès d'un sommeil réparateur qui ne vint pas.

Le jour suivant, à l'instar de Christophe Colomb, il entreprit de découvrir son « nouveau monde ». Muni d'une carte, il essayait de s'orienter, de localiser les différentes sections de l'université. Puis il osa quitter le campus pour s'aventurer à la découverte de la ville, un dictionnaire français-allemand et sa carte en poche. Chemin faisant, il aperçut un bureau de poste. Il y entra à cœur joie. Il tira de sa valise une page blanche et se mit à écrire.

« Ma chère,

Je suis toujours connu pour mon laconisme. Aussi ne prendrai-je pas beaucoup de ton précieux temps. J'ignore ce qu'il faut te dire, encore plus comment débuter. Alors je te répète ce que je t'ai déjà déclaré en maintes occasions : je t'aime et ne peux vivre sans toi. S'il m'arrive, dans mes égarements, de t'offenser, accorde-moi donc l'aumône du pardon. Il m'est indispensable pour mener à bien ma petite vie. Sache que sans toi, je suis ce roman inédit qui jaunit dans le tiroir d'un amoureux transi. Mets donc une fin à nos misères. Veux-tu que j'abandonne la médecine ? Que je rejette ma bourse ? Que je renonce à mes possibilités ? Tu n'as qu'à me le dire. Aucun de tes désirs ne serait inacceptable. Aucune de tes conditions ne me paraîtrait trop difficile. Mais tu dois me dire ce que tu veux. Tu dois me donner un signe de vie et cesser de me mépriser. Je ne veux vivre ma vie que près de toi, qu'avec toi. Je suis seul en Allemagne comme un poisson hors de l'eau. Tu es mon unique fleuve. Je ne veux pas te retenir davantage, mais pense à cette chanson d'Adamo : « S'il te reste un peu d'amour, un je t'aime... Alors reviens-moi vite... ». Je ne sais pas trop pourquoi, je suis convaincu qu'il t'en reste. Alors pourquoi tarderais-tu ? Sinon, dis-le-moi et je cesserai de t'importuner.

Ton Jean-Paul. »

Quand le moment vint d'affranchir la lettre, il se rendit compte qu'il n'avait pas de monnaie. Son sang cessa de circuler. Son visage devint plus sombre. Sous le soleil, tout complotait pour multiplier les difficultés entre lui et Nancy. En sortant de la poste, il rencontra Jacques Dugal, le fils du notaire qui habitait son quartier. Ah ! Comme il était content de le revoir ! On aurait dit une terre aride recevant la rosée céleste.

« N'est-ce pas toi, Jean-Paul ? »

« C'est bien moi. J'ai failli ne pas te reconnaître avec ta longue barbe… »

« Depuis quand foules-tu le sol allemand, mon cher ami ? »

« À peine vingt-quatre heures. »

« Et déjà tu t'aventures dans la ville ! Où loges-tu ? Qu'est-ce que tu es venu faire ici ? Comment as-tu voyagé ? Comment vont les gens là-bas ? On a beaucoup à se dire. »

« Absolument, Jacques. J'espère poursuivre mes études médicales ici. »

« Excellent ! Si tu arrives à payer les frais, tu ne regretteras pas ce choix. »

« Je ne m'en inquiète pas tant. Je suis boursier. »

« Félicitations ! Si c'est le gouvernement, tu n'as aucun problème. Pour ma part, j'ai presque terminé. Après quoi je compte retourner au pays pour mettre mes connaissances au service du peuple. Sinon, j'irai aux États-Unis où se trouve ma fiancée pour me marier et travailler. »

« Tu as déjà des plans bien déterminés, n'est-ce pas Jacques ? »

« Merci ! Bon, tu viens d'arriver. Quand tu auras le temps, je te montrerai les bons coins et les zones à éviter… »

« C'est très gentil. Peux-tu me rendre un service, Jacques ? »

« Lequel ? »

« M'aider à envoyer cette lettre à une amie, aux États-Unis. »

Jacques lui donna un timbre, puis tous deux s'installèrent dans la voiture pour une visite de la ville. Il se donna la peine d'expliquer chaque vue, chaque monument, chaque bâtiment imposant avec une voix calme et plaisante. En dépit de l'effort surhumain de Jean-Paul pour prêter attention à toutes les descriptions de Jacques, il se surprenait souvent à penser à autre chose.

À l'issue de ce plaisant parcours, Jacques et Jean-Paul se fixèrent rendez-vous pour une prochaine sortie. Par la suite Jacques s'occupa bien de Jean-Paul, il le mit sous son aile et le guida dans la vile jusqu'à ce que Jean-Paul devînt capable de s'orienter et de se familiariser avec la population locale. Le seul problème, c'était que Jacques s'était donné pour mission de trouver une compagne à Jean-Paul !

TROISIEME PARTIE

1

Devenu le nouveau président à vie d'Haïti en 1971, durant l'un de ses premiers discours, le jeune Jean-Claude Duvalier (« Bébé Doc ») déclara que son père avait fait la « révolution politique » et que lui allait entamer la « révolution économique ». Dans les premiers temps, il sembla qu'il y avait moins d'oppression dans le pays. Les exilés furent invités à rentrer ; les relations internationales s'améliorèrent et la presse en général – écrite et parlée – avait un peu plus de latitude pour critiquer le pouvoir. On vit la création de partis politiques… bref, l'espoir commençait à renaître. Mais les faucons étaient toujours là. La diaspora était méfiante. À la fin des années 1970, les mesures de représailles recommencèrent.

Tante Deborah était attentive à tout cela. Elle ne ratait aucune émission à la radio, elle lisait tous les journaux haïtiens disponibles et discutait beaucoup avec les Haïtiens de passage et ceux de la diaspora. C'est ainsi qu'elle sut que la répression était revenue de plus belle. Elle apprit incidemment que, parmi les victimes, figuraient plusieurs étudiants en médecine. Dès qu'on ne voyait plus quelqu'un, il était légitime de supposer que la personne avait été « emportée ». Un jour, elle apprit par une connaissance que l'on ne voyait plus Jean-Paul à la faculté de médecine. Tante Deborah termina la conversation en disant : « Ma chère, je ne pourrai jamais dire à Nancy que Jean-Paul est mort. » Elle raccrocha. Hélas ! Quand elle se retourna, elle vit Nancy debout derrière elle. Elle avait tout entendu. Tante Deborah tenta de relativiser la nouvelle :

« Écoute, on n'est sûr de rien. C'est sans doute un bobard. Ou peut-être a-t-il été emprisonné… »

Mais en vain. Nancy se mit dans un état indescriptible. Elle fut dévastée non seulement parce qu'elle l'avait perdu à jamais mais aussi parce qu'elle s'en voulait de ne pas avoir mieux gardé le contact avec lui. Elle allait s'évanouir quand Charles l'attrapa in extremis et la déposa sur un fauteuil du salon.

Elle se mit à crier à pleins poumons comme une femme qui aurait perdu son fils unique. Tante Deborah et Charles eurent beaucoup de peine à la maîtriser. Inconsciemment, ces quelques vers de Théophile Gautier, dans Les Affres de la mort, lui revinrent à l'esprit :

« La vie est un plancher qui couvre

L'abîme de l'éternité.

Une trappe soudain s'entrouvre

Sous le pécheur épouvanté. »

Alors elle appela la mort à son secours. Elle resta inconsolable des semaines. Charles reprocha à sa mère son imprudence. Mais le temps a raison de tout. Petit à petit, Nancy se remit. Encouragée par sa tante et des amis, elle finit par retourner à Hunter College. Elle avait de nouveau l'envie de passer sa licence d'infirmière. Nancy commençait à sérieusement s'inquiéter de son avenir, car le sablier du temps poursuivait inexorablement sa course. Quoique très jeune, elle ne cessait de se dire que dans peu d'années, elle allait épuiser le premier calendrier de sa vie. Elle se surprit à chasser l'idée d'avoir un enfant. Un enfant, mais avec qui ?, se dit-elle.

Nancy ne supportait plus que Tante Deborah reproche à Charles d'être un célibataire endurci et un paresseux. Elle décida de chercher un travail durant son temps libre. Elle eut plusieurs rendez-vous infructueux et, au moment où elle commençait à perdre espoir, elle trouva une compagnie aérienne qui cherchait une secrétaire bilingue.

Le lundi matin, Nancy s'habilla impeccablement pour son entrevue. Arrivée sur les lieux – la Troisième avenue, à Manhattan – la réceptionniste lui dit de prendre l'ascenseur pour monter au vingt-et-unième étage et, de là, rejoindre la salle 2121. Nancy frappa à la porte. Elle fut chaleureusement accueillie par un monsieur qui semblait avoir quatre fois dix ans, à part quelques flocons de neige dans les cheveux. Elle trouva la place attrayante. Tout le monde avait l'air détendu. Le meuble Louis XIV lui plaisait bien, ainsi que l'apparence amicale et respectueuse de monsieur Leo Vanelucci qui débuta par ces mots (en anglais) :

« Mettez-vous à l'aise, mademoiselle de La Fleur. Mon français n'est pas parfait. Je vois que vous êtes très ponctuelle et bien mise. Ça, c'est un avantage. »

« Merci, monsieur. »

« Nous cherchons une gentille personne pour répondre au téléphone, classer des documents. Un peu de dactylographie serait un plus. »

Nancy sourit et déclara :

« Je crois répondre à toutes ces exigences, monsieur. »

« Je m'en doute », Miss Leclair.

« Pardonnez-moi monsieur Vanelucci. Mon nom est de La Fleur, pas Leclair. »

« Je suis vraiment désolé. J'ai confondu votre nom avec celui d'une autre jeune fille qui est censée venir après vous. »

« Nancy essaya de cacher son émotion. »

« Mademoiselle de La Fleur, j'apprécie votre intérêt pour notre entreprise. Comme je vous l'ai dit, nous avons d'autres candidates à voir. Nous vous ferons part de notre décision d'ici une semaine. Quoi qu'il en soit, je suis certain que vous trouverez une bonne place. Bonne chance. »

Nancy le salua et partit. Tout de même, pensa-t-elle, avoir rendez-vous salle 2121 au vingt et unième étage alors que j'ai 21 ans, et ce monsieur qui me confond avec une mademoiselle Leclair... quelle drôle de coïncidence ! Le vendredi, alors qu'elle était en rendez-vous, Tante Deborah reçut l'appel du bureau de monsieur Vanelucci demandant à Nancy de le rappeler. Elle préféra se rendre sur place où on l'informa qu'elle pouvait commencer le lundi matin. Elle était heureuse à l'idée qu'elle allait recevoir son premier chèque.

Elle fut surprise d'apprendre qu'elle ne travaillerait pas directement avec monsieur Vanelucci. Elle accepta d'être embauchée pour vingt heures par semaine seulement, du lundi au vendredi, de quatorze heures à dix-huit heures. Ça l'arrangeait, même. Ainsi elle pourrait aller en cours le matin. Tante Deborah n'aimait pas trop cette idée. Elle aurait préféré voir Nancy s'adonner uniquement à ses études afin de les terminer plus rapidement et avec les meilleures notes possibles. Pourtant, elle savait que dissuader Nancy ne serait pas une tâche facile. Elle la laissa donc faire.

Tout roulait comme sur des roulettes. Nancy était occupée toute la journée et le soir elle dormait profondément. Mais après quelques semaines, elle trouva le comportement de son supérieur, Joseph Drawer, étrange. Fréquemment, elle sentait le feu de ses yeux qui la déshabillaient et la consumaient. Il lui apportait souvent quelque extra à faire en toute fin de journée, ce qui la forçait à rester seule en sa compagnie. Puis il lui proposait de la raccompagner chez elle. Un vendredi après-midi, il l'aborda en ces termes (en anglais) :

« Ma chère Nancy. »

« Oui, monsieur ! En quoi puis-je vous être utile ? »

« En beaucoup de choses ! »

Elle ne releva pas la remarque et se remit au travail.

« Vous me rappelez ma femme bien–aimée. Elle était comme vous : belle de figure. Votre silhouette, votre démarche, votre façon de parler, tout me rappelle Jackie. Vous êtes seulement un peu plus mince et plus jeune. »

« Où est-elle ? Laissez-moi deviner : elle vous a abandonné pour cause d'infidélité. »

« Non ! Elle est morte depuis trois ans. »

« Oh ! Je suis réellement désolée de l'entendre. Veuillez accepter mes condoléances. »

Le téléphone sonna, coupant court à cette conversation. Nancy poussa un soupir de soulagement. Le lendemain, elle arriva au travail un peu tôt. À la cafétéria, deux jeunes femmes vinrent s'installer à ses côtés pour le déjeuner. Au cours de la conversation, elle apprit incidemment que monsieur Drawer n'était pas veuf. Sa femme s'était séparée de lui à cause de son comportement de « coq du village » qui courait après tous les jupons. Elle apprit également que ses supérieurs lui avaient déjà donné plusieurs avertissements. Il avait été prévenu qu'à la prochaine plainte, il serait définitivement remercié.

Ce jour-là, il ne se présenta pas au bureau. Nancy se demanda pendant tout le week-end si elle devait évoquer les avances de monsieur Drawer. La décision n'était pas facile à prendre. Le mardi, monsieur Drawer était de retour :

« Nancy. Puis-je vous poser une question ? Vous n'êtes pas obligée de me répondre… »

« Si cela concerne le travail, monsieur Drawer, allez-y ! »

« Êtes-vous mariée ? »

« Cela ne concerne pas le travail, monsieur Drawer. »

« Vous n'avez pas besoin d'être sur la défensive, Nancy... »

« Monsieur Drawer, est-ce que vous me prenez pour une jeune fille qui aurait envie de s'amuser avec un vieillard de 55 ans ? De quel démon de midi souffrez-vous ? Excusez-moi, j'ai besoin d'un peu d'air frais. »

Nancy sortit. Elle parcourut quatre pâtés de maison avant de commencer à se calmer. Puis elle se rendit chez le chef du personnel pour lui présenter sa lettre de démission, sans donner de détail. Sur le chemin du retour, elle pensa à Jean-Paul et se mit à pleurer à flots.

Tante Deborah était en ville. Nancy allait se déshabiller pour se mettre à l'aise quand on pressa la sonnerie. Elle était seule. Après avoir posé la question favorite de Tante Deborah : « Who is It ? », elle crut entendre quelqu'un bégayer : message pour Jen Pol. Sans réfléchir, elle déclara :

« Vous vous êtes trompé d'adresse. »

Elle revit Tante Deborah annoncer la mort de Jean-Paul. Et elle eut peur, car sa tante la rendait très superstitieuse. Le bruit de pas disparut. Un peu plus tard, elle se dit, mais qu'ai-je fait ? N'ai-je pas raté l'occasion de renouer les liens avec Jean-Paul. Peut-être est-il bien vivant ? Peut-être que la personne voulait dire « message de Jean-Paul » !

Mais le messager était parti. Nancy se sentit désespérée. Tante Deborah rentra plus tard dans la soirée. Tandis que Nancy lui faisait le récit de la journée, un papillon noir entra par la fenêtre, fit le tour des chambres puis s'en alla. Tante Deborah, catholique fervente, se prépara un café noir et jeta quelques gouttes çà et là en répétant des formules inintelligibles pour Nancy puis prit son chapelet et se mit à faire des prières. Nancy lui dit : « Tante Deborah, je suis convaincue que Jean-Paul n'est pas mort. Les Leclair sont trop connus dans le gouvernement, on en aurait entendu parler. Et s'il avait été arrêté, son père aurait trouvé un moyen de le libérer… »

« Ma chère nièce, tu es ma fille bien aimée. Si croire cela peut t'aider, je ne vais pas t'en dissuader. En tout cas, on m'a dit le savoir de bonne source. »

« Oui, c'est-à-dire on a dit qu'on a dit qu'on a dit. Qui t'a donné cette information ? »

« Ma fille, une femme politique comme moi ne révèle jamais ses sources. »

Nancy ne put s'empêcher de sourire à cette déclaration. Tante Deborah ajouta :

« Et puis, tu n'as pas vu que lorsque tu citais son nom, un papillon noir a traversé la pièce. Pour moi, c'est une preuve irréfutable. »

Nancy garda le silence. Elle salua Tante Deborah et rentra dans sa chambre, déterminée à tout faire pour connaître la vérité. Cette nuit-là, elle entra dans le rêve. Tout de blanc vêtue, elle marchait sur un long chemin. Quand elle se sentait fatiguée, une voix lui disait non, ne t'arrête pas, continue le chemin. Cela se répéta trois fois. À bout de souffle, elle s'accroupit à terre. Elle allait mourir de soif quand une source d'eau fraîche jaillit devant elle. Elle se réveilla en sursaut au moment où elle allait enfin boire.

Le lendemain, elle raconta son rêve à Tante Deborah qui lui dit d'un air énigmatique :

« Ne t'en fais pas, quelque chose de spécial va t'arriver. Sois sans crainte. »

2

Jean-Paul ne décevait point ses professeurs allemands. Il brillait dans quasiment toutes les matières. Il eut plusieurs liaisons sentimentales, encouragées par ses camarades de promotion, mais sans lendemain. Il en venait à se dire qu'il finirait par prendre la médecine pour femme. Quant à Nancy, elle vivait au ralenti. Pour l'un et pour l'autre, leur histoire perdait de sa consistance et ils finissaient par se demander si elle avait vraiment eu lieu. Nancy avait certes l'intuition que Jean-Paul n'était pas mort, mais elle ne pouvait pas le prouver. Et Jean-Paul finit par se demander si Nancy n'avait pas refait sa vie. Son soupçon avait d'ailleurs été confirmé par une connaissance qui lui fit savoir qu'un certain Charles accompagnait souvent Nancy. Jean-Paul préféra ne pas trop y penser et se concentra sur ses études. En tout cas, il semblait avoir complètement oublié que Charles était aussi le prénom du cousin de Nancy, le fils unique de Tante Deborah. Chacun vivait donc sa vie de son côté en ne gardant en mémoire que les meilleurs moments.

Nancy travaillait et étudiait, Tante Deborah jouissait d'une meilleure santé et Charles jouait le protecteur de ces deux femmes à la maison qui lui donnaient le peu dont il avait besoin pour sa vie de parasite.

Depuis quelques semaines, Nancy se sentait attirée par un jeune homme que le hasard avait placé sur son chemin. Ils se croisaient tous les matins dans le métro. Qu'elle quitte sa maison un peu plus tôt ou un peu plus tard, elle le trouvait assis à la même place. Peu à peu, ils se saluèrent en se faisant signe de la tête. Un matin de février, une tempête de neige s'était abattue sur la ville. Sur les toits, dans les rues, dans les cours, six pouces de manne blanche scintillaient sous les rayons dorés du soleil. Le train démarra avant que Nancy n'ait eu le temps d'agripper la rampe, et elle échoua dans les bras de l'inconnu.

« Vous vous êtes fait mal ? », lui demanda-t-il.

« Le sol est glissant… Vous m'avez épargné une chute terrible. »

« Je m'en serais voulu à jamais si je n'avais pas pu vous retenir ! »

« Je vous suis éternellement reconnaissante. »

Tous deux se regardèrent comme s'ils étaient seuls au monde. Ils poursuivirent à voix basse :

« Savez-vous pourquoi je ne reculerais devant aucun sacrifice pour m'assurer de votre bien-être ? », demanda-t-il.

Nancy illuminait le train avec son sourire recherché, mais elle se réfugia dans la pénombre du caprice féminin. Il ajouta :

« Depuis ce jour d'octobre où je vous ai vue pour la première fois, chaque matin me remplit de force et de joie pour aller travailler. »

« Vraiment ! Depuis octobre ! Cela fait un bon bout de temps ! »

« Oui ! Je suis patient… et un peu timide, aussi ! »

Nancy sourit encore une fois. Le jeune homme revint à la charge :

« Ici, à New York, l'existence peut se figer dans la monotonie. On se réveille chaque matin à la même heure. On s'habille rapidement. On a à peine le temps de prendre un café, puis on se dépêche de prendre le même train tous les jours en compagnie des mêmes visages. On sort à la même station, pour aller dans la même entreprise. Et quand vous avez perdu les meilleures années de votre existence, vous partez en retraite. Et encore, dans le meilleur des cas : si un accident ne vous enlève pas la vie prématurément ! Moi, je dis à tous mes amis que l'on devrait jouir de tout tant que l'on est jeune. On ne devrait commencer à travailler qu'à partir de 65 ans ! »

« N'est-ce pas curieux ! », ajouta Nancy.

« Voilà pourquoi je ne peux pas vous décrire le plaisir que j'éprouve depuis que je vous ai aperçue partageant ma compagnie dans le train. On ne s'est jamais parlé jusqu'à présent. Mais depuis lors, une ère nouvelle a sonné pour moi. »

« Merci de votre gentillesse », répondit Nancy sournoisement.

Après cet épisode, ils se saluèrent tous les jours. Au printemps, on se défit des lourds manteaux et des chapeaux. Nancy faisait davantage attention à sa garde-robe. Sa décision de ne plus jamais aimer un homme après la conduite de Jean-Paul semblait trouver une exception. Le midi, ils s'arrangeaient pour déjeuner ensemble et, bientôt, ils arpentèrent également les restaurants du quartier le soir. Un soir, justement, assis au restaurant Le Café pour un léger dîner, Clifford lui dit :

« J'ai l'impression que notre relation devient sérieuse. J'ai peur que vous me brisiez le cœur. Dites-moi maintenant si je dois continuer ou me retirer. »

D'abord, Nancy ne sut quoi répondre. Puis elle dit :

« Mais les femmes ne brisent pas le cœur des hommes. Il est fait d'acier ! Quant au nôtre, il est en porcelaine et vous le brisez à tout bout de champ. »

Ils rirent et causèrent longtemps ce soir-là. Au moment de se séparer, Clifford lui demanda si elle consentirait à l'épouser si elle en avait l'opportunité. Nancy fut réellement prise au dépourvu. Elle lui demanda d'attendre. Elle devait y réfléchir et en parler avec sa tante.

À peine rentrée, elle fut accueillie en ces termes :

« Décidément, tu dois accumuler une fortune, en restant au travail jusqu'à 20 heures ! C'est une heure bien trop tardive pour rentrer seule en train. »

Nancy fit comme si elle n'avait pas entendu :

« Bonsoir tante Debbie. Comment te portes-tu ? Le plombier est-il venu fixer la tuyauterie ? À cette heure, tu travailles encore ! Que fais-tu ? Un gros gaillard comme Charles ne sait donc pas repasser ses chemises lui-même ? Tu es trop gentille avec lui. »

Charles, depuis sa chambre, cria :

« Fais attention, cousine. Occupe-toi de tes affaires. Tu sais, je suis le seul vrai enfant de ma maman. Tous les autres sont des imitations… »

Tante Deborah rit, et dit :

« Le plombier a tout arrangé… Le dîner sera prêt dans un instant. »

« Je n'ai pas tellement faim, tu sais »

« Ce n'est pas en vain que je porte mes cheveux blancs. Écoute-moi : tu manques d'appétit ? Mon expérience me dit que dans un cas pareil, ou tu as un chagrin d'amour ou tu cueilles de nouvelles amours. »

« Et si c'étaient les deux à la fois ! », dit Nancy, espiègle.

« Ah ! Ah ! Que me caches-tu ? Depuis quelque temps, tu prends plus de soin de ta toilette. Je t'observe, tu sais. Et je me questionne… »

« Tu vois, toi aussi tu pourrais décrocher une maîtrise en psychologie ou en psychanalyse. Ou en espionnage… ! »

« Ta physionomie m'indique que quelqu'un te conte fleurette. C'est vrai ou pas ? »

Elles entendirent Charles faire un bruit. Nancy entraîna Tante Deborah dans sa chambre pour lui faire des confidences.

« Je n'aime pas les surprises, Nancy. Dis-moi ce qu'il se passe. »

« En réalité, il n'y a rien de définitif. Il y a un jeune homme, il s'appelle Clifford Newton… »

« Voilà ma gloire !, s'exclama Tante Deborah. Pour quand fixes-tu la date du dîner ? Il doit venir ici pour goûter de la bonne nourriture. Tu connais le proverbe haïtien : si on veut retenir un homme, il faut prendre soin du ventre et du bas-ventre. »

Toutes deux éclatèrent de rire.

« Pas si vite, Tante Deborah ! Je dois prendre mes précautions. »

« Je ne te blâme pas. Tu dois savoir trois choses de lui : est-ce qu'il a un emploi ? Combien gagne-t-il ? Et est-ce qu'il acceptera Tante Deborah chez toi ? »

Nancy ajouta :

« Tu as oublié une quatrième condition : aura-t-il une chambre pour ce larron de Charles ? »

Elles éclatèrent de rire à nouveau. Charles, irrité de ne rien entendre, cria :

« Ça sent le brûlé dans la cuisine ! »

Elles sortirent immédiatement de la chambre en continuant la conversation :

« Il est ingénieur. Il travaille pour la Transit Authority. »

« C'est bien. Ces gens ont de bonnes assurances et prennent leur retraite très tôt. Quelle est sa nationalité ? »

« Il est originaire de Caroline du Sud. Il parle un peu français. Ses parents sont de Sainte-Lucie, donc il comprend un peu le créole. »

« J'aurais préféré un Haïtien ou, à la rigueur, un Antillais. Quelqu'un qui partage notre culture. Mais ce n'est pas grave. Est-ce que tu l'aimes ? »

« C'est difficile à dire. Moi, tu sais, je n'ai aimé qu'une fois… le cœur de Jean-Paul et le mien représentaient les deux ailes de l'oiseau d'amour. »

« Ne cite pas ce prénom ici, tu vas encore faire rentrer un papillon dans ma maison. Ce soir-là, j'ai fait un tel cauchemar ! Tu as besoin d'un homme dans ta vie… Je veux te voir heureuse. J'aimerais tellement tenir ton bébé dans mes bras ! Évidemment, tu as des doutes. Mais tu ne peux pas passer ta vie à dire « si je savais »… »

« Tante Deborah, je ne pourrai jamais dire oui à un autre homme sans hésiter. »

« Que sais-tu d'autre de lui ? »

« Il a 25 ans. Il devait partir pour le Viêt-nam, mais comme cette guerre a pris fin, il pense qu'il va rester ici. C'est d'ailleurs pourquoi il m'a demandé de penser au mariage. »

« Bravo ! Je savais que tu ne coifferais pas Sainte-Catherine. Tu es charmante, intelligente, bien éduquée et coquette. Moque-toi du médecin raté qui t'a manqué parole. Il faut qu'il réalise que notre famille ne subit jamais d'affront. Si Clifford répond à tes exigences, épouse-le et sois heureuse. »

« Je ne comprends pas, Tante Deborah. Tu m'as soutenu que Jean-Paul était mort et maintenant tu parles de lui comme s'il vivait encore. »

Elle se retira dans sa chambre.

Elle ne pouvait plus respirer. Regardant par la fenêtre, elle se dit : je sais que Jean-Paul est unique. Dans ce pays, la plupart des hommes sont des vautours. Ils savent vous impressionner et vous surprendre. Ils savent utiliser le mot amour pour satisfaire leurs désirs égoïstes. Qu'est-ce que l'amour, de toute façon ? J'étais heureuse avec Jean-Paul. Aujourd'hui, je dois affronter la réalité. J'avais décidé de fuir tous les hommes, de poursuivre mes études tout en travaillant pour acquérir de l'expérience. Je voulais voyager, aider les pauvres et les malades…

L'amour peut être si sclérosant. Il nous inquiète, nous pousse à faire des compromis. Il nous rend vulnérable… Pourtant, j'aime quand l'amour m'envahit. Je menais ma petite vie, et soudain Clifford est venu réveiller en moi ce que je croyais avoir dompté. Ce qu'il me dit, sa façon de me le dire et de me regarder provoquent en moi des émotions qui me manquaient sans que je m'en rende compte. Je me sens joyeuse, importante, digne de l'amour d'un homme. Je sens que je vais céder, même si la souffrance est le prix à payer. L'amour repousse comme l'herbe sauvage. Pourquoi maintenant, pourquoi lui, pourquoi moi ?

Mon ego dit non à tout homme, mais mon cœur dit oui, oui, oui.

Je ne suis pas sûre que Clifford soit différent des autres hommes, mais je sais qu'il veut les mêmes choses. Que dois-je faire ? Que dois-je faire, mon Dieu ? J'avance en âge. J'ai des besoins. Je n'ai plus la force de résister. Pendant combien de temps vais-je continuer à penser à Jean-Paul ?

3

Le matin suivant, Nancy toussait tellement qu'elle dut garder le lit toute la journée. En début de soirée, quelqu'un pressa sur la sonnette. Tante Deborah cria son « Who is It ? » Comme elle n'avait pas bien entendu le nom, elle prit son courage à deux mains et ouvrit la porte. Un jeune homme se présenta :

« Bonsoir ! je suis Clifford Newton. Excusez-moi de venir sans prévenir, mais mademoiselle Nancy ne m'avait pas donné son numéro. Est-elle à la maison, s'il vous plaît ? »

Charles répondit de sa chambre :

« Non ! Elle n'a jamais habité ici ! »

Tante Deborah lui dit :

« Ne fais pas attention à mon fils. Il aime plaisanter. Nancy est un peu malade… »

« Vraiment ? Voilà qui explique son absence aujourd'hui. »

« Remettez-lui ce bouquet de fleurs, s'il vous plaît. Je ne veux pas la déranger. Laissez-la se reposer. »

De sa chambre, Nancy demanda :

« Qui est-ce, Tante Deborah ? »

« Tu ne pourras jamais le deviner, même si je te donnais un million », répondit Tante Deborah.

« Dans ce cas, je viens chercher mon million. »

Grande fut sa surprise de se trouver face à Clifford. Elle avait peur de le contaminer, mais Clifford profita de la présence de Tante Deborah pour lui déposer un baiser sur le front. Tante Deborah présenta Clifford à son fils, et lui fit visiter la maison.

Ils passèrent un moment très agréable, puis comme Nancy recommençait à tousser, Clifford jugea bon de se retirer.

Après son départ, Tante Deborah était tout excitée. Les deux femmes passèrent presque toute la nuit à concocter ensemble des projets grandioses. À un moment, Nancy laissa échapper :

« Je me demande si Jean-Paul m'aime encore ! Je suis sûre qu'il n'est pas mort. Hélas ! Il faut que je fasse ma vie. »

Tante Deborah fut toute déconcertée. On aurait dit que Nancy avait cessé de respirer. Le nom de Jean-Paul continuait à faire chavirer son cœur. Elle allait avoir 25 ans, mais elle voulait revivre ses 18 ans avec Jean-Paul. Malheureusement, elle ne recevait plus de nouvelles et ne pouvait que ressasser des souvenirs inachevés qui la lais- saient à la fois taciturne et avide de tendresse et de caresse. Nancy hésitait. Quelque chose en elle voulait encore la re- tenir et la conserver pour Jean-Paul. Tante Deborah ten- tait de la convaincre d'épouser Clifford. Charles ouvrit la porte de sa chambre d'où l'on pouvait entendre ces paroles d'une chanson : « Après toi, je pourrai peut-être donner de ma tendresse, mais plus rien de mon amour… Après toi, je ne pourrai plus vivre… »

Tante Deborah embrassa Nancy et lui conseilla de se reposer un peu.

Comme s'il se doutait de quelque chose, Clifford ne lâcha plus Nancy d'un pouce. Il la couvrait d'attentions et de cadeaux. Il sut mettre la famille dans sa poche. Le dimanche matin, il allait faire un tennis avec Charles puis tout le monde déjeunait en famille. En plus, les besoins physiologiques de Nancy s'accentuaient car Clifford l'emmenait voir des films d'amour. Et comme toute femme rêve de fonder un foyer, de posséder son coin de cheminée, ses meubles et ses propres enfants, Nancy finit par étouffer cette voix qui l'empêchait de se décider. Elle accepta la proposition de Clifford Newton. Cinq mois plus tard, les cloches sonnèrent à Cambria Heights, Queens.

Tante Deborah et Charles rentrèrent de la cérémonie en silence. Ils avaient eu davantage l'impression d'assister à des obsèques qu'à un mariage. Finalement, Charles brisa le silence :

« Maman ! Pourquoi Nancy n'a-t-elle pas du tout souri au cours de la cérémonie ? Pourquoi était-elle si réticente au moment d'échanger le baiser ? J'espère qu'elle sera heureuse avec Clifford, mais j'ai des doutes. »

« Mon fils, la clef de la félicité est entre les mains de chaque individu. C'est à Nancy de décider si elle veut jouir du bonheur ou non. Je me souviens que lorsque je me suis marié avec ton père, moi aussi j'étais triste ; triste de laisser mes parents, mes amis et d'aller vivre seule avec ton père. Je n'avais que 17 ans. »

Charles l'interrompit :

« Moi, je dirais qu'elle pense encore à Jean-Paul Leclair… »

« Charles ! Si tu n'as rien d'autre à dire, tais-toi. Tu ne te rends pas compte des torts que les Leclair nous ont causé ! Giscard Leclair a mangé les parents de Nancy sous le prétexte d'un accident… »

« Maman, tu as perdu le nord ! Tu continues à croire que les gens s'entremangent. Depuis la mort des de La Fleur, M. Giscard n'a pas tellement grossi pour avoir mangé deux adultes à la fois… ! »

« Tu peux te moquer de moi, mais je ne suis pas d'hier. Je connais mon pays. Je sais comment on peut être méchant. De toute façon, je n'aurais jamais permis à Nancy d'épouser Jean-Paul. »

« C'est pourquoi tu lui as menti en prétendant qu'il était mort ? »

« Je ne sais pas ce dont tu parles. Je causais avec une amie qui me l'a dit et Nancy m'a surprise en train de le répéter. Qui sait si ce n'est pas le ciel qui a voulu préserver Nancy contre ces fieffés loups-garous. »

« Pour une dame qui a fait des études, et qui se dit croyante ! Avec tout le respect que je te dois, tu es vraiment arriérée pour croire à ces ragots. Les gens meurent de maladie, d'accident ou naturellement. Il est temps d'arrêter avec ces idées saugrenues qui empêchent le pays d'avancer. Nous sommes dans un siècle avancé, maman. »

« Écoute, Charles, tu penses que c'est naturel pour un homme comme toi, âgé de 30 ans de ne pas travailler ni te marier ? »

Charles éclata de rire :

« Maman, tu veux me dire que l'on m'a « déjoué » » »

« Oui, et c'est ta marraine qui en est responsable… »

« Cessons ces conversations oiseuses qui ne font que m'exaspérer. Je me marierai quand j'aurai trouvé la femme qui me convient… »

« Tu devrais commencer par te trouver un emploi… »

« Maman, c'est mon choix, c'est ma prérogative. Et puis, nous n'avons pas besoin de nous fâcher sur le compte du mariage de ma cousine Nancy. Après tout, il ne reste plus que toi et moi à la maison maintenant. Clifford à l'air d'un gentil homme. Souhaitons qu'ils arrivent à s'entendre. »

4

Jean-Paul commençait à avoir une certaine renommée en Allemagne. Ses professeurs étaient impressionnés par ses performances. Il s'était spécialisé dans le cancer du sang, le système lymphatique et les troubles gastriques. Sa sobriété, sa sagacité, sa simplicité, sa discipline et son dévouement séduisaient ses professeurs. Ses journées se résumaient à aller en cour, faire des recherches en bibliothèques et un peu de gym. Parfois, rarement à vrai dire, il profitait de la clémence du temps pour aller se promener. Il avait un faible pour la nature, quand le soleil caresse le sommet des arbres avec des doigts de velours ou quand il filtre ses rayons à travers les branches. Il aimait aussi observer de loin les petits mammifères. Parfois, il les sifflait doucement pour les attirer, mais ils étaient craintifs et s'enfuyaient au moindre bruit. Immobile et rêveur, il les regardait partir. Ils lui rappelaient Nancy qui s'était échappée, elle aussi.

On était en plein Carême, la période de préparation à la fête de Pâques. Pendant la fête, les croyants dansaient, chantaient et paradaient joyeusement. Le bon Jacques Dugal invita Jean-Paul à s'y rendre pour se changer les idées, mais Jean-Paul déclina l'offre. Il préférait rester dans sa chambre où, à la lueur d'une faible lumière, il relisait les lettres de Nancy. Il fut surpris d'en retrouver une qu'il lui avait écrite au début de leur relation :

« Cela fait déjà longtemps que tu étouffes l'amour qui germe en toi. Quand les copains te courtisent, tu leur dis non, car tu détestes les aventures. Pourtant, tu dévores les romans d'amour. Tu prétends être immunisée contre cette « maladie » tout en frémissant devant les films romantiques. Cesse de te tromper toi-même. Donne-moi ton adolescence. Je saurai la garder précieusement… »

Jean-Paul sourit et poussa un long soupir. Il pensait à tous ceux qui fêtaient Pâques. Il se dit : Quel contraste ! Carême, c'est le temps du jeûne. Et il pensait à ces pauvres fillettes et garçonnets orphelins partout dans le monde, aux malades souffrant dans les hôpitaux. Il se rappela certains de ses amis, Hector, qui n'apprenait jamais ses leçons. Il songeait à son pays, ses matins ensoleillés, ses soirs tranquilles, son ciel bleu et étoilé, ses habitants innocents et travailleurs… Et, bien sûr, à la tendre et gracieuse Nancy. Mais il préféra revenir à la réalité présente plutôt que souffrir dans le passé. Soudain, on frappa à sa porte. Il alla ouvrir. Jacques Dugal revenait à la charge avec des amis et des costumes pour faire honneur à la fête.

« Mon cher, tu travailles trop dur. Tu mérites un peu de détente. Les Van Deschen organisent une petite fête. Tu n'as aucune raison de rester dans cette cellule. Elle va finir par te rendre fou. » Alors que les autres s'apprêtaient à argumenter aussi, Jean-Paul se saisit d'un masque et sortit. Ils le suivirent.

Il se demanda pourquoi on l'avait placé près de Géraldine Renchner. Telle une jeune gazelle dans les prés verdoyants, Géraldine incarnait la beauté. Elle avait une taille svelte qui faisait se détourner les yeux de tous sur son passage. Elle dégageait énormément de sensualité, avec une peau veloutée et des courbes gracieuses qui mettaient en valeur tout ce qu'elle portait. Sa bouche gourmande, ses lèvres pulpeuses, ses yeux de tigresse, son front fuyant donnaient le vertige à Jean-Paul qui avait eu le coup de foudre la première fois qu'il la vit.

Il revenait d'un cours de pharmacologie. Ce soir-là, il admirait la forme du croissant de lune quand son regard fut attiré par une silhouette et une démarche ondulantes. Comme il voulait voir si le visage correspondait à ce corps angélique, il perdit sa modération légendaire et osa s'en approcher :

« Excusez-moi, mademoiselle. Euh ! Je crois que vous avez laissé tomber une pièce de votre menue monnaie... »

Elle arbora un large sourire paradisiaque et répondit :

« Décidément, tu n'as pas beaucoup d'expérience. Je n'ai ni porte-monnaie ni menue monnaie ! »

« Pardonnez-moi, mademoiselle, dit-il, confus. Je n'excelle pas dans le mensonge ! Je ne sais pas ce qui m'a pris. Votre corps, votre démarche sont si envoûtants que je voulais m'assurer que vous faites bien partie des êtres humains et non des anges... »

« Merci. Tu es très gentil et même galant ! Tu n'as pas besoin de trembler comme ça. Je ne vais pas te manger tu sais. Quoique ! Toi aussi, tu es très beau ! »

« Ma foi ! Vous trouvez ! Quel soulagement ! », répondit Jean-Paul. Puis, ayant peur d'être allé trop loin, il se ravisa et dit :

« Vous êtes du quartier ? »

Elle, sans répondre à sa question :

« Tu es si mignon avec tes dents blanches et ton menton imberbe. Où vas-tu maintenant ? »

« À la bibliothèque… »

« Viens chez moi, je t'apprendrai des choses que tu ne trouveras pas dans les livres. Entre autres, je m'appelle Géraldine. Et toi ? »

« Jean-Paul Leclair. »

« J'aime bien ces noms français. Mon grand-père était français. ».

« Donc tu es aussi française. »

« Pas vraiment ! je comprends quelques mots, comme chéri, amour… Je suis sûre que tu pourrais – à la lueur d'une lampe, aux heures enflammées de la nuit – m'apprendre un peu plus de français. Qui sait, les mots oubliés depuis mon enfance pourraient remonter à ma mémoire. »

Elle caressait lentement ses lèvres avec sa langue et caressait ses cheveux.

Jean-Paul sentit qu'il allait s'évanouir dans les bras de Géraldine qui, heureusement, ajouta : « Je dois passer chez une amie en ville, veux-tu m'accompagner ? »

« Ah ! Non ! Ce n'est pas possible pour l'instant car j'ai un rendez-vous urgent. »

« Tu ne veux pas m'accompagner ? Je t'assure que tu ne le regretteras pas. »

« Je n'en doute pas, chère Géraldine. »

Pour diminuer l'intensité de la conversation, Jean-Paul prit son adresse, en lui promettant de passer la voir.

« Bye ! Bye ! Jean-Paul. Je t'attends ! »

« Bye ! Bye ! À bientôt ! »

Jean-Paul comprit le sens du proverbe haïtien : « Jean cherché, Jean trouvé. » Il se demandait comment une jeune femme pouvait ainsi réunir la beauté, les bonnes manières et l'intelligence sans jouer à l'intéressante. Arrivé dans sa chambre, il se dit : « Parbleu ! quelle bêtise ! elle aurait pu me combler de tout l'amour du monde et me faire oublier bien des chimères. On pourrait se marier sur-le-champ, partir vers l'inconnu et vivre heureux pour toujours. »

Ce dimanche soir lui offrait donc une deuxième chance, mais le cœur n'y était pas. Géraldine paraissait encore plus irrésistible que la fois précédente. Elle portait un tailleur bleu marine décolleté et prenait un malin plaisir à lui révéler un peu plus qu'il n'aurait fallu. Sur la route, elle se frottait lascivement contre lui qui se mourait d'envie. Il tenta de se rappeler les psaumes de la Bible. Mais, faute de pratiquer, il semblait avoir tout oublié. Les effluves du parfum de Géraldine épelaient : « s-u-i-v-e-z-m-o-i ». Un turban rouge et blanc lui ornait le cou, on aurait dit une reine sur un char de carnaval en Haïti. Jean-Paul préféra garder le silence tandis que son cœur palpitait à tout rompre. Géraldine lui dit tendrement :

« Cela fait une éternité que tu me fuis, monsieur le docteur ! »

« Oh non ! J'ai souvent pensé à toi. Mais tu sais, avec les études, les examens à préparer, les recherches et les péripéties de la vie… on est très pris. »

« Il faut que tu te fasses violence et que tu prennes des moments de détente, sinon tu vas craquer. Un des sages de l'antiquité disait : quand l'esprit est fatigué, il faut le détendre pour pouvoir le reprendre. »

« Tu as raison, Géraldine ! »

Voyant Jean-Paul et Géraldine discuter âprement, les autres camarades se mirent à faire des commentaires et des insinuations. L'un d'eux leur dit :

« Hé ! Jean-Paul, ce soir chacun a une partenaire. Géraldine s'est offerte pour être ta cavalière… »

Un autre dit :

« Tu as de la chance : Géraldine ne jure que par toi, alors que tout le monde lui court après… »

« Merci beaucoup ! », répondit Jean-Paul sèchement en transpirant un peu.

Il descendit la vitre de la voiture pour mieux respirer.

« Puis-je te poser une question ?, murmura Géraldine à l'oreille de Jean-Paul. As-tu peur de moi ? Qu'est-ce qui te repousse ? Me détestes-tu ? »

« Dois-je répondre à toutes ces questions ? »

« J'y tiens et sans fard. Car je suis vraiment attirée par toi. »

« J'ai peur ! Tu es si belle, si attrayante, si ravissante que je me demande si tu es réelle. Je crains de ne pouvoir te résister et je ne suis pas sûr de pouvoir répondre à tes attentes. J'ai peur de devenir dépendant de ton amour et que tu m'abandonnes sur l'autoroute de l'oubli et du rejet… Je deviendrais fou. On dirait que je suis malade. J'ai la « geraldinopathie ». C'est une maladie incurable. »

« N'aie pas peur. Docteur, tu peux avoir une toute petite dose. Et après, nous reconsidérerons les choses. Si, par la suite, la dose te convient et que tu veux m'épouser, alors je te promets douze enfants et du bonheur. »

Tous deux se mirent à rire. Quand même, Jean-Paul se demandait si elle n'était pas une déesse prenant forme humaine pour l'envoûter.

« Tu sais très bien, Géraldine, que je ne te déteste pas. Oublies-tu que j'étais le premier à courir après toi… »

« … Avec cette excuse ridicule d'avoir perdu une pièce de monnaie… »

« En tout cas, ça a marché puisque tu t'en souviens. Je peux t'avouer qu'à te voir ma tête tourne comme une toupie déréglée. J'ai la chair de poule. Pourtant, j'ai juré de ne pas permettre à l'amour de me heurter une nouvelle fois... »

« Pauvre foufou ! L'amour ne blesse pas. Les humains en font un mauvais usage. L'amour authentique procure la joie, la paix, le bonheur... »

Jean-Paul préféra changer de sujet et prit le prétexte d'une fontaine d'eau pour parler de Jacques-Yves Cousteau et de son bateau, le Calypso. Il cria : « H20 ! »

« Tu vas me dire que c'est la substance la plus abondante qui nous entoure, déclara Géraldine qui ajouta : l'eau est la source de la vie. Personne ne peut vivre au-delà de soixante-douze heures sans elle. Elle remplit une fonction capitale pour tout être humain. »

Jean-Paul surenchérit : « Plus de 80 % du sang qui circule dans nos artères et nos veines, 60 % de notre corps, 75 % de notre cerveau sont composés d'eau. En cas de pénurie d'eau, le sang devient plus concentré et sa circulation diminue. Le corps, sans oxygène, perd sa capacité à se nettoyer et donc à bien fonctionner. Un excès de toxines et de déchets l'envahit. Le cerveau est privé d'oxygène et de glucose... Bref, tout le système en pâtit... »

Les éclats de rire et le vacarme des autres copains coupèrent court au dialogue scientifique. Mais Jean-Paul se sentit encore plus attiré par Géraldine. D'une façon étrange, elle lui rappelait Nancy car, elle aussi, semblait pouvoir s'intéresser aux mêmes sujets que lui.

À la fin de la soirée, comme il était sobre, Jean-Paul prit le volant pour ramener le groupe. Quand il arriva devant chez Géraldine pour la déposer, elle lui reposa la même question qu'en début de soirée :

« Jean-Paul, m'aimes-tu ou as-tu peur de moi ? »

« Les deux à la fois. »

Front contre front, il mit ses bras autour de ses hanches. Elle plaça les siens autour de son cou. Ils s'embrassèrent. Les passagers, impatients, se mirent à klaxonner bruyamment. Jean-Paul sursauta et dit :

« Bonne nuit, ma belle. Fais de beaux rêves ! »

« Viens avec moi. Passons le reste de la nuit ensemble. Un baiser de toi serait le ruban sur mon cadeau », implora Géraldine.

« Je meurs d'envie de décorer ton gâteau. Mais, je dois aller déposer les autres. Je te reverrai plus tard »

« Je sais que tu ne reviendras pas… »

Elle fit semblant de trébucher d'ivresse. Jean-Paul l'aida à entrer dans l'appartement en lui disant :

« Va te reposer un peu. On se reverra bientôt ! »

« C'est une promesse, n'est-ce pas ? Je t'attends ! »

Il lui tapota les fesses tendrement en disant :

« Je te le promets ! », puis il ferma la porte. Mais dans son for intérieur, Jean-Paul savait qu'il ferait mieux d'éviter la compagnie de Géraldine. La dose était trop forte.

5

Après une semaine passée en Floride, les nouveaux mariés Clifford et Nancy Newton regagnèrent leur magnifique maison à Jersey City, dans le New Jersey, une maison dont monsieur Newton était propriétaire depuis plusieurs années. Au fil des jours, Nancy commença à s'ennuyer, car Clifford partait travailler tôt et rentrait tard. De plus, elle sursautait au moindre bruit, tout en refusant d'admettre qu'elle avait peur. Et puis les coups de fil et les visites de Tante Deborah n'étaient pas aussi fréquents qu'elle l'aurait souhaité. Elle ne tarda pas à trouver la maison trop grande et trop froide, le quartier inhospitalier. Malgré les livres lus et les conseils reçus pour trouver le bonheur dans le foyer, elle commençait à se sentir nostalgique de sa vie chez Tante Deborah à Brooklyn. Pour comble de malheur, l'euphorie de la lune de miel avait déjà pris fin. Nancy découvrit que Clifford n'était pas aussi charmant et chaleureux qu'elle le pensait. Il était devenu plus distant, moins respectueux. Les petites attentions, les cadeaux surprises, les mots doux, les bouquets de fleurs… Tout cela avait brutalement cessé avec la fin de la lune de miel. Quoique novice dans les relations intimes, Nancy sentait que quelque chose manquait. Clifford n'excellait pas à l'horizontale non plus. Et puis, il ronflait comme l'ogre du petit Poucet et avait un sommeil très agité.

Trois mois après leur union, Nancy décida de lui organiser un anniversaire surprise. Elle invita les amis et les parents de Clifford, Tante Deborah, Charles… une liste imposante de conviés. Elle était très fière et pensait avec joie à la tête qu'il ferait en découvrant cette assemblée. Elle prépara bien les choses, elle lui fit promettre de rentrer sur le coup de 13 heures. Aidée de Tante Deborah et de sa belle-mère, Sandra Newton, Nancy transforma la maison en un somptueux palais de conte de fée. Tout était parfait : le décor, les invités, la musique. Dès midi, tout était prêt : les invités étaient réunis dans le vaste salon vert. Le potage Saint-Germain, le poulet marengo, la salade boulangère, la mousse de maïs, le risotto au fromage… Tous ces mets fumaient sur la grande table de la salle à manger et embaumaient tout le quartier. La sélection musicale égayait l'atmosphère. Seule ombre au tableau ? L'absence de Clifford ! Vers 15 heures 30, Nancy avait épuisé toutes les excuses susceptibles d'expliquer l'attitude étrange de son époux. On lui demanda d'appeler les amis chez lesquels il pourrait être. Certains lui conseillèrent d'appeler la police. Nancy restait muette et rangeait nerveusement ce qui n'avait pas besoin de l'être. À 16 h 30, elle encouragea tout le monde à commencer à manger. Puis quelques invités commencèrent à se retirer. Ils étaient gênés par la situation, mais n'osaient pas faire de commentaires car l'angoisse et la honte étaient visibles sur le visage de Nancy. À 17 heures, Sandra dut, elle aussi, s'éclipser après avoir embrassé sa belle fille et lui avoir intimé l'ordre de s'assurer que Clifford l'appellerait sitôt arrivé à la maison. Puis tout le monde partit, laissant Nancy seule.

À 19 heures 55, Clifford arriva enfin avec son matériel de pêche à l'épaule. Il cracha un bonsoir entre les dents, engloutit le maximum de nourriture aussi vite que possible, puis alla directement se coucher pour ronfler comme un éléphant toute la nuit. C'était le début de la fin de leur union. Cela alla de mal en pis. Nancy ressentait avec douleur l'indifférence de son mari, ses hurlements, son inconstance et surtout son incapacité à dialoguer. Un soir, elle réunit tout son courage et l'aborda gentiment :

« Cliff, sans exagérer, te rends-tu compte que tu ne passes pas trente minutes par jour à la maison, hormis les moments où tu dors ? Tu sors tôt, tu rentres très tard. Je ne te vois pas. On ne se parle presque pas. Tout cela me déchire le cœur. »

« Hum ! Ça me coûtera combien pour rafistoler ce cœur déchiré ? Décidément, il est fait en papier ! »

« Cliff, ne plaisante pas. Nous devons prendre du recul et envisager l'avenir. Je ne sais presque rien de toi… »

« Écoute Nancy, ne m'importune pas avec tes complaintes. Tu devrais déjà te sentir privilégiée d'avoir un mari qui t'offre tout ce dont tu peux rêver. Tu es bien logée, bien nourrie et bien garnie. Que veux-tu de plus ? Remercie donc le ciel qui t'a accordé le gros lot… »

« Excepté l'essentiel, Cliff ! Nous autres les femmes, nous avons besoin d'un mari qui nous comprenne, nous respecte, nous chouchoute, nous rassure… Je meurs de solitude dans cette vaste maison ! »

« Tu oublies où je t'ai trouvée… Dans cette petite chambre chez ta tante… »

« Cliff, je te conseille de ne jamais faire allusion à ma situation avant de t'épouser. Je n'étais pas une mendiante. J'étais très entourée. J'avais ma liberté… Tu es insensible, immature et égoïste. »

« Ma chère, fiche-moi la paix. N'empoisonne pas davantage mon existence. Si tu étais si heureuse avant, tu devrais peut-être envisager de retourner chez ta tante… »

« Cliff, tu me disais que tu m'aimais. J'étais très réticente. Tu m'apportais des bouquets de fleurs. Je te voyais chaque jour, parfois plusieurs fois par jour. Maintenant que nous sommes mariés, je ne te vois plus du tout. Que voulais-tu de moi ? Pourquoi tenais-tu tant à m'épouser ? »

« Ma chère, ne m'ennuie pas avec cette affaire d'amour. Préserve-moi de cette chanson s'il te plait. Cela ne paie pas les bordereaux… »

« Cliff, que signifie ce charabia ? »

« Ma chère, va en enfer et cesse de m'importuner ! » s'exclama Clifford en sortant avec fracas.

La communication continua à se détériorer. L'absence d'entente mutuelle, la divergence d'opinions et de centres d'intérêt, le manque d'engagement et de volonté de sauvegarder le mariage ne firent qu'aggraver la situation. Le coup fatal prit la forme d'un appel téléphonique anonyme qui confirma la rumeur selon laquelle Clifford avait une maîtresse depuis avant leur mariage. Cela expliquait parfaitement son absence tous les deux ou trois week-ends, sous prétexte de rendez-vous d'affaires. Un soir d'insomnie, pour tromper son ennui, elle écrivit dans son petit carnet :

« *Amour voulu, amour perdu*

Que ne m'as-tu enfouie sous le sable.

Que ne m'as-tu détenue ou vendue

Au lieu de me juger capable

De confronter cette vérité nue.

Souvenirs d'enfance, ô doux instants

Que bannissent la tristesse et l'émoi,

Où le cœur insouciant, innocent

Vit ses heures éternelles de joie

Ignorant fantômes mouvants

Bravant monstres somnolents.

Amour voulu, amour perdu

Avons-nous assez baladé ?

Avons-nous assez vécu ?

Avons-nous assez savouré ?

Me laisses-tu regards éperdus ?

Souvenirs d'enfance, ô moments parfaits

Qui miroitent l'espoir et le bonheur

Où l'on cherche du monde le secret

Et cueille sur sa course des fleurs

Accorde-moi la clef pour retrouver ma paix

Pourquoi ne m'as-tu prévenue de ces forfaits ? »

Six mois après le mariage, le foyer s'écroula. Il se solda par un divorce à l'amiable. Nancy se sentit toute déboussolée. Elle retourna à New York dans son ancienne chambre, chez Tante Deborah. Elle mit du temps à se remettre. Tante Deborah était sa confidente, et même sa thérapeute. Elle lui dit un jour :

« Nancy, tu n'as rien à regretter. Le bonhomme ne t'a pas trouvée dans un bar titubant d'ivresse pour te violer et t'engrosser. Il t'a épousée. Tu as connu tant bien que mal les étreintes intimes et la chaleur de l'amour. Ça n'a pas marché. Eh bien, ma fille, il faut continuer maintenant. Refais ta vie. »

Nancy reprit les études une fois encore. Parfois, elle pensait à Jean-Paul et se demandait s'il vivait encore. Elle n'osait pas en parler à Tante Deborah et essayait plutôt de chasser de telles idées. Pourtant, elle le voyait parfois dans ses rêves.

6

Un soir étoilé, Nancy rentrait chez elle après d'intenses recherches à la bibliothèque. Elle venait à peine de sortir du train et marchait hâtivement quand quelqu'un osa la toucher au bras. Elle se tourna immédiatement.

« N'aie pas peur. C'est moi, Jules. »

Elle ne le reconnut pas tout de suite. Puis cria avec enthousiasme :

« Jules, l'artiste ! J'ai failli ne pas te reconnaître. »

« Mais moi, je t'ai reconnue tout de suite, même si tu marches un peu plus vite qu'autrefois. Tu es toujours une des plus élégantes, des plus captivantes et des plus jolies fleurs de la terre. »

« Je constate avec plaisir que tu n'as pas changé. Merci pour ton amabilité. J'en ai bien besoin. Parle-moi donc de toi. Depuis quand es-tu ici ? Comment as-tu laissé le pays ? As-tu des nouvelles de ton ami Jean-Paul... ? »

« Nancy, tout va bien dans le meilleur des mondes. Je suis ici depuis une semaine pour participer à une exposition internationale d'œuvres d'artistes légendaires, dont Picasso. Je profite de l'occasion pour visiter les musées, les monuments, etc. C'est agréable de faire le touriste, parfois ! Je repars dans un mois. »

« Ou vas-tu, maintenant ? »

« Ma chère, Claude m'avait donné l'adresse de ta tante. Alors j'y suis passé, mais personne n'a répondu. »

« Pourtant elle doit être chez elle. Allons-y. »

En moins de cinq minutes, ils arrivèrent à la maison. Tante Deborah accueillit Jules les bras ouverts. Assis au salon, un verre à la main, ils s'échangeaient les nouvelles. Jules leur apprit qu'il s'était marié avec la belle Martine et qu'ils avaient trois enfants. Nancy ne savait pas comment aborder le seul sujet qui l'intéressait : le devenir de Jean-Paul. Tante Deborah l'exaspérait avec ses conversations oiseuses.

« Oh Jules ! je ne peux pas croire que tu aies pris un avion pour venir à New York ! Toi qui accusais le progrès et la science d'être à l'origine de tous les maux. On t'a fait un lavage de cerveau ? »

« Tante Deborah, tu le sais déjà, si on n'est ni Dieu ni un imbécile, on peut changer d'avis. Et puis, si la mémoire ne me fait pas défaut, je voyais plutôt dans la science une épée à deux tranchants. »

« En tout cas, je suis enchantée de te revoir. »

Tante Deborah aurait eu envie de discuter ainsi toute la nuit. Mais en voyant la tête de Nancy, elle sentit qu'elle avait épuisé son quota de patience. Alors, elle dit :

« Écoute, Jules, je pense que Nancy meurt d'envie d'entendre les nouvelles concernant vos amis d'enfance. Alors, je vous laisse discuter tous les deux. Je reviendrai plus tard. »

Et elle se leva avec regret.

« Oui, Jules, donne-moi donc les informations concernant notre homme », entama Nancy.

« Ma chère à te dire vrai, je n'ai pas beaucoup de nouvelles directement. Il y a quelques semaines, j'ai croisé ses parents sur une plage à Petit-Goâve. Ils m'ont parlé de leur fils avec beaucoup de fierté. Tout a l'air d'aller très bien pour lui, en Allemagne. Il devrait être diplômé en médecine sous peu… »

« En Allemagne ! Donc il est bien vivant ! A-t-il déjà fondé un foyer ? »

« Non ! Ils m'ont dit que les femmes l'assaillent, mais il tient bon. Ils m'ont même raconté une blague à son sujet… »

« De quoi s'agit-il ? »

« Tu ne le croiras pas. Mais je te la raconte comme ils me l'ont racontée eux-mêmes. Jean-Paul recevait des félicitations de la part de ses professeurs. D'abord, il a cru que c'était à cause de ses résultats. Mais les jours passaient et cela continuait. Il recevait même des cadeaux ! Il n'y comprenait rien. Quand il a demandé des explications, il a appris qu'une Allemande, une certaine Géraldine, s'était tellement amourachée de lui qu'elle faisait croire à qui voulait l'entendre qu'elle attendait un bébé de lui et qu'il allait l'épouser après la remise des diplômes. »

Nancy trouva la « blague » de mauvais goût, un peu osée. En tout cas, elle indiquait qu'il y avait quelque chose entre eux. Puis elle éprouva un mélange de jalousie et de joie indicible à savoir que Jean-Paul était en vie. Le silence de Nancy poussa Jules à tenter de la rassurer.

« Mais tu sais que rien ne peut effacer ton image burinée dans le cerveau de Jean-Paul ! »

Nancy se reprit. Et comme elle ne pouvait se lasser de parler et d'entendre parler de Jean-Paul, la conversation semblait ne jamais devoir s'arrêter. Il était tard. Il était temps pour Jules d'aller se coucher.

Rentrée dans sa chambre, Nancy se mit à relire les vieilles lettres d'amour de Jean-Paul qu'elle avait conservées depuis si longtemps. Son bon sens lui disait qu'ils ne pourraient plus se retrouver comme avant. Pourtant elle avait envie de se livrer à lui corps et âme sans question, et sans condition. Malgré l'heure avancée, elle chanta à haute voix « Rien n'est jamais fini… On revient toujours et tu me reviendras… » Dans leurs lits, Charles et Tante Deborah firent semblant de ne rien entendre. Pleine de l'espoir retrouvé, elle se dit que tout n'était pas perdu. Les jours passèrent. Certains soirs, dans la solitude de sa chambre, elle versait de chaudes larmes. Elle songeait à ses parents disparus, à ses condisciples disparus ou éparpillés, à son pays malmené, à ses compatriotes dans la misère. Elle portait le poids de tout l'univers sur ses épaules. Elle maudit le jour où elle avait consenti à aller aux Etats-Unis, le pays du dollar, des opportunités mais qui, pour elle, ne représentait qu'un enfer climatisé. Elle maudit vingt fois plus encore le jour où elle avait consenti à épouser Clifford. Maintenant, elle n'oserait plus se présenter devant Jean-Paul. Elle négligeait son apparence, mangeait à peine, faisait des insomnies. Tante Deborah et Charles essayèrent de lui remonter le moral. Ils lui conseillèrent d'aller chez un médecin, ou de consulter un psychiatre pour parer à une dépression, mais en vain.

Un matin, Nancy ne se présenta pas au petit déjeuner. Tante Deborah alla frapper à la porte de sa chambre. Au moment de se lever, Nancy s'évanouit sur le plancher. On la transporta d'urgence à l'hôpital où elle apprit, une semaine plus tard, après avoir effectué toute une batterie de tests, qu'elle souffrait d'une Lymphangite réticulaire sous-cutanée. En d'autres termes, elle souffrait d'un cancer. Fait étrange, elle reçut la nouvelle avec beaucoup de calme.

7

Comme le beau temps succède à la pluie, le printemps à l'hiver, l'aube à la nuit… Jean-Paul commençait à jouir du fruit de ses longues années de privation. Devenu éminent spécialiste en hématologie-oncologie, avant même d'avoir obtenu son diplôme, son université le sélectionna pour faire partie d'une délégation qui allait se rendre aux États-Unis.

Sur place, l'accueil fut des plus chaleureux. Les collègues américains établirent une totale collaboration. Ils discutaient âprement de leurs expériences et de leurs approches théoriques. À New York, l'équipe de Jean-Paul suivait avec attention la présentation de plusieurs cas et leurs interprétations. Vint le moment de passer à l'action. Jean-Paul étudia quelques dossiers. Celui de la malade de la chambre 928A retint son attention, notamment parce qu'elle était de nationalité haïtienne, comme lui, et à peu près du même âge. Son nom : Nancy Newton. Il pénétra dans la chambre, pensant évidemment découvrir une inconnue. Quand il ouvrit le rideau, il reçut le choc de sa vie. L'impossible fut possible. L'invraisemblable, réalité. Jean-Paul Leclair et Nancy de La Fleur se retrouvèrent dans la chambre 928A, à Memorial Hospital, après des années de séparation. À l'instar d'un aimant qui attire le fer, d'une biche qui découvre une source d'eau au milieu du désert aride, comme un soldat blessé, abandonné pour mort qui entend l'arrivée d'un allié, mieux qu'un aveugle qui recouvre la vue… toute la face du globe se transforma. On aurait dit que la nature et l'univers s'immobilisaient... Les êtres et les objets inanimés tressaillaient d'allégresse.

Nancy, qui était très fragile quelques secondes avant, réunit ses forces d'un coup, bondit de son lit et sauta dans les bras grands ouverts de Jean-Paul. Ils échangèrent une étreinte passionnée et tellement tendre. N'en pouvant plus d'émotions, Jean-Paul pria ses confrères, qui n'y comprenaient rien, de le laisser seul avec Nancy. Tous deux pleurèrent de joie.

« Oh toi, mon amour, dit Nancy. Toi qui es mon soleil, qui enjolives mon printemps et brodes mon avenir ! Que te dirai-je ? Par quoi commencerai-je ? Comment pourrai-je jamais remercier le ciel ? J'avais perdu tout espoir de te revoir un jour. Mais le Dieu fidèle m'a accordé cette faveur unique sur mon lit de mort. La nature nous joue d'étranges tours. Je te vois, je suis satisfaite. Je peux descendre dans la fosse en paix, rassasiée de bonheur. » Nancy était toute tremblante. Elle regarda encore Jean-Paul et poursuivit : « Regarde-moi tout ce duvet qui couvre ton menton. Oh ! docteur Leclair, permets-moi de t'appeler à nouveau Jean Jean. »

D'une voix sanglotante, elle ajouta :

« Qui saura comme j'ai pleuré loin de toi ? Comme j'ai souffert loin de toi. Comme j'ai voulu te crier mon amour. À 18 ans, j'étais timide et capricieuse. Lorsque, plus tard, j'ai commencé à réaliser que je t'aimais, tu ne m'as pas laissé l'occasion de te le confesser. Maintenant, tu viens me trouver sur mon lit de mort. Pardonne-moi mon apparence. Je ne suis certes plus ta « Brunette sauvageonne », comme tu te plaisais à m'appeler. Le chagrin et la maladie ne m'ont laissé que la peau sur les os. Même mes cheveux m'abandonnent. Il est trop tard. Trop tard pour toi et moi. Pour nous, il est trop tard ! Laisse-moi mourir, maintenant. Je n'ai même plus la force de pleurer. »

Jean-Paul la serra fort contre lui. Il écoutait cette voix féerique qui lui rappelait la meilleure époque de son existence, quand penser à elle suffisait à dissiper tous ses soucis. Il se revoyait adolescent, quand l'air était frais et parfumé avec Nancy. Elle était belle, très sûre d'elle. Elle était jeune et imposante. Il la retrouvait chétive et vulnérable. Il lui demanda de s'asseoir et dit :

« Nancy, bientôt nous rattraperons les éternités perdues. Tu me feras un compte rendu minutieux de ces années passées et je ferai de même. Pour l'instant, je vais réviser ton dossier. Je reviendrai demain, il faut que tu te reposes. N'oublie pas que le moral d'une malade est pour beaucoup dans sa guérison. Tu m'as vu, nous nous sommes retrouvés… tu as une bonne raison de vivre »

« Ne suis-je pas en train de rêver ? C'est bien toi, Jean-Paul, que je contemple ici devant moi ? »

« Repose-toi, Nancy. C'est un ordre du docteur. Je reviendrai demain. Ne te décourage pas et renoue ta foi en Dieu. »

Jean-Paul rejoignit ses confrères qui n'osèrent pas lui poser de questions.

En fin de journée, il revint sur le dossier de Nancy. Les spécialistes se proposaient de faire une exploration chirurgicale dans la moelle osseuse le jour suivant. Jean-Paul les persuada de proroger la date de l'opération. On lui permit d'essayer une nouvelle technique pratiquée en Allemagne. Il soutint la thèse suivante :

« D'après un récent processus, les cellules humaines détiennent la potentialité de se transformer en « manufactures » qui reproduisent constamment des anticorps capables d'éliminer progressivement les cellules cancérigènes des lymphes ou toute autre anomalie, et ainsi donner aux victimes la possibilité de mener une vie normale. Si cela ne réussit pas, on peut aussi essayer l'approche qui consiste à mélanger le sang du patient avec la protéine « A » obtenue d'une bactérie… »

L'analyse d'une biopsie se révéla extrêmement prometteuse. Jean-Paul pressentait que le cas de Nancy, ayant été cerné à temps, avait de fortes chances de réagir favorablement aux méthodes thérapeutiques. On la soumit à un traitement rigoureux. Lentement, mais sûrement, elle retrouva l'appétit. Sa température revenait à la normale. Elle recommençait à avoir ses règles… Après quelques semaines, à son étonnement à elle et à la stupéfaction de tous les médecins, Nancy semblait sortie d'affaire. En un temps record, il devint envisageable de la renvoyer chez elle. Elle répétait sans cesse avec un sourire dans les yeux : « C'est un miracle ! »

8

On était un vendredi après-midi. L'hôpital baignait dans le calme et la sérénité. La plupart des patients se reposaient dans leurs lits, d'autres discutaient dans les différentes salles. Nancy était dans sa chambre et buvait des yeux la magnifique gerbe de fleurs que Jean-Paul lui avait envoyée. Elle se fit un chignon, mit une robe de chambre rose brodée. Un œil exercé pouvait remarquer un léger trait de rouge à lèvres, des sourcils plus foncés qu'à l'ordinaire, une fine couche de poudre autour du cou. Elle voulait séduire Jean-Paul sans réserve. Il survint et s'exclama :

« Hello, ma belle ! Comment te portes-tu aujourd'hui ! »

« Merveilleusement bien, cher docteur. »

« Vu ton état, je préfère être Jean Jean. »

« Alors, tu dois attendre que je m'habille plus décemment. »

Elle fit semblant d'aller chercher quelque chose, puis revint cheveux au vent et la ceinture de la robe de chambre défaite. Sur un ton glamour, elle lui dit :

« Je te remercie pour les jolies fleurs qui sèchent mes pleurs, égayent mon cœur et m'enivrent de bonheur. Je connais peu de médecins qui envoient des fleurs à leurs patientes. Et tu fais de longues visites. C'est vraiment attentionné de ta part ! »

« Mais tu es un cas spécial, ma belle !

Dormir à tes pieds chaque soir

Inonderait ma vie d'espoir.

Tu formes ma chapelle ! »

« Tu n'as pas changé. Tu es toujours romantique et sympathique. »

« Regarde les arbres, par la fenêtre. Une sève nouvelle les a ranimés. La nature renaît. La flore et la faune sortent de leur convalescence. Le disque solaire devient plus audacieux. Vois-tu cet oiseau sur la branche ? »

À peine l'aperçut-elle qu'il s'envola. Jean-Paul continua :

« Comme cet oiseau, je t'annonce que tu es libre. Mes collègues ont eu la gentillesse de m'accorder le privilège de venir te dire que tu es prête à rentrer chez toi. Selon les derniers résultats obtenus, tout est revenu à la normale. Comme si tu n'avais rien eu. »

« C'est un miracle ! Je bénis le nom du Très-Haut ! Je dois t'avouer qu'au moment où je te vis, toute ma vigueur m'est revenue. Tu m'as redonné goût à la vie. Tu as illuminé mon existence. Comment pourrais-je jamais te remercier ? »

« C'est à moi de le savoir et à toi de le deviner. Ha ! Ha ! »

Alors pour le taquiner, elle lui dit :

« Hélas ! C'est dommage ! Il est trop tard ! »

« Allez, nous n'avons pas le temps de nous lamenter sur le passé. Nous avons tout un avenir à construire… »

En disant cela, il lui remit un sachet qu'il tenait en main depuis le début de leur entretien.

« Voici les habits que Tante Deborah m'a remis pour toi. Va vite les mettre et partons. »

« Tu as été chez Tante Deborah ! »

« Bien sûr ! C'est une sainte. Mes amis et moi avons déjà été manger chez elle deux fois. Elle a toujours été bonne à mon égard. Entre autres, c'est elle qui m'a expliqué pourquoi tu t'appelles Newton. Elle m'a aussi dit que si tu l'avais écoutée, tu serais encore une de La Fleur… Ah ! Tante Deborah, elle est spéciale ! »

Nancy était paralysée d'étonnement. Elle se contenta de répondre :

« Tante Deborah, tu l'as dit, elle est spéciale ! Je pense qu'elle t'a également précisé que je ne suis plus madame. Mon mariage n'a duré qu'un été. »

Et, se tournant vers Jean-Paul, elle lui dit sèchement :

« Alors, docteur, tu as bien soigné la malade. Merci beaucoup et va-t-en ! Tu as honte de moi. Je te comprends. Je ne veux pas de ta pitié. Un instant, l'enchantement de te retrouver, de prendre une nouvelle bouffée d'air à tes côtés, toi, le seul homme que j'aie jamais aimé, m'a fait oublier que c'était un mirage. Un abîme plus profond que la mer nous sépare. Je le sais… Je ne te conviens plus. Toi qui tenais tant à ta vierge. À être le premier et le seul à la connaître… »

« Écoute Nancy, nous trouverons une occasion plus propice pour en discuter. Pour l'amour du ciel et pour ta santé, calme-toi. »

Comme si elle n'avait rien entendu, des gouttelettes sur le visage, elle reprit :

« Mais que pouvais-je faire ? Comment subsister alors que tu ne me donnais aucun signe de vie ? Tu es un excellent médecin, mais tu ne peux pas comprendre la douleur qu'éprouve une jeune fille qui aime sans réserve un jeune homme auquel elle n'a pas pu se confesser. Tu ne peux pas comprendre cette orpheline à la merci de la bienveillance de sa tante dans un pays étranger. Mon cher, dans ce pays, une femme a besoin d'un homme, d'une alliance au doigt, ne serait-ce que pour imposer le respect et repousser les prétendants qui vous harassent au quotidien. Chaque matin, je me réveillais avec l'espoir et me couchait avec la déception. Pas de lettre, pas de télégramme, pas d'appel… Et quand arrivait le soir, je n'avais que mon nounours, mes larmes et mes cauchemars. Il neigeait constamment sur mon cœur quand ce maudit Newton est arrivé… »

« Nancy, s'il te plait, arrête-toi… Il est normal que celui dont le père a malheureusement joué un rôle dans la mort de tes parents par accident, te traite bien. C'est une obligation de sa part. S'il t'épouse, jamais il ne pourra remplacer tes parents. Mais au moins, il sera à tes côtés pour le meilleur et contre le pire. C'est le minimum. »

« Écoute, je ne veux plus te voir, Jean-Paul. Je suis édifiée... Je n'ai pas besoin d'un héros cornélien qui veut m'offrir sa tête pour que je me venge de mes parents. Tu ne peux pas m'aimer par devoir. L'amour est un élan naturel... »

« Nancy, c'est moi qui savais te définir l'amour. C'est moi qui t'ai infectée du virus de la romance, t'en souviens-tu ? Entre autres, que fait ce fameux Newton à présent ? », demanda Jean-Paul.

Étonnée, Nancy répondit nonchalamment :

« J'ai entendu dire qu'il était mort dans un accident en Europe, où il a été envoyé. Désolée de t'avoir déçu. Va, suis ton chemin ! »

« Allons donc, ma chère ! Cesse d'exprimer l'inverse des sentiments que tu éprouves. Je ne te blâme point pour ton passé. Moi non plus je n'ai pas été un saint. Tu dis que le type était infidèle. Il est décédé, vous n'avez pas eu d'enfant ensemble... Tu es affranchie de toute obligation envers lui. C'est une page à tourner. Tu étais très malade, grâce à Dieu, tu es guérie. Tu sais, je n'ai aucun problème à marcher à côté de la femme que j'aime. Autrefois, on me félicitait pour mes résultats, ma réussite universitaire. Mais sans toi pour partager mes prouesses, elles n'ont aucune valeur. Par ailleurs, je me souviens que tu me disais que tu rêvais d'un mari médecin. »

« Mais je ne suis plus digne de toi. Si tu n'as pas de problème à être à mes côtés, moi j'en ai. Rappelle-toi tes critères... »

« J'étais jeune et stupide. Mais la vie m'a enseigné beaucoup de choses… »

« Par exemple ? »

« Es-tu sûre de vouloir un exemple ? Je me sens en cet instant comme Moïse après avoir passé trente ans dans le désert pour apprendre la patience. J'ai appris à être patient en ta compagnie. Parfois, tu me rappelles cette chanson de Tino Rossi « Tu n'as pas trop bon caractère / et pourtant qu'est-ce que ça peut faire… »»

« Pour ta gouverne, je te rappelle que Moise écoula quarante ans dans le désert… Tu as oublié même les notions élémentaires de la Bible… »

« Je croyais avoir dit quarante ! »

« Tu ne serais pas un bon avocat. Et puis, tu ne réalises que maintenant que je n'ai pas bon caractère ? Dis donc, mon cher, on ne doit pas forcer le naturel. »

« C'est justement l'essentiel. Tu es en train de lutter contre ce qui est naturel entre toi et moi, à cause d'un orgueil bête qui te fait croire que, puisque je t'ai rencontré malade alors que je suis en bonne santé, j'ai un avantage sur toi. En clair que, puisque tu t'es mariée et moi non, j'ai marqué un point. L'amour n'est pas une compétition ! Réjouissons-nous plutôt du Très-Haut qui nous a remis l'un sur la route de l'autre. Essayons de rattraper le temps perdu. »

Nancy se tut. Elle lui tourna le dos pour lui demander :

« Dis-moi, Jean-Paul, aimes-tu ta profession ? »

« J'en raffole ! C'est l'art d'être toujours à l'avant-garde. La rapidité de jugement. L'alliance de fermeté, de sensibilité, d'abnégation… Ce qui me rend humble, c'est de constater le pouvoir d'un diagnostic sur un patient. Il faut toujours de l'empathie et de la sympathie. Le médecin est comme un éléphant dans un magasin de porcelaine. La joie l'inonde quand un malade se rétablit… Naturellement, il est triste quand le coup fatal survient. Une famille pleure le départ d'un bien-aimé, une autre célèbre la naissance d'un bébé. L'aimais-tu ? »

« Qui ? Si tu veux parler de Clifford, il a eu mon affection. Il a bu à la fontaine de ma tendresse, mais la source principale t'a toujours appartenu. Tu détiens la clef de la vanne. Mon océan d'amour t'est dédié jusqu'à la mort. »

« Tu parles tout le temps de la mort. »

« OK ! Je t'aimerai toute ma vie ! »

« Ça, c'est bien mieux. Écoute, il est temps que tu t'habilles. Sans doute Charles est déjà en bas à nous attendre. »

Et comme elle déboutonnait davantage sa robe, il se retira en riant, la laissant seule pour se préparer. Ce qu'elle faisait en chantant : « À présent, c'est décidé, nous allons nous marier dans un monde merveilleux. Ah ! Ah !, on est heureux… »

9

L'appartement si bien rangé de Tante Deborah lui fit une impression mitigée. Jean-Paul avait une mémoire photographique : il lui suffisait de voir une fois une pièce pour se rappeler où se trouvait chaque chose. Étant déjà venu chez Tante Deborah, il savait où était située la chambre de Nancy, mais il n'avait pas voulu y pénétrer en son absence. Là, il était heureux de la découvrir avec elle. Sa chambre se trouvait à l'étage. La fenêtre donnait à la fois sur l'arrière-cour et les rues adjacentes. La nuit, Nancy pouvait s'y accouder et contempler la lune et les étoiles au firmament. Jean-Paul s'imagina en Roméo dans le jardin des Capulet, avec sa Juliette à la fenêtre, à défaut de balcon. Puis il se dit : non, les familles de La Fleur et Leclair ne sont pas ennemies ! Même si le destin a eu une part funeste ! La chambre de Nancy était peinte en jaune. Elle était très propre. Sur l'une des deux tables de nuit reposait son téléphone bleu, une grosse Bible et une photo d'eux prise il y a des années. En la contemplant, il réalisa qu'elle ne devait pas l'aimer pour son apparence physique. Il eut envie de la retirer pour la remplacer par une autre qui lui aurait été plus favorable. La pensée lui vint, il ne savait pourquoi, que cette chambre aurait été idéale pour un ado qui aurait eu envie de faire le mur discrètement sans que ses parents s'en aperçoivent… Tous deux se regardèrent. Jean-Paul n'était pas à l'aise. Son rôle de médecin traitant de Nancy le gênait. Remarquant une machine à écrire, il lui demanda :

« Tu écris toujours des poèmes ? »

« Des poèmes ? Non ! La muse m'a abandonnée depuis belle lurette. Mais maintenant que tu es là, je vais m'y remettre et te les réciter le plus tôt possible. »

« Ce matin, j'ai écrit une nouvelle page qui ne peut se lire qu'à deux, dans l'intimité. »

« Alors, qu'attends-tu ? Je suis prête ! Écoute, Jean-Paul, je ne suis plus la petite fille de 16 ans… »

Il l'embrassa sur le front. Tous les deux commençaient à ressentir la montée du désir, quand Tante Deborah les appela pour manger.

« Merci, Tante Deborah », dit Jean-Paul en souriant. Nancy la lapida du regard.

Tante Deborah ouvrit théâtralement les bras et embrassa Jean-Paul : « Mon fils, le Maître de l'univers te récompensera. Tu as ressuscité ma petite fille grâce à ta présence et à ton savoir-faire. Je le savais ! Je t'ai toujours aimé comme un fils. J'ai toujours dit à Nancy qu'elle ne pourrait jamais trouver un homme aussi bien que toi. J'avais raison et j'en bénis le ciel ! »

Nancy était sidérée. Elle n'aurait jamais cru Tante Deborah capable d'encenser ainsi Jean-Paul en sa présence. Pour lui montrer discrètement qu'elle n'était pas dupe, tantôt elle éclatait de rire, tantôt elle se raclait la gorge en faisant du bruit. Tante Deborah ripostait à coups de regards menaçants. À bout de patience, Nancy dit :

« Tante Deborah, dans quelle fable La fontaine dit-il :

« Si votre ramage se rapporte à votre plumage… » »

« Petite peste, c'est dans   »Le Corbeau et le Renard ». »

Tous les quatre se mirent à rire. Puis on s'installa. Deborah et Charles parlaient le plus. Nancy, elle, parlait peu. Elle pensait à quelque chose qui tournait à l'obsession : elle voulait donner à Jean-Paul l'amour qu'elle lui réservait depuis tant d'années. Lui, il pensait aux suites à donner à la maladie de Nancy, à son diplôme qu'il devait aller chercher en Allemagne, à la préparation du mariage… Cet homme par ailleurs si intelligent, capable de diagnostiquer avec subtilité toutes sortes de maladies, ne voyait pas que Nancy le désirait là, tout de suite. À la fin du repas, à bout de patience, elle dit :

« Excusez-moi, je vais me reposer un peu. Tu viens, Jean-Paul ?

Il ne se rendit compte de rien et dit gentiment :

« Repose-toi bien, mon amour ! »

Charles, Tante Deborah et Jean-Paul continuèrent à discuter. Puis Charles demanda à Jean-Paul s'il avait prévu quelque chose pour le reste de la journée. Jean-Paul lui répondit :

« Rien de spécial, à part passer voir mes collègues pour planifier la fin du séjour. »

Charles lui proposa de lui faire visiter la « Grosse Pomme », cette cité qui ne sommeille jamais qu'est New York. L'idée plut à Jean-Paul. Tante Deborah lui dit que

Nancy se reposait. Ainsi Jean-Paul jugea-t-il bon de partir sans déranger la convalescente. Il confia à Tante Deborah le soin de la saluer à son réveil et de l'avertir qu'il repasserait le lendemain soir.

Charles et Jean-Paul sortirent. Après avoir débarrassé la table et remis la cuisine en ordre, Tante Deborah alla voir si Nancy dormait. Elle ouvrit subrepticement la porte… et fut choquée de la trouver dans la tenue d'Ève prête à recevoir Adam.

« Excuse-moi, Tante Deborah, je pensais que c'était Jean-Paul », lui dit-elle, penaude.

« Est-ce ainsi que tu allais le recevoir dans ma maison ? Que t'arrive-t-il ? Où est ta pudeur ? »

« Tante Deborah, écoute-moi bien ! J'ai passé toute ma vie à écouter tes conseils, à suivre tes valeurs… et pour quel résultat ? Zéro barré ! Dorénavant, je décide pour mon compte. »

« Ma chère tu es une de La Fleur… ! »

« Je suis Nancy et j'entends vivre le reste de ma vie selon mes propres critères… »

« Ma chère, si tu te crois Juliette, n'oublie pas les dangers des décisions hâtives. Par ailleurs, ton Roméo est parti. »

« Quoi ! Jean-Paul est parti sans venir me dire au revoir ? »

« Heureusement ! Il m'a dit : elle est convalescente, elle doit se reposer. Il te verra plus tard, s'il a du temps. »

Nancy fut troublée. Elle se dit que Jean-Paul lui cachait des choses. Que son cas était peut-être plus grave qu'il voulait bien le dire ou qu'il avait des réticences et ne voyait, au fond, en elle qu'une patiente à soigner. Elle ne voulait pas que leur relation tourne à l'amour fraternel. Surtout en ce moment, elle avait besoin d'une relation physique, sensuelle, sexuelle… elle voulait enfin bouillonner de plaisir… ce qu'ils n'avaient jamais partagé jusquelà, malgré leurs sentiments. Plus elle y pensait, plus elle devenait agitée, irritée. Elle s'habilla et s'apprêtait à sortir quand sa tante intervint :

« Où vas-tu, ma fille ? »

« Je ne suis pas sûre, mais je n'entends pas passer le reste de mon existence dans ma chambre. »

« Mais tu rentres à peine de l'hôpital. Sois raisonnable ! Et puis Jean-Paul a dit qu'il allait revenir. Il serait très fâché s'il voyait que tu n'écoutes pas ses prescriptions. »

« Je ne veux plus de lui comme médecin. Je le veux comme mon mari. Comme mon homme qui me fait mal, qui me saccage et me fait frémir sous ses étreintes fiévreuses et étouffantes, ses caresses voluptueuses… »

Tante Deborah éclata de rire :

« Qu'est-ce qu'il te prend, tout à coup, Nancy ? Il faut que je vérifie tout de suite ce que l'on te donne comme médicament. Je vais te préparer un petit thé de feuille corossol. Tu as besoin de manger du Calalou. Attends, je vais te préparer une compresse que tu mettras sur ta tête. »

« Je ne plaisante pas, Tante Deborah. Je ne suis pas folle. Je ne vais pas le laisser partir soudainement comme il est venu. Je veux que tout le monde sache que Jean-Paul et moi sommes au sommet de la montagne de l'amour. Qu'il m'a vaincue. »

« Dans ce cas ma fille, prends ton Roméo, va à City Hall et signe les documents appropriés. »

« Tante Deborah, tu es une hypocrite ! Quand tu le vois, tu l'embaumes de flatteries, mais tu ne l'aimes pas. Bon, je vais te dire quelque chose : que tu l'aimes ou pas, c'est mon mari. »

« Je n'en disconviens pas. Cependant, je veux voir l'alliance à ton doigt, c'est tout ! Et puis, penses-tu être prête physiquement, émotionnellement et physiologiquement ? »

« C'est exactement ce dont j'ai besoin : qu'il me chiffonne, qu'il me fasse frémir, qu'il me mette dans tous mes états. Entre autres, tu n'étais pas si exigeante avec Clifford. »

« Tu étais plus calme avec lui. Moins passionnée. Et puis, tu connais le proverbe : chat échaudé craint l'eau froide. »

« Ne t'inquiète pas. C'est mon chat et c'est mon eau. Laisse-moi m'ébouillanter ! »

10

Chaque jour apporte son lot de nouveaux espoirs, de nouvelles perspectives, de nouveaux défis. Jean-Paul passa le plus clair de la journée à l'hôpital avec ses collègues. Vers midi, il appela Nancy qui lui dit qu'elle était seule, qu'elle avait peur, qu'elle ne se sentait pas trop bien... bref, elle lui intimait l'ordre de venir.

Avant de se mettre en route, Jean-Paul termina son travail. Puis, au moment de prendre le métro, il se rendit compte que la ligne était fermée pour cause de travaux et comme il ne connaissait pas bien New York et ses moyens de transports, quand il arriva chez Nancy, la fine équipe était déjà là : Tante Deborah avec son enthousiasme, Charles avec sa flemme, et Nancy avec sa frustration. Mais en voyant Jean-Paul, elle sourit à nouveau. Il lui dit :

« Ma chère, nous allons sortir ce soir. »

« Ah bon ! Et tu es sûr de ne pas m'abandonner en route pour aller t'occuper des autres patients ? »

« J'ai tout arrangé. Ce soir, je suis à ton service exclusif. »

À ces mots, Nancy arbora un de ses sourires les plus charmants :

« Attend-moi. Je vais me préparer... »

Tante Deborah les interrompit :

« Dans ce cas, Jean-Paul, tu peux manger quelque chose. Tu auras tout le temps de digérer… »

Cette provocation fit rire Jean-Paul. Quant à Nancy, elle jeta à Tante Deborah un regard qui aurait pu l'électrocuter.

Pour tuer le temps, Jean-Paul fit les mondanités. Il félicita Tante Deborah pour l'entretien de la maison. Il la complimenta sur le mobilier d'inspiration italienne du salon. Il y avait une reproduction de La Joconde rivalisant avec d'autres beautés. Il vit également une photo de Tante Deborah jeune :

« Tante Deborah, tu n'as rien à envier à Mona Lisa sur cette photo. »

Elle fut enchantée de cette remarque et en profita pour sortir ses albums photos, y compris ceux de l'époque de Chicago. Sur l'une d'elles, Nancy, qui avait l'air très contente, était accompagnée d'un jeune homme. Au bas de la photo était inscrit son prénom : Mosi.

Le soir étendait rapidement son voile sur la cité. La brise vespérale caressait leurs visages. La lumière des magasins coulait à flots dans les rues. Objets inanimés, êtres vivants, inclinez-vous sur le passage triomphal de Jean-Paul et Nancy : les deux amoureux se rendent à leur premier rendez-vous depuis tantôt dix ans.

En fond musical, ils reconnurent « You light up my life » (tu illumines ma vie). Dans une belle lumière tamisée, ils dégustaient des plats délicats et excellents dans un coin retiré du restaurant « À bientôt du Soir », sis à l'angle de West 12th Street et Greenwich Street.

Ils ne firent pas honneur au chef car ils mangèrent très peu. Jean-Paul était subjugué par la beauté de Nancy, la blancheur de ses dents, ses cheveux noirs. Il sentait ses jambes croisées sous la table, souples, douces et qui semblaient lui dire « caresse-nous ». Quand elle leva les yeux du menu, elle surprit son regard plongeant dans son corsage. L'échancrure en V lui permettait d'avoir un aperçu fort confortable. Elle lui demanda, insidieusement :

« Monsieur aime-t-il ce qu'il voit ? »

Le gentilhomme était pris la main dans le sac. Il sourit :

« Le menu me convient parfaitement. »

« Tu sais très bien que je ne parle pas du menu. »

Un peu confus, Jean-Paul biaisa :

« Pour une convalescente, je trouve que, drapée dans cette robe de soie bleue, tu as l'air en parfaite santé. J'ai du mal à croire qu'il y a moins de 48 heures tu étais sur un lit d'hôpital... »

« Merci. Je n'y suis plus. Ce chapitre est fermé. J'aurais apprécié que tu évites de me traiter comme une de tes patientes. Permets-moi de t'annoncer que je ne te garde pas comme médecin. Je te veux comme mon homme, c'est tout. »

Jean-Paul sourit :

« C'est un coup dur. Aucun patient ne m'a jamais lâché si vite, et sans préavis. »

« Moi, je le fais et c'est pour ton bien. Dépose ta blouse et prends ton épée. Désormais, quand tu me regardes, vois ta femme… »

Jean-Paul faillit s'étrangler.

« Absolument, madame Leclair ! Je ne t'ai jamais connue si… »

« Si directe ! Écoute Jean Jean. Je ne suis plus la petite adolescente que tu suppliais pour un baiser. »

« C'était si romantique… »

« Ce n'était rien. Attends-toi à découvrir ce qu'est le vrai romantisme… »

« Je ne peux pas attendre davantage… je ne veux rien imaginer… »

« Tu m'amuses, tu m'enchantes, tu me rajeunis de dix ans… mais parfois tu m'agaces… »

« Écoute, ma belle ! Tu ne crois pas que j'éprouve les mêmes sensations ? Je suis l'homme le plus chanceux au monde. Je suis si content de t'avoir retrouvée ! À mes yeux, tu incarnes l'éternelle beauté de Diane de Poitiers. »

« Je ne veux pas être ta maîtresse comme elle le fut pour Henry II. Je veux être ta femme, ton unique tourterelle dans ta cage, ta seule brebis… Loin de toi, Jean-Paul, j'étais triplement orpheline. J'ai passé ma vie à espérer te revoir alors qu'il y avait si peu d'espoir. Tu sais, ce qui me faisait souffrir le plus, c'était d'avoir si peu de souvenirs communs. Je me demandais souvent comment aurait pu être notre avenir. Et aujourd'hui, j'ai tout le temps, j'ai peur de te perdre à nouveau. Je veux t'avoir à mes côtés constamment... »

« Calme-toi, chérie. Nous avons passé les volcans, les tempêtes, les ouragans. À présent, à tête reposée, nous allons faire des projets pour notre vie commune et ne plus jamais nous séparer. »

« Jean-Paul, j'ai une question stupide à te poser : pourquoi ne pas te faire envoyer ton diplôme ici ? Ainsi tu n'aurais pas à repartir. »

« Ma chère, je suis convaincu que nous sommes faits pour vivre ensemble, donc n'aie pas peur, je reviendrai. Et je pense que le ciel n'est pas cruel au point de nous jouer un tour pareil. Tu lis un peu trop de romans... Je vais remplir mes formalités obligatoires et je reviens sans une égratignure. Moi aussi j'ai une petite question stupide... Qui est Mosi ? »

Nancy esquissa un petit sourire pâle :

« C'est le fils d'un ami de Tante Deborah. Rien de spécial... »

« Je l'ai vu sur des photos dans l'album de Tante Deborah. »

« Comme je te l'ai dit, il habitait le quartier. On se parlait. Tante Deborah et la mère de Mosi voulaient concocter une affaire entre nous. Cela ne nous intéressait pas, point barre. »

« Je n'ai aucun doute sur notre amour. Je voulais seulement m'assurer que je ne suis pas venu m'imposer à toi alors que tu aurais eu d'autres plans... »

« D'autres plans ? J'en ai jamais eu. Tu as toujours été mon unique plan et c'est pourquoi ma vie est un tel gâchis. »

« Rien n'est gâché, ma bien-aimée. Nous devons prendre des mesures pour normaliser nos relations une fois pour toutes... »

« Tu ne vas pas me parler de mar... ?»

« Et pourquoi pas ? Tu es jeune, fraîche, ravissante. Je suis célibataire... »

« Je me sens indigne de toi », dit-elle en baissant les yeux...

« Que dis-tu ? Qu'importe ton passé ! Je t'ai aimée le premier. Et puis, moi qui te parle, je n'ai pas été un saint en Allemagne... »

« C'est la deuxième fois que tu me dis que tu n'as pas été un saint en Allemagne. Veux-tu en parler ? »

D'un air embarrassé, Jean-Paul dit

« Je pourrais dire, comme Georges Moustaki, « ... ma bouche qui a bu, qui a embrassé et mordu ».

« Coquin, tu n'as pas fini. Et la partie : « ...sans jamais assouvir sa faim... »

« Je n'irais pas jusque-là. Si j'avais la foi catholique, je dirais que je mérite seulement une heure de purgatoire avant d'aller au paradis. »

« Tu n'as jamais été catholique ! »

« Bon. Ce n'est pas le moment de parler de religion… la Bible dit quelque part de ne pas juger. »

« Peux-tu compléter le verset, Jean-Paul ? »

« Nous parlions d'amour, pas de religion… »

« La religion a son rôle dans l'amour, tu sais… »

« D'accord, on y reviendra…. »

« Regardez ça. Voici un enfant de la promesse qui oublie les notions élémentaires de sa foi… »

« Tu exagères ! Tu n'as pas répondu à ma question… »

« Laquelle ? »

« Veux-tu m'épouser ? »

« Acceptes-tu de reformuler ta question ? », demanda Nancy d'un air incrédule.

Cette fois-ci, Jean-Paul se mit à genoux et dit :

« Je suis courbé à tes pieds, chère beauté. Plaira-t-il à sa seigneurie de m'accorder sa main en mariage ? »

Les autres clients, attendris, observaient la scène. Ils commencèrent à s'agiter. L'un d'eux cria « Où est la bague de fiançailles ? » Nancy avait du mal à avaler sa salive. Elle avait chaud et froid en même temps. Elle était enfin face à ce qu'elle espérait le plus au monde et pourtant, elle hésitait, ne sachant que dire. Jean-Paul posa sa main sur la sienne, tendrement, et ajouta :

« Mon amour, comme la chenille doit se transformer en papillon, deux êtres qui s'aiment doivent s'unir pour ne former qu'une entité. »

« Mais je t'ai trahi ! »

« Nancy, tais-toi et écoute : je ne connais la lumière qu'à travers les rayons de tes yeux. Tu es le joyau de ma vie, l'élixir de mon existence. Je ne veux pas m'engager sur la voie brumeuse et incertaine de cette vie sans ta compagnie. Nous avons tous commis des bévues. J'aurais dû te tenir au courant de tout ce que je faisais. Mais nous nous sommes retrouvés et c'est le principal. Tu es ma meilleure moitié. Je veux te caresser, m'embaumer de ton odeur, m'enivrer de tes caresses, te zozoter, te pénétrer, te faire tressaillir et te faire payer toutes tes hardiesses juvéniles. Acceptes-tu ? »

Nancy ne disait rien. Perplexe et inquiet, Jean-Paul poussa un long soupir et reprit :

« Il se fait tard, rentrons. »

Ils s'embrassèrent. Il demanda l'addition, mais quelqu'un avait payé pour eux et laissé une adresse où trouver une alliance et tout ce qui est nécessaire pour un mariage réussi à un prix raisonnable. Ils quittèrent le restaurant bras dessus, bras dessous. Sitôt dehors, Jean-Paul revint à la charge :

« Acceptes-tu ? »

« Tu es si stupide ! s'exclama Nancy. Ne réalises-tu pas que je t'appartiens depuis l'instant où l'on s'est rencontrés ? Loin de toi, j'étais abandonnée dans le sous-sol du chagrin et je me rassasiais de tristesse avec le filet de tes souvenirs qui encerclaient mon cerveau. Maintenant, je t'écoute. Tu m'enjôles par tes discours. Tu es si merveilleux quand tu supplies. Tu aurais dû en faire ton métier. »

« Crois-moi, dans ce cas je mourrais de faim. »

« Mon amour de toujours, la décision de t'épouser, quand, où et comment le faire ne dépendent que de toi. »

« Ah quelle merveille ! Ô cloches de mon église, carillonnez ! Sonnez les matines ! Blanches colombes, volez ! Rossignols, chantez ! Que tout l'univers s'égaye ! À vous tous qui pouvez voir et entendre, je crie fêtez ! Dégustez vos dindes farcies, vos cabris grillés, vos bananes pesées ! Buvez votre soda. Enivrez-vous de champagne à la santé d'une nouvelle ère de félicité pour monsieur et madame Jean-Paul Leclair. Je vois déjà nos enfants, nos deux paires de jumeaux… »

« Deux paires de Jumeaux ? »

« Oui. Comme tu veux, ma belle. Comme tu veux. »

« Nous leur donnerons une éducation soignée. Je leur rappellerai que leur papa a toujours été honnête, fidèle, persévérant. Que c'est un homme qui ne recule devant aucun sacrifice pour réaliser ses rêves et défendre ce qui est droit et juste. Notre union inaugurera une nouvelle conception de l'amour. Ce ne sera ni le rêve des platoniques, ni la sensualité des épicuriens. Notre expérience le prouve : l'amour triomphe toujours et ne meurt jamais. Mais il a besoin d'un terrain propice et de soins attentionnés. Une fois germé, il est capable de surmonter les flots mugissants, les vagues orageuses et les cieux maussades. Si on est disposé à le travailler, il donnera davantage de fruits. »

11

Jean-Paul et Nancy écoutaient des chansons françaises en évoquant leur passé quand Tante Deborah vint leur demander :

« Puis-je vous interrompre et vous demander si vous avez une idée de la date de l'hymen ? »

Ils se regardèrent. Après un peu d'hésitation, Nancy répondit :

« C'est précisément ce dont nous étions en train de débattre. Ne t'inquiète pas, tu seras la première prévenue. »

«Vous savez qu'il y a beaucoup de préparatifs à prévoir pour le mariage le plus important de la famille ! »

Charles, toujours à l'affût, cria de sa chambre :

« Correction, le second ! Mon mariage sera le plus grand spectacle de la famille. »

Tout le monde se mit à rire. Nancy demanda à Jean-Paul :

« Cessons de rêver. Quand viendra donc ce grand jour ? »

« C'est plutôt toi qui dois le décider, Nancy. »

« Dans ce cas, dès que possible. Pourquoi pas en septembre ? »

« Penses-tu pouvoir attendre si longtemps, Nancy ? J'en doute fort. »

« Mais toi, tu peux attendre, n'est-ce-pas ? Quelle suggestion as-tu, Jean-Paul, Monsieur le fort et le patient » !

« Je dois retourner en Allemagne pour recevoir mon diplôme fin juin. »

« Alors tu reviens au plus tard le 1er juillet et nous nous marions le week-end suivant. Disons le deuxième dimanche de juillet. »

« Par prudence, réservons notre mariage le troisième dimanche. »

« Après notre lune de miel, nous retournerons dans notre chère Haïti, la terre du soleil et du sourire, pour y habiter définitivement. Oh ! Comme j'ai hâte de revoir les collines charmantes, la végétation luxuriante, les chutes d'eau naturelles, ses matins idylliques, ses couchers de soleil ravissants… je veux jouir de son ciel bleu, de sa musique, de ses peintures… Ah ! j'ai hâte de revoir mon pays que des ancêtres vaillants nous ont légué au prix de grands sacrifices. Si la situation économique n'est pas des plus prospères, si la façon de vivre paraît primitive à beaucoup, Haïti possède quelque chose d'unique dont on ne peut le priver : sa charmante beauté naturelle. La pauvreté du peuple s'éclipse derrière sa gentillesse, son innocence, sa dignité et son dévouement. Les Haïtiens sont un peuple qui ne perd jamais espoir. Tôt ou tard, il finira par vivre la félicité et la prospérité espérées. Après notre journée de travail, nous irons nous détendre sur une plage belle et accueillante sans souci des saisons. Le chant du coq nous réveillera avec souplesse au lieu du son tonitruant du réveil matin. À la tombée de la nuit, nous nous promènerons main dans la main dans le parfum des fleurs. Le soir, allongés sur l'herbe verte, nous essaierons de reconnaître les constellations. Nous serons heureux de vivre parmi nos frères et sœurs qui parlent notre langue et partagent nos mœurs et nos coutumes. Nous cueillerons et mangerons des fruits tropicaux : mangues, avocats, papayes, mandarines, cirouelles, quénèpes, grenadines, papayes, cachimans, corossols, sapotilles, abricots, ananas... Nous boirons à deux l'eau d'une noix de coco, ou jouirons d'un morceau de canne à sucre. Si nous sommes pauvres, la joie et la paix ne nous feront point défaut. Nos enfants fréquenteront nos écoles. Ah ! Comme j'ai hâte de retourner chez nous... »

« Décidément, tu te vois déjà en Haïti. Te souviens-tu du soir estival où tout le monde criait : Vive les vacances ! Vive les bains de mer ! Fini, les longues nuits d'études ? Nous flânions au Champ-de-Mars. Après avoir écouté le concert dominical au kiosque du Palais, nous sommes allés près de la Tribune regarder les grimpeurs au « Mât Suiffé ». J'étais fier d'être à tes côtés. Il s'est mis à pleuvoir et nous sommes allés nous mettre à l'abri dans un bar. Là, j'ai volé une paille sur le comptoir pour aspirer les gouttelettes de pluie qui dégoulinaient sur ton visage. Elles étaient délicieuses ! Puis nous sommes rentrés et, une fois chez toi, nous nous sommes rendu compte que nous avions oublié le parapluie dans le bar... »

« ...Comme nous étions ridicules ! Il y a eu tant d'autres promenades charmantes, de sorties au spectacle, de soirées de détente, de bains de mer… Tu te souviens de la fois ou quelqu'un t'avait poussé à l'eau tout habillé ? »

« J'ai l'impression d'entendre la voix chevrotante des marchandes. Je me souviens de tous les moments de camaraderie, de rigolades insouciantes. J'aimerais revivre ces années sans souci de l'enfance… »

Jean-Paul respira profondément, puis reprit :

« Et nos scènes de jalousie. »

« Correction, monsieur : tes scènes de jalousie. Te souviens-tu de la fois où tu as préféré payer au chauffeur une course pour quatre personnes alors que nous étions deux juste parce que tu ne voulais pas qu'un jeune homme risque de s'assoir à côté de moi… »

« Tu dois admettre que je suis devenu très raisonnable. Au point de t'accepter après un autre… »

Le visage de Nancy s'assombrit :

« Arrêtons là ! Épargne-moi cette traîtrise, Jean-Paul. Je t'en supplie ! À cette époque, je ne faisais que me mortifier alors que je te cherchais encore désespérément. Je te l'ai déjà dit : tu es le seul être à qui j'ai donné naturellement tout mon amour, toute ma tendresse, et toutes mes caresses. Tu es le vent qui fait tourner mon tournesol, tu es… »

« Désolé, Nancy. Pardonne-moi ma maladresse. Tu me fais une telle place dans ta vie que je me demande si j'en suis digne… »

« As-tu quelque chose à me confesser ? Dis-le-moi vite, pendant que mon cœur est prêt à tout te pardonner… »

« Je n'ai pratiquement rien à révéler… »

« Tu as l'air un peu réticent… »

« Non ! j'ai une question à te poser qui me hante… »

« Laquelle, Jean-Paul ? »

« Ne te fâche pas, je connais déjà la réponse. Charles est-il l'enfant de Tante Deborah ou a-t-il été adopté ? »

« En d'autres termes, tu veux savoir s'il est vraiment mon cousin ou… »

« Non ! Non ! Non ! Je suis seulement curieux… Tu peux oublier complètement cette question. »

« Jean-Paul, on doit pouvoir se faire confiance, sinon c'est peine perdue. Charles est mon cousin, l'enfant gâté de Tante Deborah, son fils unique… »

Jean-Paul eut l'air vraiment soulagé de cette réponse. Après un court moment de malaise, il changea de sujet :

« Dis donc ! Il est déjà 21 heures, 18 minutes et 15 secondes ! Il est trop tard pour le concert de Carnegie Hall, n'est-ce-pas ? »

« Absolument, monsieur ! Et si tu me l'avais dit avant, on serait parti plus tôt… »

« Ce n'est pas grave. Nous irons demain soir. Par ailleurs, où veux-tu que nous allions pour notre lune de miel ? »

« Pourquoi pas à Lake George, le roi des lacs américains. En été, la température est idéale… À moins, bien
sûr, que tu aies une autre proposition. »

« Je pensais à Acapulco. Je meurs d'envie d'aller visiter
le Mexique et d'assister à une corrida. »

« Pendant notre lune de miel, tu veux aller voir un
combat de taureaux ? Quel romantisme ! », dit Nancy
d'un air dégoûté.

« Ma chère, mon père m'a raconté un jour une histoire
qui continue à me hanter. Au cours d'un bref séjour en
Espagne, des amis l'entraînèrent à une corrida. L'un des
meilleurs toréadors, un certain Roberto, allait affronter
un taureau terrible. Au début, Roberto semblait danser
autour des cornes du taureau, mais il trébucha et perdit
l'équilibre. Il était à terre et le taureau n'avait que quelques pas à faire pour l'empaler. L'assemblée avait cessé de
respirer, attendant avec effroi que le destin s'abatte sur sa
victime affaiblie. Tout à coup, une jeune fille d'environ 17
ans sauta dans l'arène. Elle parvint à détourner l'attention
du taureau, permettant à Roberto de se mettre à l'abri. Le
lendemain, les journaux publièrent en première page la
photo de la courageuse héroïne à côté de Roberto. »

« Ça, c'est émouvant ! »

« Mais l'histoire ne s'arrêta pas là. On apprit pas la
suite qu'en réalité cette jeune fille était la propre fille de
Roberto qu'il avait eue avec une jeune infirmière anglaise
qui était rentrée au pays. Roberto ne savait même pas qu'il
avait une fille. Après des années, sa mère et elle étaient re-

venues en Espagne pour le retrouver. Et la fille avait hérité du père sa passion pour les taureaux. Depuis que mon père m'a raconté cette histoire, j'ai envie d'aller assister à une corrida. »

« C'est une histoire émouvante. On ira un jour pour réaliser ton rêve. Mais pas pendant notre lune de miel. »

12

Jean-Paul n'allait plus tarder à rentrer en Allemagne pour recevoir son diplôme. Il trouva tous les prétextes pour rester le plus souvent possible avec Nancy. Ils profitaient pleinement des moments passés ensemble. Ils allaient dans les restaurants chics, au théâtre, dans les musées, les galeries d'art. Ils firent le tour complet de tout ce qu'il fallait voir à New York, y compris le jardin botanique, la statue de la Liberté, l'institut des Arts et Sciences de Staten Island, le Madison Square Garden... Jean-Paul voulut également faire du canot, du vélo, du bowling... Il était insatiable. Mais Nancy déclina de telles aventures. Les yeux remplis d'images, la tête pleine de souvenirs, le cœur ému, ils ne s'arrêtèrent que contraints et forcés par leurs pieds qui criaient grâce. Jean-Paul était émerveillé par le dynamisme de la ville. Il prit beaucoup de photos souvenirs pour immortaliser ces moments.

Un jour, Tante Deborah invita les collègues de Jean-Paul à déjeuner. Nancy et elle s'étaient mises en quatre pour épater les convives. Avec l'aide précieuse de Charles et Jean-Paul, elles rassemblèrent sur la table un nombre impressionnant de mets plus délicieux les uns que les autres : paupiettes de veau, sardes de Lully à la pêche, pain de chou parmentier, accras de morue, salade niçoise, quiche et bœuf bourguignon, sans oublier les plats nationaux : ragout de cabri, poulet boucané, chiquetaille de morue, gratin de morue aux ignames, riz djon djon, etc. Les invités furent impressionnés. Nancy portait une robe croisée verte et liserée en blanc (que les physiologistes obsédés auraient baptisé « membrane chlorophyllienne sélectivement perméable »). Tante Deborah, elle, avait une robe « Gros bleu » et un chapeau de paille typique des paysannes haïtiennes. Elle était dans tous ses états. Comme la plupart des collègues de Jean-Paul étaient étrangers, elle leur donna un cours intensif sur Haïti.

« Je suis née dans un pays où le ciel est souvent bleu et scintillant. Le soleil l'inonde de tout son éclat. La brise vespérale est caressante, les arbres sont parés de leurs habits verdoyants, les oiseaux se pavanent en exécutant de douces mélodies, les ruisseaux roucoulent, la flore et la faune flirtent avec la canicule, l'air tropical est rafraichi par les palmiers. Oui, je viens d'un pays qui ruisselle de charmes, de couleurs et d'harmonie : La République d'Haïti. »

Jean-Paul et Nancy l'interrompirent en disant en chœur :

« Bravo, madame l'ambassadrice ! »

Tandis que les mets disparaissaient sous les incisives, les canines et les molaires, l'un des confrères de Jean-Paul dit :

« Mon cher Jean-Paul, on peut dire que Géraldine aurait été rayée de la compétition… »

Nancy sentit son sang quitter son visage. Sa main tremblait. Elle dit d'un ton enroué :

« Qui est donc cette Géraldine ? Ce n'est pas la première fois que j'entends ce prénom. Quelqu'un pourrait me donner des détails ! »

« Ah ma chère ! À ta place, je ne m'en préoccuperais pas tant. C'était sûrement une courtisane du docteur Leclair », déclara Tante Deborah.

« Jean-Paul ne t'a jamais dit qu'il avait fait vœu de chasteté… Il paraît que là-bas, en Europe, les femmes vous assaillent… », ajouta Charles. Personne n'osa faire de commentaires ou tenter une explication. Jean-Paul éprouvait toutes sortes de maux, il n'arrivait pas à avaler, il toussait et s'étranglait au point que quelqu'un dut lui administrer quelques tapes dans le dos pour le soulager.

Nancy l'interrogea du regard.

« Géraldine est une jeune femme allemande, dit-il. Une amie… »

« Belle. Blonde à forte poitrine. Yeux de louve. Démarche ondulante et captivante qui te tournait la tête…généreuse… », continua Nancy irritée. Tu ne m'as jamais parlé d'elle… »

« Plus bas, Nancy, s'il te plaît ! », s'exclama Jean-Paul. Tu n'as vraiment pas à être jalouse. Géraldine était sans doute comme tu viens de la décrire, et peut-être même plus. Et oui, j'ai été attiré par elle. Mais j'ai très vite compris que nous ne nous convenions pas. Chacun a suivi son chemin et c'est tout. »

« Jean-Paul ne peut aimer que toi, c'est évident à nos yeux », renchérit l'imprudent qui avait évoqué Géraldine.

Tout le monde poussa un soupir de soulagement. Le dîner terminé, les spécialistes félicitèrent les dames et se dispersèrent. Tante Deborah et Nancy, fières comme tout, rangèrent la cuisine et la salle à manger silencieusement. Nancy pensait à Géraldine. Comme le soir tombait, elle voulut marcher un peu dans le quartier pour se détendre après le repas. Les rues étaient remplies de jeunes gens qui avaient besoin de se défouler et roulaient à bicyclettes, jouaient au football américain, écoutaient de la musique à plein volume… Des barbecues commençaient à fumer dans les cours. De moins jeunes étaient assis sur des bancs et commentaient vivement les sujets d'actualité. Nancy fut très impressionnée par toute cette animation. Elle pensa qu'il était temps de prévenir oncle Georges et les autres membres de la famille de l'organisation du mariage. De retour chez sa tante, elle fut surprise de trouver Charles en galante compagnie – comme le roi Abimélec avait surpris Isaac plaisantant avec Rebecca (Genèse XXVI, 8-9) – alors que Tante Deborah était sortie. Elle regarda le plus discrètement possible – elle ne pouvait s'en empêcher – et remarqua que cette femme avait dans la trentaine. Son visage lui disait quelque chose. Elle monta dans sa chambre avec l'intention d'écrire à oncle Georges, mais cette présence dans le salon avec Charles l'intriguait. Elle se rappela que plusieurs fois Tante Deborah et elle avaient retrouvé le salon sens dessus dessous. En y réfléchissant, elle finit par être persuadée qu'il s'agissait d'une des voisines d'en face. Celle que Charles aidait à nettoyer sa maison chaque hiver quand il neigeait. Elle en conclut que ce ne devait pas être un geste tout à fait désintéressé. Nancy se demandait si elle devait en parler à Tante Deborah. En attendant, elle était un peu jalouse et aurait voulu que ce soit elle et Jean-Paul qui se trouvent au salon. Alors qu'elle y pensait, le sommeil l'emporta.

La veille du départ, Jean-Paul était avec Nancy. Il lui dit :

« Je suis triste de partir avant de célébrer notre mariage. Il me faut te laisser pour quelques aubes. Je songe encore au matin de ton départ pour Chicago. Alors que je savourais le plaisir intense de ta présence dans la salle d'attente de l'aérodrome. L'avion était déjà sur la piste, nous n'avions plus qu'une demi-heure. Quelle angoisse ! J'étais si triste que tu partes, me laissant seul. Tu étais meurtrie par notre séparation après le deuil de tes parents, mais tu voulais m'épargner tes sanglots. La souffrance nous avait dévastés. Assise près du hublot, tu m'as jeté un dernier regard humide, puis l'avion a décollé… J'étais broyé d'angoisse. Souvent, les yeux brouillés de larmes, je me demandais mais quand reviendras-tu ? Je ne savais pas alors que mon tour viendrait de voyager. Là-bas, en Allemagne, les codes ne sont pas les mêmes ; la langue, la musique, les manières, le paysage, l'odeur, la couleur, le bruit, le style… tout est différent. Tout se fait à la va-vite. J'ai été tenté plusieurs fois de rentrer. Mais je remercie le ciel d'avoir su me soutenir. Demain, je retournerai en Allemagne pour aller chercher mon diplôme. Puis je te reviens. Nous nous marierons et nous retournerons chez nous, à la Perle des Antilles. »

« Oui, dans quelques semaines nous nous retrouverons pour ne plus jamais nous séparer. Tu sais que je ne suis plus ton amie ! Et tu sais pourquoi ? »

« Je n'en suis pas trop sûr. Pourtant, je fais de mon mieux. »

« C'est justement la raison de mon désappointement. Tu es toujours sous contrôle. Tu ne te laisses pas entraîner là où ton désir te mène. Ah ! Comme je serais contente si tu laissais l'instinct charnel et la force animale en toi prendre le dessus, ne serait-ce qu'une fois… On aurait pu aller à City Hall, comme Tante Deborah me l'avait suggéré ? »

« Tu aurais dû me le dire, mon amour. Je ne connais pas les coutumes de ce pays. Et puis j'ai toujours tes refus en mémoire… »

« Tu es un très bon docteur, mais tu restes un novice en matière de femme. Elles sont toutes capricieuses. Pourtant, comme les hommes, elles ont des désirs. Elles peuvent aussi être consumées par des désirs inavouables. C'est à toi de le sentir, Jean-Paul… »

« Alors, il n'est pas trop tard… »

« Maintenant, tu te moques de moi. Tu sais, il faut le cadre, la paix de l'esprit et tout valsera naturellement… Tes pensées sont ailleurs et tu me taquines… »

« Pardonne-moi ma gaucherie. Je te promets que tu ne regretteras pas d'avoir patienté. Après le mariage, apprête-toi à être passée au fil de l'épée en temps et hors de temps. Et je serai sans pitié. »

Il lui donna un chaud et long baiser surprise qui lui coupa le souffle. Jean-Paul sourit et dit :

« J'espère que tu seras capable d'endurer le débordement furieux de mon ouragan d'amour... »

« N'aie pas peur. Je ne suis pas si naïve. Je suis plus épanouie que tu ne le penses... »

« Alors, comme on dit, à bon chat, bon rat ! Entre autres, où en es-tu des préparatifs du mariage ? Autrefois, j'aurais aimé me marier dans la matinée, sur une plage, dans la plus stricte intimité. Comptes-tu avoir un mariage simple ou extravagant ? En quoi puis-je t'aider ? »

« Mon cher Jean-Paul. D'abord, sache que je t'invite à mon mariage. Tu te présentes en chair et en os et tu dis oui devant Dieu et les hommes. C'est tout ce que je te demande. Quand au reste, Tante Deborah et moi nous nous en chargeons. Bien sûr, ta cotisation financière sera la bienvenue. Mais ne te fatigue pas trop pour la cérémonie, voire la lune de miel. Je m'en charge. Tu n'auras aucune excuse pour ne pas être performant ce soir-là ! »

« Tu sais que je n'aime pas les défis. Je prévois que tu auras peur de mon atterrissage. »

« Personne n'a peur d'un atterrissage en douceur... »

« Dans ce cas, ma petite Aphrodite, ne t'inquiète pas. Je suis un bon pilote. Tu n'auras aucun atterrissage forcé. »

Tante Deborah arriva à la fin de la conversation :

« Jean-Paul, je ne savais pas que tu étais aussi pilote… »

Ils se mirent à rire à tue-tête, d'un rire fait de culpabilité. Puis Nancy ajouta, pour rassurer sa tante :

« Nous parlions du mariage… »

« J'espère que tu as dit à JP que nos mariages ne se font pas à demi. Ceux qui en entendront parler devront être impressionnés. Il faut qu'on s'en souvienne et qu'on en parle pendant longtemps. À moins que toi, Jean-Paul, tu ne t'y opposes… »

« Non ! Tout ce que vous voulez. Moi je suis l'heureux invité, et c'est tout ! », s'exclama Jean-Paul en faisant un clin d'œil à Nancy.

« Voilà un homme bon à marier ! Il ne doit pas s'immiscer dans les détails. Laisse-nous le soin de nous en occuper », déclara Tante Deborah.

13

Quand deux amoureux se retrouvent, ils se parlent inlassablement pour prolonger le plus possible le moment où ils sont ensemble. Ils bâtissent mille et un projets plus audacieux les uns que les autres. Et plus encore quand ils vont se séparer, comme Jean-Paul et Nancy. Elle aurait voulu ne pas pleurer, mais elle fut trahie par une larme rebelle. Au moment où ils s'embrassaient, la radio jouait « Spanish Eyes ». Puis le quadrimoteur décolla et s'enfuit dans le ciel, emportant son unique raison de vivre.

Les journées étaient remplies de la préparation de la cérémonie nuptiale. Nancy et Tante Deborah envoyèrent les faire-part, cherchèrent une robe de mariée… il y avait de quoi s'occuper pour le restant de la vie.

Un dimanche matin, Nancy se réveilla sous la caresse des rayons du soleil. Elle restait immobile sur le dos à rêvasser puis elle se rendit compte que sa tante était debout à l'entrée de sa chambre. Depuis combien de temps l'observait-elle ? :

« Et si je t'annonçais que Jean-Paul est de retour et que le mariage est pour dimanche prochain, que ferais-tu ? »

« Ah ! Tante Deborah, il va falloir que tu trouves autre chose. Je sais exactement où est Jean-Paul à l'heure où tu me parles… »

« On peut toujours essayer. Alors, parmi tes projets, on dirait que ne figure pas celui de quitter ton lit ce matin ! »

« Tante Deborah, quelle belle époque ! »

« Laquelle ? »

« Celle de surveiller les heures qui te rapprochent de l'éveilleur de tes charmes, celui dont le simple regard suffit à te donner la chair de poule… »

Elles éclatèrent de rire. Puis il y eut un long silence énigmatique que Tante Deborah décida d'interrompre :

« Que comptes-tu faire ? »

« Je viens ! Oh j'aurais été tellement plus heureuse d'entrer fièrement à l'église au bras de mon cher père. C'eût été sa plus grande joie. Je me rappelle, fillette, je l'ai surpris en train de chanter sur un disque de Charles Aznavour « À ma fille ». Il était tellement ému ! Hélas, ils n'y sont plus. Ils ne me verront pas devant l'autel avec Jean-Paul ; ils ne verront pas leurs petits-enfants… De temps en temps, l'image de mes parents revient et me laisse transie de regrets et de chagrin… Je ne peux pas les oublier. Ah ! comme le sort est injuste ! »

Tante Deborah s'approcha d'elle lentement, mit son bras autour de ses épaules et dit :

« La disparition de tes parents est une plaie béante que le temps ne cicatrisera jamais complètement. L'approche de ton mariage la rend plus cruelle encore. C'est un moment où douleur et bonheur se mélangent. Rappelle-toi qu'ils ont toujours voulu ton bonheur. Quand tu penses à eux, redouble d'ardeur pour qu'ils soient fiers de toi… »

Nancy se leva et partit se préparer. Tante Deborah retourna à la cuisine pour achever le déjeuner. Quant à Charles, il riait aux éclats en regardant The Honeymooners à la télé. Puis sous l'insistance de sa mère, il les amena en voiture pour faire des emplettes jusqu'au soir. En fin de journée, épuisée, prête à aller se coucher, Nancy dit :

« Tante Deborah, je ne remercierai jamais assez le ciel de t'avoir mise sur ma route. Que serais-je devenue sans toi ? Tu as été à la fois une mère, un père, une tante, une conseillère et une amie. Quelles que soient les circonstances, j'ai toujours pu compter sur toi. Après la mort de mes parents, je me sentais comme un train déraillé, sans frein, dévalant vers l'abîme. Et le pire, c'est ce que je voulais. C'est ce que je croyais mériter. Tu as toujours été à mes côtés pour m'aider à remonter la pente. Aujourd'hui, je veux que tu saches, Tante Deborah, que j'ai apprécié tout cela. Si, à présent, je m'apprête à faire ma vie avec Jean-Paul, si j'ose vouloir mener une vie normale, c'est grâce à ton sacerdoce. Merci. »

14

L'hôtesse de l'air annonça d'une voix aiguë l'atterrissage prochain. À travers le hublot, Jean-Paul regardait la ville sous les nuages. Il s'attendait à une longue journée, puisqu'il était prévu que la délégation fasse un compte rendu du voyage le soir même. Et c'est à lui que revenait cet honneur. Il présenta un état des lieux des différents hôpitaux visités, des patients rencontrés ainsi, bien sûr, que des différentes méthodes thérapeutiques appliquées. Cet échange se révéla plus utile qu'il ne l'avait imaginé pour sa formation.

Durant les jours qui suivirent, les études reprirent le dessus jusqu'à la soutenance de la thèse… Un soir que Jean-Paul était dans sa chambre à mettre un peu d'ordre, il retrouva un livre qu'il croyait avoir perdu. Une Bible que lui avait offerte la mère de Nancy. Il en fut vraiment touché. Quand ses amis arrivèrent, un peu plus tard, ils le surprirent en train de la lire avec attention. De loin, l'un deux dit :

« Quel captivant document ! Je parie que c'est un roman ancien qui traite des folles amours qui se perdent à jamais. Il contient des scènes où les filles pleurent la perte de leur bonheur et où les garçons célèbrent en chœur la conquête des cœurs. Mon cher, ferme ce bouquin et allons jouer aux dominos. Sous peu nous serons retournés à la poussière. Amusons-nous tant qu'il est temps. »

« Vous pouvez partir, je vous rejoins. Je parcours les pages des Oracles sacrés », déclara Jean-Paul.

« Mon cher, tu gaspilles tes méninges à lire ces contes écrits pour endormir les enfants ! Ton temps est trop précieux pour le perdre en frivolités… »

« Je peux bien consacrer un peu de temps à la lecture de la Bible. Nous en avons tous besoin. »

« Ha ! Ha ! Ha !, s'exclama un autre. Dieu merci, je suis athée ! »

« Quel non-sens !, répliqua Jean-Paul. Quand l'homme vint à l'existence, il trouva que tout était déjà fait. Comme c'est un être intelligent, il s'est posé des questions. Il s'est mis à avoir des opinions et à émettre des hypothèses. Les réponses sont truffées d'hésitations. »

Un autre collègue intervint.

« Mon cher ami, à cette phase de ma vie, je n'ai pas besoin de béquilles. Je peux tout faire seul. La vie se définit par nos choix. »

« Mais nos choix doivent être basés sur nos connaissances et la véracité de ce que nous croyons savoir. La Bible représente un trésor inépuisable, incomparable et irremplaçable qui nous aide à mieux comprendre certaines données scientifiques. Les scientifiques admettent que l'univers est contrôlé par des forces, lesquelles requièrent des lois. Tout, dans l'univers, obéit à des lois. Les découvertes scientifiques aussi sont soumises à des lois telles que la physique, la biologie, la thermodynamique, la chimie...

Or une loi ne se fait pas seule. Elle implique un législateur, un ordre hiérarchique où le plus fort déclenche une chaîne d'actions et de réactions pour dominer ou imposer sa volonté. »

« Moi, je n'aime pas ce livre. On dirait qu'il a été écrit pour empêcher l'homme de jouir de sa courte existence. Il est là pour éteindre toute étincelle de joie, éliminer toute velléité de plaisir… »

« Est-ce ton expérience personnelle ou ce qu'on t'a fait comprendre ? »

« Mon cher Jean-Paul, je trouve mon credo dans la doctrine darwinienne », renchérit un autre.

« En ce siècle si avancé, il va sans dire que les conceptions surannées échouent honteusement sur les carcasses des dadais. J'adopte le nihilisme. »

« Votre érudition vous rend aussi savants que sots. Vous sentez le vent qui souffle, le voyez-vous ? Vous entendez le son, le touchez-vous ? Vous croyez aux multitudes d'étoiles, aux planètes et aux astres dans l'espace, les connaissez-vous ? Pourtant, vous les acceptez parce que la science en parle. Pourquoi les animaux sont-ils dotés de vêtements convenables à toutes les saisons et à toutes les circonstances ? Qui détermine l'alternance des saisons, la durée du jour, la profondeur de l'océan, l'étendue de la terre et les systèmes solaires ? Quand une personne sait qu'elle existe grâce à l'intervention déterminée d'un Créateur qui a créé ses milliards de cellules, elle se comporte différemment. Elle apprécie l'agilité de l'écureuil, la gaieté du pinson, le délicatesse de la rose, la bienfaisance de l'air frais. Elle apprend à respecter son environnent. Elle considère la nature comme un temple où l'on contemple les amples merveilles d'un monde vermeil. Pour un pareil être la vie a un sens. Il apprend à prendre soin de lui-même, à aimer ses semblables. Mes chers amis, je dois confesser que, dans le passé, j'affichais un déisme vague, une croyance purement intellectuelle en l'être suprême. Mais dorénavant, je dois être un peu plus conséquent et réviser mes croyances spirituelles. La notion de Dieu doit être plus qu'une sorte d'amulette pour tout être conséquent. »

Après ce long discours inattendu de Jean-Paul, ses camarades se retirèrent comme s'ils marchaient sur du charbon ardent. Jean-Paul se coucha. Mais il eut du mal à trouver le sommeil.

15

La cérémonie de remise des diplômes arrivait enfin. À 14 heures, en robes et bonnets d'amarante, les candidats défilaient dans l'auditorium. Les parents arboraient des sourires de circonstance qui rafraichissaient l'atmosphère. Jean-Paul aperçut les siens à la deuxième rangée, près des journalistes. Qu'ils avaient l'air fiers ! Le programme se déroula avec la pompe et le protocole voulus. Le doyen débuta son discours à l'heure.

« MESSIEURS LES AUTORITÉS DE LA RÉPUBLIQUE,

HONORABLES PARENTS,

CHERS IMPÉTRANTS,

MESDAMES, MESDEMOISELLES, MESSIEURS,

LA VIE HUMAINE FOISONNE D'ÉVÉNEMENTS QUI DÉTERMINENT NOTRE EXISTENCE. LE CHOIX D'UNE PROFESSION EST L'UN DES MOMENTS LES PLUS IMPORTANTS D'UNE VIE. EN CE MOMENT, J'AI LE PLAISIR DE FÉLICITER CES JEUNES MÉDECINS QUI ONT CHOISI DE DÉDIER LEUR VIE AU SERVICE DE L'HUMANITÉ. BIEN CHERS DIPLÔMÉS, ALORS QUE VOS VISAGES RUISSELLENT DE LUMIÈRE, SOUFFREZ QUE JE VOUS ENJOIGNE À N'AVOIR POUR UNIQUE MOTIVATION QUE L'ÉRADICATION DE LA MALADIE SUR TERRE. AYEZ À CŒUR LA SANTÉ DU RICHE AINSI QUE CELLE DU PAUVRE. LE MÉDECIN AUTHENTIQUE N'A PAS DE PRÉJUGÉS, IL SOIGNE TOUT LE MONDE. VOUS QUI ÊTES ICI PRÉSENTS, VOUS ÊTES AU SERVICE DE TOUS EN TOUT TEMPS ET EN TOUT LIEU. ET VOUS DEVEZ EXERCER VOTRE MISSION AU RISQUE DE LA

PAUVRETÉ. VOTRE RÉCOMPENSE VOUS VIENDRA DU VISAGE APAISÉ DES PARENTS DONT VOUS AVEZ SAUVÉ L'ENFANT, DU VISAGE RECONNAISSANT DE QUI A RETROUVÉ LA SANTÉ GRÂCE À VOTRE SCIENCE.

LAISSEZ-MOI FINIR EN CITANT LE CHIRURGIEN ET BIOLOGISTE ALEXIS CARREL. DANS SON OUVRAGE L'HOMME, CET INCONNU, IL DÉCLARE : »LA MÉDECINE REMPORTERA SON PLUS GRAND TRIOMPHE QUAND ELLE DÉCOUVRIRA LE MOYEN DE NOUS PERMETTRE D'ÉLIMINER LA MALADIE, LA FATIGUE ET LA CRAINTE. NOUS DEVONS DONNER AUX ÊTRES HUMAINS LA LIBERTÉ ET LA JOIE QUI VIENNENT DE LA PERFECTION DES ACTIVITÉS ORGANIQUES ET MENTALES... LA RESTAURATION DE L'HOMME DANS L'HARMONIE DE SES ACTIVITÉS PHYSIOLOGIQUES ET MENTALES CHANGERA L'UNIVERS. CAR L'UNIVERS MODIFIE SON VISAGE SUIVANT L'ÉTAT DE NOTRE CORPS. «

DOCTEURS, À TRAVERS TOUTE LA TERRE, DES MILLIONS D'INDIVIDUS ATTENDENT LE SECOURS DE VOS MAINS BIENFAISANTES. JE VOUS SOUHAITE LE SUCCÈS DANS VOTRE NOBLE CARRIÈRE. «

Un tonnerre d'applaudissements s'ensuivit.

Les responsables félicitèrent chaleureusement les diplômés qui se congratulèrent mutuellement. Tout le monde embrassa parents et amis. Jean-Paul étreignit ses parents de façon émouvante. Il aurait voulu passer le reste de la soirée avec eux, mais ils insistèrent pour qu'il profite une dernière fois de ses amis. Alors il accompagna un groupe d'amis à une fête. Mais l'absence de Nancy lui pesait lourdement sur le cœur. Le lendemain, il accompagna ses parents à l'aéroport. Il avait deux trois choses à terminer avant de s'envoler pour les rejoindre à New York où Nancy et Tante Deborah les attendaient. Elles étaient tellement impatientes d'avoir le récit du couronnement de Jean-Paul, ce remarquable jalon posé pour la famille mais aussi pour tous les Haïtiens.

16

Nancy avait tant de choses à faire pour la préparation du mariage qu'elle ne savait plus où donner de la tête. Elle feuilletait les pages du livre de référence Cherishable : Love and Mariage, par David W. Augsburger, tandis que passait en fond musical « Love and Mariage go together like horse and carriage », par Franck Sinatra. Ça l'inspirait. Elle imaginait la maison avec plein de décorations différentes. Elle organisait le déroulement de la journée la plus importante de sa vie. Sur le coup de 13 heures, elle décida d'aller en ville accompagnée de Tante Deborah et de sa future belle-mère.

Sur un autre continent, Jean-Paul allait se présenter au bureau du doyen. Il fut accueilli chaleureusement. On lui proposa de rester en Allemagne et d'y occuper un poste de professeur à la faculté avec la possibilité de continuer ses recherches. Il demanda du temps pour réfléchir à cette proposition. Mais au fond de lui-même, il savait que sa place était en Haïti. Il passa les derniers jours à acheter des souvenirs et à faire ce qu'il n'avait pas eu le temps de faire jusque-là : visiter des musées, aller au théâtre, etc. Il avait envie de visiter l'Allemagne entière. Il aurait voulu profiter une dernière fois avant son mariage des lacs, des collines, des villages. Puis il décida qu'il reviendrait un jour avec sa dulcinée.

En fait, il était impatient de retrouver Nancy. Comme ses affaires étaient déjà prêtes, et qu'au fond il n'avait plus rien à faire là, il décida de partir deux jours plus tôt. Il s'organisa pour prendre le lendemain son vol pour New York. Content de son idée, il se jeta sur son lit sans se déshabiller et s'endormit. Il se réveilla au milieu de la nuit en pensant :

« C'est formidable ! Mon rêve de devenir médecin est une réalité. Maintenant, il faut que je devienne un mari idéal pour ma femme orpheline. Et je connais la recette : 24 livres de caresses assaisonnées de 2 cuillerées de tendresse, de respect, de bienveillance, de charité et de compassion. Je saupoudrerai le mélange de délicatesse, sympathie, dévouement et sensibilité. Ajouter un peu de courage, de discipline et de fidélité et je pense que le tout sera très réussi. J'y mettrai la générosité rôtie, la tendresse frite, le sel de spiritualité, le thym de respect mutuel… et je placerai le tout dans le four de l'amour… » Là-dessus, il se rendormit.

Le lendemain, persuadé que Nancy serait dans tous ses états en le voyant arriver plus tôt, il monta dans l'avion très enthousiaste. Au cours de la traversée, il se sentit inquiet, sans raison apparente. Il s'assoupit et rêva. La lune laissait filer ses rayons à travers les branches des arbres. Il faisait une sieste dans une clairière. Debout à sa gauche, Nancy tenait dans ses bras leur bébé qui se mit à crier. Il mit une chemise noire et s'apprêtait à embrasser sa femme et à prendre l'enfant quand ils disparurent d'un coup. Il courait les chercher dans d'épaisses ténèbres quand il se réveilla.

Le pilote était en train d'annoncer le début de la descente. Le temps était maussade sur New York. Jean-Paul se demandait pourquoi il avait fait ce rêve agité. Parce qu'il pensait trop au mariage ? Parce qu'il venait de manger une viande rouge saignante qu'il avait mal digérée ? Était-ce pour l'avertir d'un danger imminent ? Les formalités remplies, il prit ses affaires et sortit. Le brouillard était presque palpable. Il se dirigea vers un taxi pour donner sa destination quand il reconnut le chauffeur : c'était Claude. Après de chaudes accolades, Jean-Paul s'installa et la conversation commença.

« Mon cher Jean-Paul, ça fait une éternité que je n'avais plus de nouvelles de toi. »

« Claude, mon ami, tu le vois, je vis encore. Je suis plus qu'heureux de te rencontrer et au bon moment... »

« Qui aurait dit que nous nous retrouverions aux États-Unis d'Amérique. Parle-moi de toi. D'où viens-tu ? »

« Eh bien, Claude, je viens de boucler mon cycle d'études médicales ! Et dans quelques semaines, je vais me marier avec Nancy ! »

« Mon cher, tu es un homme bien. Depuis le temps que vous êtes amoureux ! Vous êtes un couple unique. Je serais très content de la revoir... »

« Et, toi Claude, comment te débrouilles-tu » ?

« La vie me malmène. Après mon mariage avec Micheline, notre petite famille se débrouillait plutôt bien. Mais une fois arrivés à New York, avec ses rues illuminées et ses gratte-ciels impressionnants, l'Amérique n'a pas tardé à m'imposer une nouvelle vie. J'ai vite découvert deux faits. D'abord, que rien ne se fait ici sans le billet vert, et tout est très cher. Ensuite, les mentalités sont différentes. Même nos compatriotes ont une hospitalité très limitée. Après une semaine ou deux, ils vous font comprendre qu'il est temps de vous remuer, car vous êtes une bouche de plus à nourrir. Vous consommez de l'énergie… et cela grève le budget. On n'y peut rien, c'est la règle du jeu ! Jean-Paul, je suis perdu en Amérique, cette terre réputée pour être le pays d'accueil des immigrants du monde entier. Pourtant, tous les immigrants ne jouissent pas du même traitement.

Ceux qui ont les poches pleines ont un meilleur sort que les malheureux venus chercher fortune. La crise économique a durci les mesures migratoires. Certains rejettent tous les maux de la société sur les immigrés qui, souvent, acceptent de prendre les métiers les plus durs, les plus risqués et les moins rémunérateurs. Certains, à cause de leur nom à consonance étrangère, de leur accent et de la couleur de leur peau sont soupçonnés d'être des illégaux. C'est comme les enfants illégitimes de chez nous qui ne pouvaient rien hériter de leur père avant le régime de Papa Doc. Personnellement, j'ai beaucoup souffert. Plusieurs fois, j'ai été tenté d'écourter mon séjour dans ce grand pays. Mais comment retourner sans un sou ? Que deviendrait la parentèle qui guette chaque jour le passage du facteur ? Comment pourrait-elle faire face aux frais de scolarité, aux maladies, aux études universitaires ? Je suis resté pour travailler afin d'aider les autres qui n'ont aucune autre lueur d'espoir. Ah ! Que de fois me suis-je maudit !

Lors de ma première chute dans la neige, pendant laquelle j'ai failli me casser le coccyx, je me suis maudit. Quand j'ai eu trop chaud et trop froid, je me suis maudit. Quand j'ai dû échanger le riz, le maïs et les haricots pour la pizza et le yogourt, je me suis maudit. Quand le chant du coq a été remplacé par le son affreux du réveil-matin, je me suis maudit. Quand on me claquait la porte au nez pour me refuser du travail, je me suis maudit. Quand le patron me traitait de « petit baudet », ou me menaçait de renvoi parce que j'étais trop lent, je me suis maudit. Quand on me refuse le travail que les autochtones ne veulent pas faire, je me maudis. Quand la police me regarde d'un sale œil sans raison, je me maudis. Quand on m'arrête sur l'autoroute pour m'accuser d'excès de vitesse dans le seul but de vérifier si je suis bien le propriétaire de ma voiture, je me maudis. Quand je perds des proches et que je ne peux me rendre à leurs funérailles, je me maudis. Je me maudis chaque jour ! J'ai compris peu à peu que l'immigrant ne trouve jamais le paradis espéré. Son esprit et son cœur vagabondent constamment sur sa terre originelle. Il est tiraillé entre son attachement culturel et son désir de réussir là où il est, et de se frayer une position respectable. Où serais-je si j'étais resté chez moi ? Je suis plein de nostalgie. L'eldorado n'est qu'un leurre. Mais je dois vivre. Je veux vivre. Alors, pour vivre, je conduis un taxi jaune. Oublie le Claude que tu connaissais. Pardonne-moi si j'ai trahi le rêve. Je ne fais rien d'extraordinaire. Je sais que j'ai du talent. Hélas ! je n'ai pas ma carte de résident. Donc je ne peux pas trouver un bon emploi. Avec cette étiquette d'illégal, les agents de l'immigration sont toujours après moi. Je bois jusqu'à la lie la coupe de l'affront et du mécontentement. Alors, Jean-Paul, tu ne dis mot ! »

« Je t'écoute avec beaucoup d'attention et je pense… »

« Les gens d'ici oublient que leurs ancêtres aussi venaient s'établir dans le Nouveau Monde. Ils n'écoutent pas les cris des nécessiteux qui ne réclament que la possibilité de gagner honnêtement leur vie. »

Tout à coup, Claude perdit le contrôle de la voiture. Une crevaison l'empêcha de maîtriser sa trajectoire et ce fut l'accident. Des ambulances arrivèrent rapidement et les blessés furent transportés aux urgences.

Nancy devait se rendre dans son nouvel appartement pour accueillir les installateurs des services de téléphone, d'électricité et de gaz. Elle était en train de terminer son petit déjeuner quand la pâtissière pressa sur la sonnerie. Elle la reçut au salon où elles se mirent à choisir un gâteau dans un livre de recettes. Tante Deborah ne tarda pas à les rejoindre. Elles étaient en train de prendre des notes lorsque le son grêle du téléphone les fit sursauter. Nancy, toute à ses préparatifs, se dit que ce devait être la chanteuse qui appelait. Elle s'empara du combiné :

« Bonjour ! Je suis responsable au service médical », déclara quelqu'un au bout du fil.

« Oui », répondit-elle d'un air dramatique.

« J'appelle pour vous prévenir que le docteur Jean-Paul Leclair est ici à l'hôpital… »

« Vraiment ! Depuis quand ? » demanda Nancy un peu étonné que Jean-Paul soit déjà rentré et qu'on l'appelle pour la prévenir qu'il est à l'hôpital.

« Pas très longtemps. Il a eu un accident en taxi. »

Nancy se mit à hurler :

« Un accident ? Comment va-t-il ? Est-il encore en vie ? »

Tante Deborah dut intervenir pour prendre le reste des informations au téléphone. Après avoir raccroché, elle dit :

« Jean-Paul est à l'hôpital. Les médecins ne veulent pas en dire plus. Allons le voir ! »

« Tu crois qu'il est mort, Tante Deborah ? S'ils ne nous l'ont pas passé au téléphone, c'est parce qu'il est mort… Je le vois déjà. Il est dans le coma, au milieu d'un tas de tubes. Il respire grâce à une machine. Les médecins veulent nous demander la permission de le déconnecter. Il est mort ! »

« Calme-toi, Nancy. Je parie qu'il est à l'hôpital pour observation. Mais il se porte bien. Reste calme. Tout va bien. Allons le voir. »

« Comment peux-tu en être si sûre ? Je parie que tu penses comme moi. Je savais que c'était trop beau pour être vrai. »

Nancy pleurait en tremblant sur les épaules de Tante Deborah pendant que Charles conduisait. Arrivée sur les lieux, elle courut retrouver Jean-Paul.

« Mon amour, dit-elle en le voyant, si quelque chose de grave t'arrivait, je ne pourrais pas le supporter. »

Jean-Paul marmonna : « Tout va bien, Nancy. Mon bel amour, comme je t'afflige ! »

« Pourquoi ne m'as-tu pas prévenue de ton arrivée ? Je serais venue te chercher. »

« J'ai voulu te faire cette agréable surprise. Mais les surprises ne nous réussissent décidément pas. Hélas, ça a mal tourné. Je te demande pardon ! »

Nancy plaça tendrement sa main droite sur le front de l'accidenté, la gauche sur son cœur. Elle se demandait pourquoi la fatalité s'appesantissait constamment sur elle. Pourquoi une telle déveine ? Elle ruminait les malheurs qui avaient déjà assombri son existence. Jean-Paul lui dit :

« Tu sais que Claude est blessé aussi. C'est lui qui conduisait le taxi. Va le voir pour moi, s'il te plaît. »

« Claude ! Notre ami ? »

« Oui ! »

« Tais-toi pour l'instant. Repose–toi, mon chou ! »

Nancy et Tante Deborah trouvèrent Claude qui venait de subir une opération bénigne Il était alerte et de bonne humeur :

« Mes amies, donnez-moi l'argent de mes funérailles ! Je veux le dépenser car je ne mourrai plus jamais. Jean-Paul et moi sommes immortels. Nous avons été dans le Schéol et on nous a jugés inaptes pour les cérémonies. Nous avons été renvoyés sur la terre pour vivre. Ha ! Ha ! Ha ! »

Nancy et Tante Deborah le regardèrent bouche bée. Elles mirent ce délire sur le compte de la morphine.

Une fois sortie, Nancy demanda à Tante Deborah :

« Comment savais-tu que cet accident n'était pas si grave ? »

« Je ne le savais pas. Mais ma foi me disait que tu avais déjà trop souffert. Le ciel n'allait pas te ravir cette félicité tant attendue. Et puis, je me suis également dit que lorsqu'il y a quelque chose de vraiment grave, la voix est moins détendue au téléphone… »

17

Ce soir-là, Nancy passait sa vie en revue. Elle se dit que parfois les jours s'écoulaient trop lentement, et parfois trop rapidement. Elle avait des appréhensions : sera-t-elle une bonne épouse ? Rendra-t-elle Jean-Paul heureux ? Sera-t-elle en mesure d'enfanter ? Elle se leva d'un trait et se rendit à la cuisine pour aider Tante Deborah et se changer les idées.

« Heureusement que notre manoir est spacieux, sinon comment aurions-nous pu loger tous les invités au mariage du siècle ? », lui demanda sa tante avec un sourire complice.

« Ils iraient dans les hôtels. »

« Pas oncle Georges, ou Eugène. »

« Certes... Tu crois que je peux solliciter les doigts agiles de madame Eugène pour jouer la marche nuptiale ? »

« Elle s'en réjouira. Avoue que tu es la plus chanceuse du monde. »

L'aurore chantait la naissance d'une journée fraiche et idéale. Les premiers rayons du jour doraient les toits des gratte-ciels, tandis que Nancy sortait du lit. Elle ne pouvait croire que c'était le jour tant attendu. Dans quelques heures, elle épouserait enfin l'homme de ses rêves. À 16 heures, la chapelle parsemée de jolies compositions florales était déjà remplie de plus d'une centaine d'invités. Trente minutes plus tard, le cortège foulait le parvis du temple.

Une brise caressait doucement les visages de Jean-Paul et Nancy qui s'échangeaient des sourires remplis d'amour et de tendresse. Aucun détail n'avait été négligé. La mariée portait une robe magnifique ornée de perles opulentes et de motifs brodés sur la soie la plus fine. Elle lui donnait une démarche et une silhouette très élégante, dans le bon goût classique. Jean-Paul avançait fièrement et posément dans sa redingote noire. Tous deux se rencontrèrent à mi-chemin. Nancy portait un bouquet de roses reliées par des éclats de lys. Les six demoiselles et garçons d'honneur étaient impeccables. Tous deux s'acheminèrent au pied de l'autel pour échanger leurs serments de fidélité dans les bons comme dans les mauvais jours. Ils éprouvèrent une joie indicible quand ils scellèrent leur engagement par un tendre baiser. La réception eut lieu dans une salle magnifique, avec son hall en marbre, des lustres en cristal et de grandes fenêtres donnant sur la plage. Les hors-d'œuvres furent servis à l'heure du cocktail. Le dîner combla les convives. Et, de l'avis de tous, le gâteau à trois niveaux était une œuvre d'art.

La nuit fut mémorable. Les parents de Jean-Paul, Tante Deborah, les oncles Georges et Eugène et tous les autres invités étaient ravis. C'était un événement heureux dont ils se souviendraient à jamais. Le mariage se termina tard le dimanche soir. Heureusement, les mariés avaient réservé une nuit au Marriott Hôtel avant de partir pour leur voyage de noces.

Épuisée et reconnaissante d'avoir survécu jusque-là, Nancy s'imaginait qu'ils allaient s'effondrer dans les bras l'un de l'autre pour s'endormir à corps perdu puis consommer leur union dans la matinée. Mais Jean-Paul avait attendu ce moment si longtemps et rêvé de trop souvent cette nuit pour ne pas la célébrer. Il porta Nancy dans la chambre et la plaça doucement sur le lit. Il la déshabilla lentement, couche après couche, jusqu'à ce que tous les mystères fussent enfin dévoilés. Il lui donna un doux et long baiser, puis la regarda dans les yeux et dit : « Chérie, plus d'excuses ! Ce soir, on va se délecter comme une glace à la fraise. Je vais t'aimer toute la nuit, et ce ne sera qu'un avant-goût. » Elle sourit. Il passa ses doigts dans ses cheveux, autour de son cou, sur son dos, le long de sa colonne vertébrale et elle se mit à tressaillir. Il lui murmurait des mots doux à l'oreille. Elle avait des frissons de la tête aux orteils. Comme il voyageait vers le sud, il explora chaque pouce de son corps tremblant, caressant chaque courbe arrosée par de doux baisers mouillés. Il gardait un rythme lent et régulier. Le doux bruit de ses gémissements le stimulait et lui donnait envie de savourer et prolonger l'instant le plus longtemps possible. Il lui fit l'amour avec tout son esprit, tout son corps et toute son âme. Au début, elle cria pitié, puis elle s'abandonna totalement et osa même lui imposer quelques bonnes surprises. Il l'avait ravie, séduite, et la rendit heureuse jusqu'à l'extase suprême. Elle se sentait en sécurité dans les bras de l'homme qui l'aimait absolument, et elle était déterminée à ne pas le décevoir.

Le pire faisait maintenant partie du passé. Ils avaient payé la rançon de leur existence. Ils avaient exploré les contours de l'amour.

FIN

Pour toute information ou commande, écrivez à :

Jean Daniel François, MD
P.O. Box 360543
11236 Brooklyn, NY
USA
Téléphone : (718) 531-6100, Fax : (718) 531-2329
E-mail : jfranc6704@aol.com
www.successfullife.us

Imprimé aux Etats Unis d'Amérique
Première édition
Couverture conçue et préparée par Denise Gibson
ISBN : 978-0-9823142-8-9

www.ingramcontent.com/pod-product-compliance
Lightning Source LLC
Chambersburg PA
CBHW071304200626
46813CB00015B/36